MOEDERS EN DOCHTERS

RAE MEADOWS

MOEDERS EN DOCHTERS

Vertaald uit het Engels door Monique de Vré

mistral

ZIN OM TE LEZEN

Oorspronkelijke titel: *Mothers and Daughters*
Oorspronkelijke uitgave: © 2011 door Rae Meadows
Vertaling door: Monique de Vré

Omslagontwerp: Studio Jan de Boer
Omslagbeeld: © Thurston Hopkins / Getty images
Auteursfoto: © Michael Mowbray
Typografie en zetwerk: ZetProducties

Copyright © 2010 Rae Meadows
Copyright © 2011 Nederlandstalige uitgave:
Uitgeverij Mistral/FMB uitgevers, Amsterdam

Mistral is een imprint van FMB uitgevers bv

ISBN 978 90 499 5170 2
NUR 302

www.uitgeverijmistral.nl
www.fmbuitgevers.nl
www.raemeadows.com
www.twitter.com/Mistral_boeken

Meer weten over onze boeken? Schrijf je in voor de nieuwsbrief
op www.uitgeverijmistral.nl.

Voor Alex, Indigo en Olive

Sam

Sam had zin in pondscake. Of beter: ze had zin om er een te maken. Ze verlangde naar de basale eenvoud ervan – bloem, boter, eieren en suiker, van elk een pond – die iets sierlijks had. Ook het ouderwetse van een pondscake vond ze aantrekkelijk, de bevredigende degelijkheid en het gebrek aan pretentie, met al die boter. Het had iets te maken met Wisconsin, dacht ze.

De bomen waren aan het veranderen, als eerste de suikerahorns, en het goudachtige rood van de bladeren vlamde door de regen op de voorruit. Het was oktober. Sam hield van de kortdurende pracht en het schitterende verval van de herfst, maar toch kon ze er niet van genieten. Ze zag op tegen de winter. Het vooruitzicht van gebarsten lippen vanwege de droge warmte binnenshuis, gloeiende wangen door de bijtende wind en overal gruis van zand en zout. Het zou hun derde winter in Madison worden en ze vroeg zich af hoe ze het zou uithouden om thuis te zitten met Ella, die steeds mobieler werd en rondkroop in de huiskamer, terwijl ze om vier uur werden ingesloten door duisternis.

Ze zat achter in de auto Ella te voeden in de straat tegenover het grote, in *arts-and-crafts*-stijl gebouwde huis van haar vriendin Melanie, bij het Vilas Park aan de westkant van de stad. Ze streek met haar duim over Ella's voorhoofd, waarvan de huid nog geen poriën vertoonde en ontroerend zacht was, en volgde daarna de bochtjes van Ella's oor. Met gesloten ogen en in opperste concentratie drukte Ella haar warme baby-handje tegen Sams borstkas. De afgelopen acht maanden verdwenen zo snel uit Sams herinnering, en elke mijlpaal in Ella's ontwikkeling werd zo snel vervangen door een nieuwe. Wanneer had Ella voor het eerst gelachen? Zich op haar buik gerold? Pogingen gedaan te gaan zitten? Het zou niet lang meer duren of alles zou verdwijnen in het waas van dat eerste jaar, 'toen Ella nog klein was', waarvan de details niet meer interessant of van belang waren.

Vandaag zou ze Ella voor de eerste keer achterlaten bij een oppas. Dat wilde ze niet, maar ze deed het om Jack te laten zien dat ze normaal was. Hij drong er al maanden op aan dat ze terug zou gaan naar haar atelier. Ze wist dat hij het zorgwekkend begon te vinden dat ze Ella nooit alleen wilde laten, dat ze dacht dat zij de enige was die goed voor haar kon zorgen.

Jack had gelijk. Dat dacht Sam inderdaad. De angst dat er iets mis zou gaan met het kind was overweldigend. Niemand was zo waakzaam en dacht zo ver vooruit als zij. Ella kon achterover vallen en haar schedel breken. Een muntje inslikken en stikken. Gestoken worden door een bij en een anafylactische shock krijgen. Soms voelde ze weerstand tegen de ruimte die haar moederrol opeiste. Ze voelde zich volledig in beslag genomen door haar dochter, door de behoefte aan haar hals te ruiken en haar te zien ademen en haar gewicht en warmte te voelen. Jack was verbijsterd door haar neiging irrationele scenario's te verzinnen en vroeg zich af wat er was gebeurd met de vrouw die altijd zo'n kalmte had uitgestraald. Een negen kilo zwaar wezentje had hun gezamenlijke leven op zijn kop gezet en onherkenbaar gemaakt, had zijn vrouw onherkenbaar gemaakt.

Maar het ging om meer dan Ella alleen laten. Er was ook nog de opdracht. Een theepot voor het hoofd van het Engels Instituut, een geleerde van de oude garde die Jack nodig had als bondgenoot. Een geschenk voor de vrouw van de man, waarvoor bijna een jaar geleden een verzoek was ingediend. Sam wist dat Jack zich moest inhouden om er niet over te beginnen terwijl de maanden voorbijgleden. Ze had haar atelier niet meer gebruikt sinds de zesde maand van haar zwangerschap, toen haar buik het haar onmogelijk maakte klei op de draaischijf te centreren. Ze miste de vochtige, kalkachtige geur van haar porselein. Het doorschijnende grijswit van potten die nog niet helemaal droog waren. De centrifugale geboorte van een vorm, een cilinder, geopend uit een brok klei. Iets uit niets. Maar nu bezorgde de gedachte weer aan het werk te moeten haar angstgevoelens die nieuw en heftig waren. Als ze iets van klei maakte, moest ze er met haar hoofd helemaal bij zijn, goed op de vorm letten, want er was geen ruwheid om je achter te verschuilen. Ze was bang dat haar handen niet meer goed zouden samenwerken, dat ze haar kunde, haar pottenbakkersoog kwijt was. Of misschien nog erger: dat haar producten glans zouden missen, verbannen zouden worden naar braderieën of een tent op een boerenmarkt, dat haar creativiteit verdwenen was door het moederschap. Nu hingen er spinnenwebben tussen het raam en haar werktuigen en er groeide een vreemde, kristalachtige schimmel op haar kneedtafel.

Ella liet haar tepel los en kwam gorgelend overeind; ze liet een flinke boer en de melk druppelde langs haar mondje. Sam stond nog steeds een paar keer per nacht op om haar te voeden. Ze kon het niet over haar hart verkrijgen haar 'te laten huilen' – haar een uur te laten schreeuwen totdat ze van uitputting in slaap viel; alsof de behoefte van een baby iets was wat je kon laten afvloeien. Jack vond het niet erg dat Ella wakker werd, aangezien hij er meestal doorheen sliep. Tegen de kinderarts en haar vriendin Melanie loog Sam: ze zei dat Ella 's nachts doorsliep omdat ze zichzelf, haar zwakte niet wilde verdedigen. Sam was het soort ouder geworden waar ze vroeger op neerkeek: de softie, de moeder die altijd boven het wiegje hangt, de dienstmaagd van hare koninklijke hoogheid.

Het regende niet meer en de statige buurt lag vol glanzend gele en rode bladeren. Ella kronkelde en krijste en klom tegen Sam op.

'Stil maar, kleintje,' zei Sam. 'We gaan al.'

Haar mobiel ging toen ze met Ella op haar arm en de babyspullen in haar hand uit de auto stapte. Ze stootte met haar knie tegen de deur en liet de luiertas vallen.

Ze begroette haar man met een kort 'hoi' terwijl ze probeerde te voorkomen dat het kind uit haar armen kukelde.

'Hé,' zei Jack, 'alles goed?'

'Ik sta te klunzen. Ben op weg naar Melanie.'

'O, sorry, ik dacht dat je alweer alleen was. Ik ben trots op je, hoor,' zei hij.

'Het is maar een oppas.'

'Ja, maar toch.'

'We zullen zien hoe het gaat.' Ze voelde dat ze weer van hem hield. Sinds de geboorte van hun dochter leken haar gevoelens voor hem elke minuut te veranderen.

'O, de wortelman komt vandaag,' zei Jack.

'Weet ik,' zei ze snel, geïrriteerd. Ze was het natuurlijk vergeten.

Er waren wortels van de grote esdoorn voor hun huis in hun

rioolbuizen gegroeid en om het halfjaar moesten die eruit geboord worden. Soms lag Sam wakker en dan was het alsof hun oude huis om haar heen verging, dan voelde ze de fundering kraken, het dak lekken en het houten beschot rotten. Wat een transparante beeldspraak, dacht ze afkeurend, maar ze kon zich nog steeds niet verzetten tegen het gevoel dat hun huis sneller aftakelde dan zij het konden repareren. Ze wist zeker dat de badkuip met leeuwenpoten een dezer dagen door de doorweekte houten vloer heen de kelder in zou zakken, juist wanneer ze Ella in bad deed.

'Hé, weet je nog dat ik zei dat de commissie op zoek was naar iemand voor Davids baan? Dat Samuels een theoreticus wil, ook al zou er dan niemand zijn om Modern Amerikaans te geven?'

'Eheh.'

Sam wist nog steeds niet hoe de academische wereld nu precies in elkaar stak, maar ze had het idee dat Jack niet wist wat raku was, of terra sigillata, of dat een glanzend bruinzwart temmokuglazuur geelgroen werd wanneer je tijdens het bakken zout toevoegde. Hun beroepslevens waren tot op zekere hoogte geheime levens, waarvan de details niet echt onderdeel waren van hun huwelijk. Ze vroeg zich af of dit hun werk gevaarlijk of noodzakelijk maakte – of beide.

Jack dempte zijn stem. 'Er is hier van alles gaande.'

'Dadadadada,' zei Ella terwijl met haar babyknuistje aan Sams haar rukte.

'Ik moet ervandoor,' zei Sam tegen Jack. 'Ik bel je straks terug.'

Sam hurkte om de luiers op te rapen, die nu nat en vies waren doordat ze op straat hadden gelegen, en ze stak haar vrije hand onder de auto om de speen te pakken die eronder was gerold, en dat alles zonder het hoofdje van het kind te stoten. Ze kwam overeind, blies haar haar uit haar gezicht en schopte het portier achter zich dicht.

'Ik ga al, schattebout,' mompelde ze. 'Zullen we dan maar naar binnen gaan? Ik ben maar een paar uurtjes weg. Niks aan de hand.'

Soms dacht Sam dat je gek mocht doen als je een kind had, hardop in jezelf mocht praten, zelfs mocht zingen, en dat niet alleen bij wanhopige pogingen om je kind te sussen. De vroegere Sam zou haar beslist belachelijk hebben gemaakt.

'Samantha!'

Melanie stond op de stoep te zwaaien met een verwarde haarbos die precies de juiste hoeveelheid highlights bevatte. Ze had een dure spijkerbroek aan en een olijfkleurig velours jasje, heel chic anders dan de huis-tuin-en-keuken-achtige non-stijl in Madison. Zij en haar man Doug waren vanuit San Francisco hierheen verhuisd – hij was professor in de antropologie – en ze klaagde vaak over het provinciale Madison, de lastige stiltes van het Middenwesten, het gebrek aan ironie en scherpte, ook al vond ze het geweldig dat ze hier iets voorstelde, dat ze als romanschrijfster (haar boek was verfilmd) een lokale beroemdheid was. Jack vond haar agressief en egocentrisch – en, zo vermoedde Sam, aantrekkelijk – maar hij mocht Doug graag, die rustig was en een denker, en de twee stellen hadden inmiddels een ongedwongen contact, maar kwamen niet zo veel bij elkaar dat het verstikkend werd.

Melanie en Sam hadden elkaar drieënhalf jaar geleden leren kennen tijdens een cursus zwangerschapsyoga; ze woonden allebei nog maar kort in Madison en waren allebei pas zwanger. En toen Sam in de achttiende week van haar zwangerschap niet meer naar de cursus kwam, ging Melanie bij haar op bezoek, iets waarvoor Sam haar altijd dankbaar zou blijven. Vanwege Melanies onopgesmukte, zakelijke manier van doen en haar op zelfbehoud gerichte houding vertelde Sam haar de waarheid over haar eerste kind. Behalve Jack was Melanie zelfs de enige die het wist. Verder dacht iedereen, ook haar moeder, dat de zwangerschap in een late miskraam was geëindigd. Sam probeerde dit in gedachten te houden als ze zich aan Melanie ergerde.

Sam zwaaide en zette Ella weer op haar heup. 'Zo,' zei ze glimlachend, 'je ziet er weer fantastisch uit, zoals altijd.'

'Je criteria zijn vervaagd. Kom binnen. Dit is belachelijk weer.'

Melanies dochtertje Rosalee stoof langs en verdween naar boven. Melanie pakte Ella aan en kuste en knuffelde haar.

'Kijk die wangen nou toch. Wat is ze toch een schatje. Ik kan er bijna niet tegen. Weet je, ik wil écht niet nog een kind, maar soms verlang ik nog wel naar een baby. Ik gluur naar zwangere vrouwen. Ik neem van die belachelijke babyverhalen op van de tv en zit er gebiologeerd en met vochtige ogen naar te kijken.'

'Daar is vast wel een praatgroep voor,' zei Sam terwijl ze de luiertas op de gladde, betonnen aanrecht zette. Dat Melanie dit openlijk toegaf, verraste haar en ze mocht haar er des te meer om.

'Tegen niemand zeggen, hoor. Ik wil mijn hart-van-steenreputatie niet kwijt.'

'Echt, ik snap het,' zei Sam. 'Ik wist niet dat mijn geest zo gemakkelijk voor mijn lichaam kon capituleren. Of misschien moet ik zeggen: voor de continuering van onze soort?'

'Walgelijk,' zei Melanie. 'En we dachten nog wel dat we zo ver ontwikkeld waren.'

Sam keek om zich heen in de pas verbouwde keuken: een kokendwaterkraan boven het fornuis, een diepe, rechthoekige, stenen boerengootsteen, een slagersblok, een Subzero koelkast. Ze vroeg zich af of dit te danken was aan de filmrechten of dat er sprake was van familiekapitaal. Het was zeker niet bekostigd met wat Doug bij de universiteit verdiende.

Melanie vond het welletjes en gaf de baby terug. Haar grote saffieren ring – 'diamanten zijn zo opzichtig' – bleef aan Ella's truitje hangen.

'Shit,' zei ze, zich losmakend. 'Sorry hoor. Wat een schattig truitje trouwens.'

'Heeft mijn oma gebreid. Voor mij. Eeuwen geleden,' zei Sam. Haar moeders moeder was overleden toen zij nog klein was en Sam koesterde de truitjes en dekentjes die ze gemaakt had – inclusief de ingenaaide etiketjes met 'Door oma gebreid'.

'Ah. Je hebt het ambachtelijke in je genen,' zei Melanie.

Sam glimlachte, maar het zat haar niet helemaal lekker. Natuurlijk was pottenbakken een ambacht in de traditionele zin en ze was trots op het feit dat ze aardewerk maakte dat ook echt gebruikt kon worden. Maar waren haar met jadegroen craqueléglazuur afgewerkte flessennesten niet net zozeer een kunstwerk als Melanies boek over een vrouw en haar jack russell? Melanie, zo bedacht ze, is iemand die de complimenten die ze krijgt ook gelooft.

Sam zette Ella op de grond om haar op de terracotta tegels te laten rondkruipen.

Melanie dronk haar koffie op en Sam zag dat ze een mok gebruikte die zij had gemaakt, een van vroeger, in een zandlopervorm en geglazuurd met semitransparant, dieporanje gevlamd glazuur, gebakken in een houtgestookte oven waarvan ze het vuur tien uur lang brandend had gehouden, waarbij een felle vlam haar wenkbrauwen had geschroeid. Ze herinnerde zich nog de dronken makende opwinding die ze had gevoeld toen ze de volgende dag de deur open had gewurmd om te kijken hoe de werkstukken geworden waren. De mok was onderaan een beetje te smal, zag ze nu, en er was een glazuurdruppel neergedropen die als een gladde bobbel onder het oor was blijven hangen.

Sam schaamde zich voor haar gemene gedachten over haar vriendin, die altijd loyaal was geweest. Wat heb ik toch, dacht ze. Wat kinderachtig. Hoe onaantrekkelijk, zou haar moeder gezegd hebben.

'O ja, dat doet me ergens aan denken,' zei Melanie. 'Als alles goed gaat vandaag, zou je Ella voortaan een paar dagen per week kunnen afleveren. Sarah zei dat ze meer werk wil. Ze staat in de startblokken.'

Sam kromp vanbinnen ineen. Voordat ze kon zeggen dat ze er nog niet aan toe was, stootte Ella haar hoofd aan een handvat van een lade en na een lange stilte waarin haar gezicht rood werd en haar mond zich wijd opende, stootte ze een hard gebrul uit. Sam rende op haar af, tilde haar op en legde haar hoofdje tegen haar schouder – haar gehuil was voor haar vanbinnen nog steeds een pijnlijke struikeldraad. Ze voelde haar borsten opzwellen van de melk en ze begonnen te lekken.

'Denk erover na en laat het me weten, oké? Het zou goed voor je zijn. Als het geld een probleem is, bedenken we wel een oplossing.' Melanie wuifde met haar gemanicuurde hand. 'Ik zou het enig, echt énig vinden als je weer potten ging bakken.'

Rosalee, die haar donkere haar in een bobmodel à la jaren twintig had, kwam binnengerend en klemde zich aan haar moeders benen vast.

'Voorzichtig, alsjeblieft.'

'Mama,' zei Rosalee. 'Mama, mama, mama.'

Melanie zuchtte. 'Ja, Rosa.'

'Sap, sap, sap, sap.'

Melanie schonk een beetje appelsap in een beker met een drinktuitje en lengde het aan met water.

'Sarah?' riep Melanie naar de oppas, en toen zei ze rustig tegen Sam: 'Ze was vanmorgen exact om negen uur hier.'

'Ik kom eraan!'

Sarah sprintte de trap af en de keuken in. Ze was wat je een 'Sconnie' noemt: iemand die aan de Universiteit van Wisconsin studeert en ook uit Wisconsin komt. Ze had appelwangen en was stevig gebouwd – in tegenstelling tot de 'Coasties', de wat stijlvollere jongeren met geld uit New York en Californië, die niet op de campus woonden en sushi aten.

'Sorry. Hallo,' zei Sarah terwijl ze naar Sam zwaaide. 'O, en jij ook goeiedag.' Ella lachte toen Sarah de punt van haar kleine neusje aanraakte.

'Hoi, Sarah,' zei Sam. 'Hier is de luiertas. Ik zal de flesjes in de koelkast zetten. Er is een potje met pompoen en een potje met zoete aardappel. En een pakje Cheerio's. Ze slaapt niet zo goed, maar ze valt wel in slaap in een draagdoek, als je het niet erg vindt om daarmee rond te lopen. O ja, en ze kan al zitten, maar je moet wel op haar letten, want ze is nog niet zo stabiel en kan achterover vallen en haar hoofd stoten.'

'Helemaal goed,' zei Sarah. Ze straalde een warme zelfverzekerdheid uit die Sam nooit had weten te krijgen. 'We zullen het samen wel redden.'

Melanie sloeg haar armen over elkaar en glimlachte, geamuseerd vanwege Sams bezorgdheid. Sarah knoopte de draagdoek kundig om en wachtte tot Sam het kind aan haar gaf.

'En mijn mobiele nummer...'

'Al op de koelkast,' zei Melanie terwijl ze haar sleutels van een tinnen haakje griste. Ze had een werkruimte bij de wijnhandel in de Monroe Street, waar ze elke dag tot vier uur naartoe ging om te schrijven. Ze was weer aan het werk gegaan toen Rosalee nog maar vier weken oud was en zei dat ze er nooit spijt van had gehad. Ze had geen zin om haar creativiteit of haar carrière op de tweede plaats te laten komen.

'Het is voor iedereen beter,' had ze gezegd, 'en niet in de laatste plaats voor mezelf.'

Destijds had het indruk op Sam gemaakt, ze was een voorbeeld geweest om na te streven. Maar toen ze Ella eenmaal had, vond ze haar vriendin egoïstisch – ze kon er niks aan doen.

'Mama, mama, mama, mama. Kom. Kom mee naar mijn kamer,' jammerde Rosalee terwijl ze aan haar moeders hand trok.

'Kom, Rosalee,' zei Sarah. 'Laat me je nieuwe Pocahontasjurk eens zien.'

Rosalee stak haar onderlip naar voren en stampvoette.

Sam gaf Ella aan Sarah en probeerde haar tranen binnen te houden.

'Echt, Samantha, je zult eraan wennen,' zei Melanie.

Ella lachte vanuit Sarahs armen naar Sam met haar grijsblauwe en onmogelijk grote ogen, waarbij ze zes kleine tandjes liet zien. De twee voorste stonden ver uit elkaar. Sarah stopte Ella's mollige beentjes in de doek en wiegde haar; toen pakte ze Rosalees hand en liep ze energiek de kamer uit terwijl ze achterom gedag zei.

'Ik loop met je mee,' zei Melanie en ze pakte haar laptoptas.

Sam schaamde zich omdat ze stond te huilen waar Melanie

bij was, die ook nog eens neerkeek op de moederaardecultuur van Madison. 'Bespaar me dat hippiegedoe,' zei ze altijd.

De zon piepte even tussen de wolken door en scheen warm op Sams hoofd.

'We hebben het er nog wel over,' zei Melanie. 'Ga lekker terug naar je atelier, mens. Oké?'

Ze omhelsden elkaar en Melanie ging op haar hooggehakte laarzen op weg naar Monroe Street. Sam luisterde in het geopende autoportier door het vogelgezang en een bladblazer verderop in de straat heen, denkend dat ze Ella hoorde huilen. Maar ze wist het niet zeker. Ze ging achter het stuur zitten.

Ze wilde dat ze haar moeder kon bellen.

Ze belde Jack.

'En?'

'Ik zit hierbuiten en zij zit daarbinnen.'

'Je hebt het gedaan,' zei hij.

'Ik voel me niet bevrijd.'

'Dat hoeft ook niet.'

'Dan zal ik maar eens naar huis gaan.'

'Je atelier wacht op je.'

'Ik ben bang.'

'Weet ik. Probeer het gevoel terug te krijgen. Maak je handen vuil. Ruim de spinnenwebben op.'

'Letterlijk. Heb je het daarbinnen gezien? Het lijkt wel een spookhuis.'

'Ik dacht dat ik vanavond wel Japans mee kon nemen.'

'Maar misschien voel ik me wel waardeloos.'

'Sam.'

'Ja, oké. Ik mis haar nu al.'

'Je bent een goeie moeder.'

'Hetzelfde als altijd. Pittige tonijnrol en garnalen-tempurarol.'

'Ik ga proberen een vaste aanstelling te krijgen.'

'Nu al? Wat is er gebeurd?'

'Er verandert van alles op het instituut. Ze hebben Daniels eruit gewerkt. Die gaat aan het eind van het jaar met vervroegd pensioen. Dit is het juiste moment.'

'Wow. Dat is nogal wat. Niet dat ik nog niet wist dat je veel in je mars had, hoor.'

'Het wil nog niet zeggen dat ik de aanstelling ook krijg.'

'Die krijg je wel. Jij krijgt alles.'

Ze bedoelde dat als compliment, want hij was zo iemand die alle beurzen, banen en aanstellingen kreeg die hij wilde, zo iemand die iedereen graag mocht omdat hij vriendelijk en relaxed overkwam, waardoor je niet vermoedde dat er zo'n intelligente en gedreven man in hem school. Maar haar woorden hingen net iets te lang in de lucht en ze wist niet of ze een beetje bitter had geklonken. Ze wist niet of ze gemeen was geweest.

'Dat is niet waar,' zei hij. Als hij al gekwetst was, liet hij dat niet merken. 'Ik zal je er later meer over vertellen.'

'Ik hou van je,' zei ze.

'Ik hou ook van jou. Hé, Sam?'

'Ja...'

'Ik wil je niet pushen, hoor, maar...'

'De theepot.'

'Ik heb Franklins steun nodig. Hij twijfelt al. Ik wil hem geen reden geven, weet je. Hij vroeg er vorige week naar.'

Ze ondersteunde haar hoofd met haar vrije hand. Ze moest de buik, de tuit en de deksel draaien, de bodem afwerken, een handvat vormen, de delen aan elkaar zetten; ze moest ervoor zorgen dat de pot ook bruikbaar was, dat hij goed schonk en toch elegant en licht leek, met gladde naden en opwaartse lijnen en kracht. Dan kwam het biscuitbakken, waardoor scheuren en vervormingen konden ontstaan, en als dat gebeurde kon ze opnieuw beginnen. Daarna moest ze nog de kleuren bedenken die het best bij de vorm zouden passen, de precieze verhouding van chemicaliën en mineralen bepalen en het glazuur opbrengen. En dan nog eens bakken. Ze zag een enerverende, zware klim voor zich en dat deed haar naar adem happen.

'Wanneer?' Het was het enige dat ze kon uitbrengen.

'Twee weken.'

Sam legde haar hoofd op het stuur. 'O, Jack.'

'Je kunt het. Ik weet dat je het kunt. Voor mij.'

Ze gooide haar mobieltje op de stoel naast zich en probeerde op adem te komen. Ze keek nog even naar Melanies huis en startte de auto; ze dwong zichzelf van Ella weg te rijden. Maar ze kon zich er niet toe zetten naar huis terug te gaan, haar atelier in. Ze had de eigenaardige nieuwe sensatie dat ze losgesneden was. De dag strekte zich voor haar uit.

Ze kon doen wat ze wilde.

Violet

Violet huppelde en lachte een beetje toen ze uitgleed op de door de regen glad geworden kinderkopjes. De lucht rook zwaar naar vis en roet, maar dat was vertrouwd en ze vond het niet vervelend. De zon had de hemel opengebroken en de ochtend lag nog koel in de schaduw van de Grote Brug. De lucht was bronwaterblauw. Ze bleef boven op het kleine heuveltje aan de Roosevelt Street staan om te kijken naar de masten van de weinige schepen op de East River – zwarte spindels en vuile zeilen, die langzaam onder de boog van de brug door voeren. Ze was nog nooit naar Brooklyn geweest, aan de overkant, ze was zelfs nog nooit op de brug geweest, maar ze vond niet dat ze veel miste. Ja, Boston misschien, of Californië, of een andere plaats waarvan ze had gehoord – maar dat was iets heel anders.

Violet was uit het tehuis ontsnapt voordat de zon opkwam, door een raam bij de wasserij. Ze had twee weken achter de rug waarin op elk uur een bel had geklonken, waarin ze brood met stroop als ontbijt had gegeten, brood en melk als lunch en soep als avondeten, en waarin ze elke ochtend had moeten luisteren naar het Bijbellezen met de presbyteriaanse dames die de nog te redden zieltjes van de kinderen hielpen zuiveren. Ze zou het hoesterige en hikkerige gehuil van de baby's, met hun roze gezichtjes en snotterige neuzen, niet missen, net zomin als de minnen met hun zware stap – Italiaanse vrouwen met dikke wenkbrauwen en goedgevulde boezems – die boos naar de kinderen keken terwijl ze naar de babykamers sjokten. Wat ze wel erg vond, was dat ze nu niet in bad kon. Ze was vies – haar nagels hadden zwarte randen en haar hoofd jeukte. Toen ze in het tehuis was opgenomen, hadden ze haar lange, zwarte haar eraf gehaald, zodat het van achteren kort was en de pony rafelig en hoog op haar voorhoofd zat. Juffrouw Nickle, een van de verzorgsters, had gezegd dat haar ogen er blauwer en mooier door werden. Violet zag daar het voordeel niet van, maar wat ze wel prettig vond, was dat ze lichter voelde zonder al dat haar. Ze had het gevoel dat ze moeilijker te pakken was.

Het was een zeldzaam stil moment in de buurt, die kleine ruimte tussen de uitademing van de nacht en de inademing van de ochtend. Geen klepperende hoeven van rijtuigen, geen tuffende auto's en zelfs de treinen van de luchtspoorweg gierden en krijsten nog niet. De Fourth Ward was een overvol stukje Lower East Side, met zijn woonkazernes, aanlegplaatsen, bars, dansgelegenheden, fabrieken, winkels, pakhuizen, een slachthuis, een beenderkokerij, een leerlooierij, een kolenopslagplaats, een zendingspost, een meststort en een politiebureau. Geen gras, geen bomen, geen open plek behalve de koude rivier. Het was een wirwar van donkere straatjes die in wonderlijke richtingen afhelden en afbogen, en voor wie het niet kende was het een zondige plek die je beter kon mijden. Maar Violet was blij dat ze weer terug was.

Ze had alleen haar mousselinen jurk en geruite schort van het tehuis aan en de bries die over de kade woei, voelde kil aan. Het tuig van de aangemeerde schepen kletterde tegen de masten terwijl ze door South Street liep, langs groezelige kinderen die lagen te slapen, weggekropen tussen de vaten en scheepscontainers en kratten die ingeladen moesten worden. Vuilnis- en aswagens stonden in een rij klaar om hun smerige vracht op een schuit in de rivier te storten. Violet duwde haar neus in de kromming van haar arm. Het was in elk geval nog geen zomer, de tijd waarin de woonkazernes het zwaarst werden getroffen door dysenterie en de penetrante geuren van vuil en verval ondraaglijk werden.

Violet liep naar Water Street en stapte over de kolkend bruine stroom in de goot. De buurt kwam tot leven: winkeliers deden hun winkel open, zeelieden – kaalgeplukt en uitgelachen – strompelden terug naar hun verblijf, de arbeiders van de dozenfabriek die uit de nachtdienst kwamen, gingen goedkope rum drinken en de voddenrapers doorzochten de hopen afval die de losbandigen van de nacht hadden achtergelaten. Violet keek omhoog naar de verdieping boven de groentewinkel, maar het was nog te vroeg voor de vrouwen achter de ramen: hun diensten werden doorgaans pas na het middaguur aangeboden.

Aan de overkant doorzochten de twee jongens van Dugan de zakken van een dronkaard die voor een emmerwinkel lag die The Tiger Eye heette. De oudste had koperkleurig haar en sproeten; zijn broertje had donker haar en een olijfkleurige huid. De andere kinderen plaagden hen met hun moeder en noemden haar een beddenwarmer of marinehoer. Maar zij waren gewoon jaloers. Iedereen in de Fourth Ward verlangde er stilletjes naar een moeder om zich heen te hebben.

'Wat hebben jullie?' riep Violet terwijl ze naar de jongens overstak.

Ze had snel geleerd in de stad en had zelf ook de nodige zakken gerold. Ze vond het verrassingseffect leuk, de eindeloze mogelijke ontdekkingen. Een dropveter, een spel kaarten, een goudklompje – snelle vingers konden van alles vinden.

Hij stak zijn hand uit en op de vuile handpalm lagen een stuiver en twee centen. Violet probeerde ze weg te grissen, maar hij trok snel zijn hand terug.

'Ik zou je slaan als je geen meisje was,' zei hij.

Violet plaagde hem met een snelle tapdanspas die ze van haar moeder had geleerd.

'Ze hadden je in het tehuis gestopt, hè?' vroeg hij.

'Ben vanmorgen weggelopen.'

'Goed zo,' zei hij. 'Ze hadden je op een van die treinen kunnen zetten.'

Ze had in het tehuis geruchten over de treinen gehoord, maar ze begreep niet waarom ze kinderen wilden hebben of waar die naartoe gingen. Ze had de vrouwen van Aid Society, de organisatie voor hulpverlening aan kinderen, met hun zwarte jassen en gefronste voorhoofden zien rondlopen met een aantal van de jongste kinderen aan hun hand, kleintjes die ze daarna nooit meer zag.

De jongste jongen veegde zijn loopneus af en trapte tegen de voet van de dronkaard.

'Kom, we gaan,' zei zijn broer tegen hem terwijl hij de veroverde muntjes in zijn vuist liet rammelen.

'Zeg, Red,' zei Violet, 'heb jij Nino gezien?'

'Neu. Ik heb gehoord dat er een paar krantenjongens zijn opgepakt.'

De barkeeper kwam door de klapdeurtjes naar buiten en keerde een emmer vuil water in de goot om. Toen hij de jongens zag, deed hij alsof hij naar hen uitviel.

'Vooruit,' blafte hij, terwijl ze wegholden. 'Jij ook,' gromde hij tegen Violet.

Ze stak haar tong naar hem uit en sprong in de stinkende stroom, zodat het water op zijn voeten spatte. Het water sijpelde door de zolen van haar laarzen, maar dat was het waard, besloot ze, vanwege de voldoening die de wraak gaf.

Toen ze de zendingspost naderde, zag ze vrouwen van de Aid Society rondlopen; ze droegen zwarte, zware wollen jurken en stijve mutsen die haar bedekten dat in een strakke, puriteinse knot zat. Ze hadden manden met snoep bij zich, dat ze kinderen toestaken die aarzelend dichterbij kwamen – hun verlangen naar zoetigheid verdrong hun angst voor gezagsdragers.

'En jij, jongeman,' zei de oudste vrouw met een neus als een kleine pompoen, terwijl ze zich vooroverboog naar een jongen met vuile vegen op zijn gezicht en blote voeten. 'Wil je bij een aardig christelijk gezin wonen?'

Hij stak zijn hand in de mand en rende de straat in.

Drie kleine meisjes, niet ouder dan vijf, gingen op de stoeprand zitten. Een van de vrouwen gaf een paar smerige jongens opdracht naast hen te gaan zitten.

'Trein vertrekt morgen! Warme maaltijden. Schone kleren. Moeder en vader nodig? Niet bang zijn, kinderen. Kom erbij.'

Ze gaven twee jongens met een donkere huid snoep en zeiden daarna tegen hen dat ze door moesten lopen. De vrouwen begonnen te zingen:

> *There the weary come, who through the daylight*
> *pace the town and crave for work in vain:*
> *there they crouch in cold and rain en hunger,*
> *waiting for another day of pain.*

In slow darkness creeps the dismal river;
from its depths looks up a sinful rest.
Many a weary, baffled, hopeless wanderer
*has it drawn into its treacherous breast!**

Violet stond achter een lantaarnpaal naar de haveloze kinderen te kijken die zich op de stoep verzamelden, allemaal gretig op een lolly zuigend, allemaal opgelucht vanwege het feit dat iemand hen onder zijn hoede nam. De vrouwen dreven de groep de straat in naar een klaarstaand rijtuig.

Violet was blij dat ze een moeder had. Ze moest haar alleen zien te vinden. Ze ging op weg naar de zendingspost. Haar moeder zou daar vast niet zijn – Lilibeth was nooit zo wanhopig dat ze God ging zoeken – maar ze ging toch even kijken.

Dominee Mackerel, die een donkere baard had die tot op zijn overhemd hing, beende voor een bonte verzameling zoekende zielen – deze ochtend voornamelijk dronkaards en zeelieden – heen en weer en schreeuwde zijn preek uit, dezelfde als alle andere dagen.

'Al had de hemel me vijf dollar gekost, dan nog zou ik dat geld aan drank hebben uitgegeven als er op spuugafstand rum te vinden was. Zeggen jullie dat jullie niet te redden zijn? Jezus greep me zoals Hij alle arme sloebers redde, en dachten jullie nu echt dat Zijn arm niet lang genoeg was om negentienhonderd jaar te overspannen en jullie beet te pakken?'

Violet bekeek alle hoofden en sloop toen achterwaarts naar de deur.

'Hé, meisje,' zei dominee Mackerel, naar haar wijzend. Zijn linkeroog puilde uit.

* De vertaling van dit gedicht is opgenomen op pagina 285.

26

'Ik zocht mijn moeder,' zei ze. 'Ik kan maar beter verder zoeken.'

Ze glipte snel weg voordat hij haar kon bevelen te gaan zitten.

Voordat ze naar het tehuis gingen, hadden Violet en Lilibeth een maandlang in een achterkamer op de eerste verdieping in Frankfort Street gewoond. Toen ze erin trokken, waren de muren net gewit en de ramen gelapt, en in die koude, laatste dagen van de winter was het een welkome verlichting geweest om ergens te kunnen wonen. Maar toen het warmer was geworden, hadden ze door het dikke zwarte stof van de kolenopslagplaats en de stank van rotting van de nabijgelegen leerlooierij – door het raam waren groene huiden op droogrekken te zien – het raam dicht moeten houden en in de kieren lappen moeten stoppen.

Bij de ingang van het pand bleef Violet staan en ze haalde diep adem alvorens de plank over te steken die het gootwater overbrugde. Op de binnenplaats stonden vrouwen water in hun wastobbes te pompen; er huilde een naakte baby en modderige katten besprongen muizen en ratten. Ze bonkte op de deur van de kamer waar zij en haar moeder het laatst hadden gewoond.

'De dokwerker heeft hem nu,' zei een meisje. Ze was zwanger en haar armen waren stakerig. 'Ik heb de vrouw uit het zuiden al een hele tijd niet gezien.'

Violet voelde haar teleurstelling als een dikke knoop in haar maag en probeerde haar angst in bedwang te houden. Ze had niet bedacht wat er zou gebeuren nadat ze ontsnapt was, dat ze haar moeder misschien niet zou vinden. Een meisje alleen was een gemakkelijke prooi. Ze wist waar ze heen moest. Als haar moeder geld van een van haar vriendjes had gekregen, zou ze vast en zeker bij madam Tang zitten.

Toen ze weer op de stoep stond, begon Violets maag klaaglijk te borrelen. Ze zag een kar op de hoek met de eenbenige Italiaan erbij die haar niet achterna kon zitten. Ze rende erheen, meerderde vaart en griste twee bananen weg, waarbij de andere gele trossen op de grond vielen; ze bleef rennen, terwijl ze vrouwen met wijde rokken en mannen met hoge hoeden ontweek die haar niet zagen of niet geïnteresseerd genoeg waren om op het gevloek van de oude man te reageren.

Ze zigzagde door het verkeer; weggebruikers schudden met hun vuisten; ze vloog door de drukke straat en rende, rende tot ze buiten adem was en moest blijven staan. Ze schrokte haar buit op en gooide de schillen in de goot. De zon brandde fel op haar onbeschermde nek. Even deed ze haar ogen dicht, te midden van het hoefgetrappel, het geknerp van rijtuigwielen over het grind, het getinkel van paardentuig, het getuf van auto's, het gebonk en gesis van de dozenfabriek, het geroezemoes van gesprekken en transacties, de kreten van meeuwen, en ze zonk weg in een koele, modderige stilte – haar ziel, vermoedelijk – terwijl de wereld in duizelingwekkende disharmonie om haar heen doordraaide.

Een jaar eerder had Violet in een trein gezeten die rammelend door Kentucky en West-Virginia naar het noordoosten reed; ze zat op een glad gesleten houten bank in de tweede klasse, in een rijtuig met een muffe geur. Ze keek naar de bomen en de steden, de velden en de boerderijen, haar voorhoofd rood van het leunen tegen de ruit. Violet en Lilibeth waren in Charlottesville in een andere trein gestapt en vanaf daar naar het noorden gegaan; ze hadden het vriendelijke, lage zuidelijke landschap achter zich gelaten en snelden langs steden, hoge gebouwen van baksteen en kalksteen, fabrieksschoorstenen en kolossale stalen spoorwegstations. Violet zat rechtop, opgewonden vanwege de enorme omvang van alles, de beweging en de commotie, de mensen die zich haastten omdat ze ergens naartoe moesten. Lilibeth sliep; haar gezicht vertoonde een uitdrukkingsloze kalmte.

'Mama,' zei Violet terwijl ze haar bezwete hand op haar moeders bleke hand legde toen ze New York naderden.

'Mmm,' zei Lilibeth. Ze ging verzitten en trok haar neus op.

'Wat gaan we doen als we er zijn?'

'Dat weet ik niet precies,' zei Lilibeth. Haar babyblonde haar zat in de war van het slapen en het reizen. 'Het ging erom dat we weg kwamen.'

Violet haalde haar schouders op. Ze had pas geweten dat ze weggingen toen ze vertrokken, maar het had geen zin om dat tegen haar te zeggen.

'We redden ons wel, Vi,' zei Lilibeth. 'Er is vast wel iemand zo aardig om ons te vertellen waar we naartoe kunnen.'

Haar moeder ging rechtop zitten en rekte zich uit als een kind. Ze was nooit echt een planner of tobber geweest. Vanwege haar schoonheid had ze zich bijna haar hele leven kunnen veroorloven anderen overal voor te laten zorgen. Haar vader had een zuivelhandel gehad en had heel goed geboerd, zeker in vergelijking met de meeste andere inwoners van Aberdeen, en Lilibeth, de jongste en de enige dochter, werd aanbeden en verwend – de parel van de familie. Maar toen haar vader werd betrapt toen hij boter met talg en gele textielverf vermengde, moest hij net zo hard zijn best doen als anderen om een inkomen bij elkaar te schrapen en te leven van wat de grillige aarde opbracht. Ondanks dat bleef Lilibeth van mening dat ze overal recht op had. Ze vond dat ze recht had op verfijning, en toen ze Bluford White ontmoette, leek die het daarmee eens te zijn.

Violets vader was een houttester, een man die je niet recht aankeek en haar had dat voortijdig wit was geworden – wat gek, zeiden de mensen altijd, dat hij Bluford White heet. Hij was niet vriendelijk en niet intelligent, en meestal was hij nors en weinig spraakzaam. Lilibeth zei dat ze belazerd was en dat hij haar als meisje van zeventien de indruk had gegeven dat zijn sombere stiltes van waardigheid getuigden. Hij was wat ouder, een man met ervaring, had ze tegen Violet gezegd – hij had een tijdje in Lexington gewoond; hij was een man die wel smaak moest hebben, een man die inzag dat ze van een ander slag was dan de boerenmeisjes. Hij zei dat haar ivoorkleurige huid een teken van zuiverheid was, dat haar sierlijke vingers een extra bewijs van haar goedheid waren, en om zijn toewijding te tonen gaf hij haar een witzijden zakje met een uil erop geborduurd dat hij had gekocht in een winkel in Louisville, plus een verzilverde broche in de vorm van een zwaan met een stukje parel als oog. Lilibeth was niet op de gedachte gekomen dat deze geschenken misschien een luxe waren waar weer een eind aan zou komen. Of dat Bluford van haar verwachtte dat ze zou schoonmaken en koken als ze getrouwd waren. Ze had geweten dat hij in de houtfabriek werkte en zelfs dat hij gebakken eekhoornhersens at met zijn vingers, maar ze had zich voorgesteld dat ze naar een stad zouden verhuizen waar hij een of andere succesvolle onderneming zou beginnen en dat zij dan het leven zou gaan leiden waarvoor ze altijd voorbestemd was geweest.

De aardige persoon die Lilibeth benaderde toen ze in New York waren aangekomen en vanuit de trein in een menigte reizigers, zwendelaars en bedelaars waren terechtgekomen, was Fred Lundy, een man met een te rood en opgeblazen gezicht om knap te zijn, maar die een soort jeugdige aantrekkelijkheid had behouden. Hij droeg een slonzig, dandyachtig gestreept pak met een sjaaltje en zijn ingevette haar lag zo glad als een ottervacht onder zijn bolhoed. Lilibeth zag zijn flamboyante uiterlijk voor verfijning aan. Hij rookte een sigaar en bekeek de mensenmassa, terwijl een jongen zijn schoenen poetste.

'Neemt u me niet kwalijk, meneer,' zei Lilibeth zo zacht dat hij zich voorover moest buigen om haar te horen.

Violet stond een stap achter haar moeder met hun koffertje in haar hand. Hoewel ze voelde dat er van alles gebeurde wat ze niet begreep en hoewel het haar niet beviel hoe deze vettige man haar moeder bekeek, was ze waanzinnig moe. Ze wilde gewoon doen wat haar moeder haar zei. Ze probeerde zich op de schoenpoetsjongen te concentreren, die ongeveer zo oud was als zij en wiens handen zwart waren van de schoensmeer en wiens zwarte schoenen grijs waren van het stof.

'Een goeiedag,' zei Fred Lundy terwijl hij Lilibeth van top tot teen opnam en haar plattelandsjurk, haar zuidelijke accent en haar verfijnde schoonheid in zich opnam. 'Wat kan ik voor u doen?'

'Mijn dochter en ik zijn net in deze stad aangekomen en u ziet eruit als de heer die ons een beetje wegwijs zou kunnen maken.' Ze zette haar tas neer.

Hij lachte even, wierp een snelle blik op Violet en keek toen weer naar Lilibeth. Hij wierp de jongen een muntje toe en ging staan.

'U hebt een goede intuïtie, mevrouwtje,' zei Fred Lundy, terwijl hij Lilibeths tas oppakte. Hij bood niet aan de koffer te dragen.

Ze kwamen terecht in de Bowery, waar het donker was geworden tegen de tijd dat het rijtuig hen afleverde. De straat was een circus van lichten, muziek en mensenmassa's, en boven hun hoofd hoorden ze het ijzingwekkende geknars en gekletter van de trein. Violet hield de koffer en haar moeders hand stevig vast toen de man hen de ontvangstruimte van een vervallen pension binnenloodste dat naar schimmel en sinaasappels rook. Hij betaalde het pension terwijl Violet en haar moeder op het randje van een houten bank zaten, allebei lamgeslagen door het feit dat ze in zo'n omgeving terecht waren gekomen – de onbekommerde verdorvenheid van de buurt, de openlijke slonzigheid van de lobby. Toen ze eenmaal in de armoedige kamer waren – het plafond vertoonde schimmelplekken en lekkagebarsten en het beddengoed was niet gewassen – gaf Fred Lundy Violet vijf cent en bonjourde haar de kamer uit met de opdracht snoep te gaan kopen.

'Neem de tijd,' zei hij. 'Minstens een halfuur.'

Hij duwde haar de kamer uit voordat ze haar moeders blik kon vangen. De deur werd achter haar gesloten.

Violet, die Kentucky nog maar twee dagen eerder had verlaten, was niet bang – het was gewoon allemaal te verwarrend. Ze liep aarzelend de stroom feestende mensen in en liet zich meevoeren; ze was ervan overtuigd dat mensen naar haar staarden, want haar jurk was met de hand gemaakt en versteld en haar haar was in geen dagen geborsteld. Maar niemand keek naar haar. Ze slenterde de hoek om, met grote, wazige ogen. De munten voelden vochtig in haar hand. Ze struikelde bijna over de voeten van twee jongens die tegen de zuilen van een theater sigarettenpeuken stonden te roken. Toen ze beter naar de donkere schaduwen in de straat keek, zag ze nog meer kinderen – vechtlustige, gehavende, vuile kinderen, die lachten, plaagden, vochten en stalen. De meesten waren jongens, maar er waren ook een paar ruw uitziende meisjes.

Ze vond een felverlichte snoepwinkel, de eerste die ze in haar leven zag, met een decadente uitstalling van kleuren en suikerwaren. Het snoepgoed dat ze herkende – lolly's, toffees, muntsnoepjes, geleiboontjes en stroopbonbons – besloeg nauwelijks een plank in de winkel vol met potten. Violet moest lachen om de enorme keus en dacht: dit is New York!

Een vrouw met een te korte jurk en wangen met een dikke laag rouge erop liep met haar heupen zwaaiend langs haar toen een groepje van drie mannen de winkel binnenkwam. De mannen praatten zachtjes in de hoek.

Violet staarde de vrouw aan, gehypnotiseerd door haar uitdagende manier van lopen en haar onbedekte schouders.

'Let er maar niet op,' zei de winkelier.

Langzaam wendde Violet haar ogen af van de transactie.

'Ik wil pepermunt,' zei ze.

Hij haalde een grote pot met rood-wit gedraaid snoep van de plank en hield een tinnen schep in de lucht, die vastzat aan zijn schort.

'Hoeveel?'

'Vijf cent.' Ze opende haar hand met de munten erin.

De vrouw liep de winkel uit met een van de mannen, haar arm door de zijne gestoken.

De winkelier nam Violets geld aan en overhandigde haar het snoep.

'Wegwezen nu,' zei hij.

Ze hield de zak van vetvrij papier in haar hand; een snoepje smolt zoet en troostend op haar tong. Zo liep ze naar buiten, weer het krioelende nachtleven in, waar ze een groep zeelui ontweek die zich een kroeg uit stortte – hun mutsen stonden scheef en hun wangen gloeiden.

Toen Violet met tuitende oren terugkwam in het pension, te moe om te slapen, trof ze haar moeder aan met roodomrande ogen en klitten in haar haar. Fred Lundy was weg en hun kamer was voor een week betaald.

De wagens met handelswaar stonden in een rij voor RW & Sons, beladen met kisten met gekneusde rapen, tonic, walnoten, meel, gerookte oesters, surrogaatkoffie, margarine en zeeppoeder. Violet had geen zin om weer te moeten rennen – als ze iets te pakken kreeg, kon ze het nergens laten – maar ze zag wel een sigarendoos op een van de karretjes liggen. Hij was glanzend zwart en op de deksel stond een plaatje van een meisje met een open roos in haar hand. Haar vriend Nino had vol bewondering naar zo'n doos in de etalage staan kijken. Iets anders om zijn spullen in te stoppen dan zijn zakken. Ze floot en hinkelde, ze deed net alsof ze naast de wagen aan het spelen was; toen griste ze de doos weg en ging ervandoor om Nino te zoeken.

Ze kwam bij de Slaughter Alley en tuurde het donker in.

'Nino!' riep ze. 'Hé, Nino!'

'Kop dicht!' schreeuwde een man.

Nino's Italiaanse ouders hadden een ezelwagen en reden ermee door de omliggende buurten om messen te slijpen. Hun huis was zo vol dat Nino in een verroeste, met stro gevulde kuip aan de voet van een van de brugpijlers sliep als het mooi weer was.

Nino sprong over een plas het licht in.

'Je ziet eruit als een jongen met een jurk aan,' zei hij terwijl hij met een gefronst voorhoofd naar haar afgeknipte haar keek.

'Jij ziet er ook niet bepaald uit als de koning van Engeland,' zei ze.

Hij deed alsof hij een das rechttrok bij de boord van zijn armzalige flanellen blouse. Zijn knokkels waren opgezwollen en bezaaid met littekens van de straatgevechten en om zijn oog zat een gele plek die ooit blauw was geweest.

Violets hart maakte een sprongetje toen ze hem zag, maar ze probeerde het niet te laten merken.

'Waar heb je gezeten?' vroeg hij.

'Ze had me in het tehuis gestopt,' zei ze. 'Maar ik ben ontsnapt.'

Nino keek haar met zijn pikzwarte ogen van opzij aan. Hij schudde zijn hoofd, hij was niet onder de indruk van haar stoerheid.

'Je had daar moeten blijven zolang je kon.'

Ze stak hem de doos toe.

'Wat heb je daar?' Hij pakte de doos aan en bekeek hem van alle kanten, hij deed de deksel open en dicht.

Hij zei niks, maar ze wist dat hij er blij mee was.

Hij liep weg en Violet rende hem achterna. Ze stapte over het rottende, schuimende bloed dat in een kronkelende stroom uit het slachthuis kwam; de afvoer naar de rivier zat altijd verstopt.

Het viel haar op dat Nino ouder leek: zijn schouders waren breed, zijn armen lang en gespierd. De bendes lieten de jongens met rust tot ze oud genoeg waren om van nut te zijn, maar Nino was al benaderd door de Batavia Boys vanwege zijn omvang. Hij wilde niet voor een bende werken, maar hij dacht niet dat hij eraan kon ontkomen. Krantenjongens promoveerden tot criminelen. Violet wist wat haar opties waren. Ze kon naaister worden, papieren bloemen gaan verkopen of de prostitutie in gaan. Ze dacht maar niet te veel aan de toekomst, dat deden andere kinderen ook niet. Ze waren bang om groot te worden, want als ze volwassen waren, zouden ze niet meer onzichtbaar zijn. Dan zouden ze in een armoedig pensionnetje wonen, of in een verzakkende huurwoning, en het beetje geld dat ze hadden verdrinken en vergokken. Ze zouden vechten. Ze zouden beroofd worden door kinderen terwijl ze op de stoep hun roes uitsliepen. Of ze zouden dood zijn.

'Wat heb ik gemist?' vroeg Violet.

'Zelfde als altijd,' zei Nino. 'Er is een vrouw van de brug gesprongen. Had zand in haar sokken gestopt. Maar ze is geloof ik blijven leven.'

Nino kon niet lezen, maar Ollie, de baas van de krantenjongens, las de koppen voor voordat ze met hun kranten op pad gingen.

'Is je oma nog steeds ziek?' vroeg ze.

'Als ze hoest, staat het hele huis te schudden. Volgens mijn vader is ze in de herfst dood. En dat is niet snel genoeg, zegt hij.'

'Mijn moeder is weer weg.'

'Nou en?'

'Ik kan er niet alleen heen.'

Nino schudde zijn hoofd. 'Ik krijg de *Cherry Street* van Ollie. Avondeditie.'

'Je bent op tijd terug,' zei ze.

Nino sloeg zijn armen over elkaar en stopte zijn handen onder zijn oksels.

'Ik moet onderweg iets doen,' zei hij.

Ze liepen verder. Nino schopte een steentje voor zich uit totdat Violet het oppakte en weg ketste.

'Daar is-ie,' zei hij. 'Wacht hier.'

Violet leunde tegen de muur van het postkantoor om de wacht te houden terwijl Nino in een aangrenzend steegje knokte met een jongen die hem geld schuldig was. Ze had zin om ertussen te springen en hem te helpen, maar ze wist dat dat geen goed idee was. Er kwam een agent om de hoek van de Oak Street. Violet sprong op en floot drie keer op haar vingers.

Nino stormde de straat weer in terwijl hij met zijn hand bloed van zijn neus veegde.

'Klootzak,' zei hij over zijn schouder.

Violet draaide haar blik weg van het gehavende gezicht van haar vriend, maar ze was ervan overtuigd dat de andere jongen er nog erger uitzag.

Onder het lopen droeg zij de sigarendoos.

'Heb je het gekregen?' vroeg ze.

'Neu. Maar dat geeft niet. Hij doet het niet nog een keer.'

Hij hield één neusgat met zijn vingers dicht en blies bloederig snot op de stoep, precies voor de voeten van een oude vrouw met een mand boodschappen in haar armen.

'Che schifo!' schreeuwde ze tegen hem.

'Lo scorfano!' was Nino's reactie – ze schrok toen ze zijn Italiaans hoorde.

De vrouw ging er snel vandoor, maar ze keek nog één keer om om er zeker van te zijn dat Nino haar niet volgde. Violet lachte. Ze maakte zich allang niet meer druk om afkerige blikken en minachtende opmerkingen.

'Wat zei je tegen haar?' vroeg ze terwijl ze hem de doos gaf.

'Lelijkerd. Ze is een echte lelijke vissenkop.'

Toen ze bij de Chinese wijk kwamen, dacht Violet: zo ziet het buitenland eruit, met van die rare gezichten en onbegrijpelijke woorden. Zij en Nino vonden het gebouw en ze keken omhoog langs de bouwvallige gevel met de versleten davidsster boven de roestige voordeur die daar nog van vroeger zat. Ze was er al eens eerder geweest om haar moeder te zoeken, maar toch voelde ze zich niet op haar gemak. Het was binnen warm en benauwd en ondanks het tijdstip te donker om er zomaar rond te lopen. Ze wachtten tot hun ogen aan het donker gewend waren en probeerden toen de trap te vinden. De bewoners van het gebouw werkten voor tussenpersonen en smokkelaars en zaten met zijn tienen in een appartement waarvan de smalle ramen vanbinnen met krantenpapier waren afgedekt, in een vage poging invallen van de Board of Health, de gezondheidsraad, tegen te gaan. Onder de deuren door kwamen geuren van gebakken eten en urine, van rook en mannen. De kat van het gebouw sleepte met een vissengraat van de ene verdieping naar de andere. Zijn zwarte vacht vertoonde hier en daar kale plekken van heet vet.

Violet bukte zich om de kat over zijn kop te aaien, maar hij siste naar haar en sloop weg door de gang. Zij en Nino liepen nog een trap op.

'Het stinkt hier,' zei hij.

'Jij stinkt ook,' zei ze.

Hij gaf haar een flinke duw tegen haar schouder en ze sloeg tegen een muur, die kleverig aanvoelde.

Madam Tang zat op de derde verdieping. Voor de ingewijden was er een aparte ingang met een stortkokerachtig trapportaal dat van de straat rechtstreeks naar een andere deur leidde. Violet wist dat ze maar beter niet kon proberen via die weg binnen te komen. Zij en Nino moesten wachten tot de jongen die Li heette tevoorschijn kwam om melk voor de kat neer te zetten. Ze gingen bij de deur zitten.

Er glipte een magere Chinese jongen de gang op, die met een schotel in zijn hand neerhurkte.

'Li,' fluisterde Nino.

Li tuurde in het harde licht, trok zijn neus op en gebaarde dat ze weg moesten gaan. Ze kenden hem van de kade. Als hij niet bij madam Tang was, verkocht hij teer dat uit de opium-pijpen was geschraapt aan buitenlandse zeelieden.

'Laat me erin,' zei Violet.

'O, nee,' zei Li. 'Wegwezen.'

'Laat de deur open, anders verbouw ik je gezicht,' zei Nino.

Li keek zenuwachtig maar gelaten; hij verdween en liet de deur op een kier.

Nino ging staan en klepperde met de sigarendoos naar Vio-let alsof het een mond was.

'Ik ga mijn kranten halen,' zei hij.

'Oké,' zei ze. 'Ga maar.'

'We hebben vanavond een feestje. Jimmy is er weer.'

'Waar is hij geweest?'

'De bak. Hij werd opgepakt toen hij een agent probeerde te beroven.'

Ze tikte met een knokkel op haar hoofd.

'We zien elkaar achter het café,' zei hij.

Nino stopte zijn sigarendoos onder zijn arm en groette haar met zijn vrije hand, waarna hij met grote sprongen de trap af rende. Op elke overloop kwam hij met een galmende klap op twee voeten terecht, tot hij beneden was.

Toen ze hem niet meer kon horen, knielde Violet op de vie-ze vloer en trok de deur met haar vinger open. Ze was nog nooit binnen geweest. De vorige keer dat ze haar moeder was komen zoeken, had een oude man haar weggejaagd. Hij had met een wandelstok naar haar gezwaaid en iets in het Chinees geroepen. Het plafond was hoog en banen zonlicht piepten door de stof die voor de ramen was gespijkerd. De klanten lagen op hun zij op rieten matten of op platte, niet bij elkaar horende kussens, en hun hoofd lag op hun arm, als kinderen die een dutje doen.

Madam Tang was een Chinese vrouw van middelbare leeftijd met een perkament-achtige huid, maïsgele tanden en een laag vlees tussen haar kin en haar nek. Ze lag op een gerafelde divan. Haar kleine voeten, die onder de zoom van haar lange zijden tuniek uit staken, waren dik en bloot en haar tenen waren kromgetrokken en knoestig.

De rokers waren allemaal mannen, op Lilibeth na, die haar lichaam gracieus om haar opiumpijp had gebogen. Haar ogen waren halfgesloten, maar ondanks haar slappe, iets geopende lippen leken ze te lachen.

'Mama,' zei Violet.

Madam Tang draaide razendsnel haar hoofd naar de deur en haar mond vertrok tot een boze streep, maar ze hield zich in, want ze wist dat ze haar klanten niet moest storen door drukte te maken.

Langzaam sloeg Lilibeth haar ogen op en ze keek haar dochter aan.

'Vi,' zei ze met een lage keelstem. 'Vi, Vi, Vi, Vi, Vi. Wat moet ik toch met je?'

Ze klopte op de mat. Violet ging in de kromming van haar moeders arm liggen en ademde de geur in van verschaalde, zoete rook van haar moeders mouw en de vage zweem van sering van haar parfum. Violet pakte Lilibeths slanke vingers en sloot haar ogen.

Iris

Iris had besloten dat haar verjaardag een goede dag zou zijn om te sterven. Dan had ze dus nog drie weken. Ze had graag het millennium uitgeluid, vanuit een soort verlangen naar het gevoel van afronding dat het bereiken van een mijlpaaljaar betekende, maar dat was zelfs in de meest hoopgevende scenario's geen optie. Ze had kanker altijd een banale manier gevonden om het leven te verlaten, maar eigenlijk voelde het persoonlijk, bijna intiem, als een geniepige opmars onder haar huid. Tweeënzeventig jaar leek haar geen oneerlijk vonnis. Ze had lang genoeg geleefd. Ze had geprobeerd dit aan haar kinderen duidelijk te maken in een poging hun behoefte aan een oplossing in te dammen, of aan andere specialisten, behandelingen of medicijnen om het onvermijdelijke te rekken, maar haar passiviteit – of eigenlijk haar berusting – frustreerde hen meer dan dat die hen troostte.

De ochtend was het minst pijnlijke deel van de dag. Iris ging rechtop op bed zitten en zette haar voeten op de vloer. Ze wachtte even tot de sterretjes voor haar ogen verdwenen waren en haar bloeddruk weer stabiel was. Ook al was haar lichaam gesloopt door ouderdom en ziekte, haar voeten zagen er nog meisjesachtig uit en haar teennagels waren petuniaroze gelakt. Ze had elke zomer van haar jeugd in Minnesota op blote voeten gelopen en haar voetzolen waren taai en vuil en de bovenkant van haar voeten was diep gebruind. Hoe ouder ze werd, hoe minder lang geleden die jaren leken, terwijl de tientallen jaren die ze als huisvrouw in een buitenwijk had doorgebracht, vervlakten en vervaagden. Dat was niet helemaal waar, dacht ze terwijl ze met haar voeten zachtjes over het witte berber wreef. Er waren ook nog de kinderen, en soms werd ze overvallen door levendige herinneringen aan de tijd dat Theo en Samantha nog klein waren. Het moederschap was een universum op zich met zijn eigen, niet-lineaire tijd en zijn eigen, ondefinieerbare pijn en beloning.

De ventilator boven haar hoofd draaide loom rond en de lucht die door het open raam binnenkwam, was koel. Iris vroeg zich af of ze de airco ooit nog aan zou zetten. Dat was een spelletje dat ze met zichzelf speelde: zou dit de laatste manicure zijn, de laatste keer dat ze shampoo kocht, de laatste portie chinees, het laatste onweer, het laatste bezoekje aan het postkantoor, de laatste kruiswoordpuzzel op zaterdag? Dit gemijmer gaf het alledaagse iets plechtigs, en dat vond ze fijn. Er waren niet veel dingen die ze over zou willen doen, hoewel ze graag nog eens naar het huis uit haar jeugd was gegaan, bij de zuidelijke vertakking van de rivier de Root. Ze vond het jammer dat ze die reis naar het noorden nooit meer had gemaakt in de dertig jaar dat haar moeder nu dood was. Haar vader was – in stilte – zo enorm trots op de boerderij geweest, ook al had hij die uiteindelijk verkocht omdat er niemand was om het bedrijf aan door te geven – Iris had het boerenleven al lang geleden de rug toegekeerd.

Op deze vroege ochtend was de lucht betrokken en de wolken boven de zee waren leigrijs en roze, sponsvormig; het licht in de kamer was zacht en gelijkmatig. Haar vader. Hij was een aardige, rustige man geweest, met dun wordend blond haar en een spichtig lichaam waarin onvermoede kracht en onvermoeibaarheid scholen. Hij had met die typische cadans en dat duidelijke accent van de Scandinavische inwoners van Minnesota gesproken, met 'jah's' en 'ë's' en vlakke klinkers. Iris herinnerde zich maar één keer dat haar vaders stem was uitgeschoten – een bedroefde gil, toen hij had gehoord dat zijn broer Peter was omgekomen doordat diens onderlijf tussen de tanden van de maaidorser terecht was gekomen voordat zijn knecht de motor af had kunnen zetten. Haar vader kwam uit de oude wereld, zo verklaarde haar moeder zijn zwijgzame aard en zijn bijna spirituele toewijding aan land en werk meestal.

Haar moeder was sterk en handig geweest, een vrouw die zonder morren mannenwerk deed en nooit klaagde. Ze praatte niet over zichzelf en leek zelf geen behoeften te hebben. 'Hoe is het mogelijk dat jij mijn dochter bent,' zei ze wel eens tegen Iris, die een hekel aan klusjes had en graag dagdroomde en rondzwierf. Haar moeder gaf niets om uiterlijkheden en tutte zich nooit op; ze droeg alleen een jurk als ze naar de kerk ging en ze had een verrassend snelle en jongensachtige lach. Tot Iris' ontzetting was ze de enige moeder in de omgeving die een broek droeg. Ze hield van breien en haar handen waren altijd in beweging: ze maakte dekens, dassen en wanten, soms tot laat in de nacht. Heel af en toe gingen zij en Iris een middagje naar de rivier om te vissen, waar hun tenen zich vastzogen in de koude, glibberige klei langs de oever en ze om de beurt een slok uit een fles melk namen. Iris vroeg zich af of haar moeder eenzaam was geweest toen haar vader was gestorven. Of was ze, als oude vrouw, juist blij dat ze eindelijk alleen was? Waarom heb ik nooit de moeite genomen om haar dat te vragen, dacht Iris.

Ze pakte het opengeslagen boek dat omgekeerd op haar nachtkastje lag en legde er een bladwijzer in. Ze wist dat dit haar laatste boek zou zijn en ze genoot er daarom des te meer van: ze las langzaam en voelde de woorden door haar slaperige hoofd tuimelen; ze verdwaalde in de eindeloze zinnen. De jongen met de bril in de bibliotheek – hij had herfstvakantie en was bij zijn grootouders op bezoek, zei hij – had het haar aangeraden toen ze naast hem het karretje met nieuwe aanwinsten doornam.

'Heb jij misschien goeie ideeën?' had ze hem gevraagd.

'Het is moeilijk om te kiezen, hè? Al die boeken die je kunt lezen. Ik ben zelf helemaal weg van postmodern, maar dat is misschien niet uw stijl.'

Iris glimlachte. 'Ik weet niet of ik wel een stijl heb.'

'Virginia Woolf misschien? Vindt u die goed?' vroeg hij.

'Ik zou het niet kunnen zeggen,' zei Iris. 'Ik geloof dat ik nog nooit iets van haar heb gelezen.'

Belachelijk genoeg voelde ze haar wangen warm worden van het blozen. Hij was een knappe jongen – lang, met bruine ogen die een beetje werden vergroot door de kleine, ronde bril, en ernstig zonder zich daarvan bewust te zijn. Hij deed haar aan Henry denken, aan hoe Henry lang geleden moest zijn geweest. Hun verhouding had nog geen jaar geduurd, maar ze dacht nog elke dag aan hem.

'Loop maar mee,' zei de jongen.

Hij liep op een drafje naar de literatuurafdeling en keek de planken langs. Ten slotte pakte hij er een boek af.

'Ik heb dit in het laatste semester van mijn college Westerse Beschaving gelezen. Het is echt geweldig.' Met beide handen stak hij haar *Naar de vuurtoren* toe. 'Uw wereld zal nooit meer dezelfde zijn.'

'Dat is nogal een aanbeveling,' zei ze. 'Ik neem het.'

Iris had altijd moeite met literatuur gehad – wie had daar nu tijd of aandacht voor? – en had de voorkeur gegeven aan de snelheid en ongecompliceerdheid van thrillers, of aan de kleurige, geestdodende voorspelbaarheid van tijdschriften. En nu was ze er op het laatste moment achter gekomen dat ze het bij het verkeerde eind had gehad. Nog iets om spijt van te hebben, dacht ze. Zet maar op de lijst.

Haar hoofd zat vol watten door de pijnstillers, maar ze kon wel opstaan en aan de dag beginnen. Ze trok de appelgroene ochtendjas aan die ze de avond ervoor over de schommelstoel had gehangen. Ze zag zichzelf niet graag in haar nachthemd in de spiegel. Ze had niet zozeer moeite met de slaphangende stof op de plek waar haar borsten hadden gezeten en zelfs niet met de gladde, rode randen van de littekens die boven de hals uit kwamen, maar wel met haar holle, langzaam krimpende fysieke gestalte. Ze hoefde echt niet aan haar wegterende lichaam herinnerd te worden. Sinds haar scheiding had Iris haar onafhankelijkheid, haar isolement, haar gebrek aan behoeften gekoesterd – ze had er immers voor gekozen naar Florida te verhuizen – maar ze wist dat haar tijd bijna voorbij was.

Ze kon geen koffie meer verdragen, maar ze zette toch een pot vanwege de geur die de keuken vulde, vanwege de illusie van energie en mogelijkheden. Terwijl ze een Engelse muffin roosterde, keek ze naar de bladeren van de palmbomen die heen en weer zwiepten in de aanzwellende storm en luisterde ze naar het regelmatige ritme van Stephen, die in de flat naast de hare woonde en touwtje aan het springen was.

Stephen was gebruind en hij glom. Hij werkte bij de receptie van het Holiday Inn. De zeldzame keren dat ze elkaar op het parkeerterrein passeerden, noemde hij haar Irene en ze had nooit de moeite genomen om hem te corrigeren. Toen ze op Sanibel kwam wonen, vond ze zijn steeds wisselende liefdes een bron van amusement. Ze zag de gespierde mannen die hij mee naar huis nam 's morgens snel in taxi's verdwijnen. Maar naarmate de jaren verstreken en de mannen bleven komen en Stephen ouder werd, werd ze verdrietig als ze bedacht hoe hij eraan toe was als de mannen waren vertrokken: ze zag hem gel in zijn haar doen, zijn wenkbrauwen epileren en zijn grijze hoteluniform dichtknopen. Ze vroeg zich af hoe lang het zou duren voordat hij merkte dat ze niet meer naast hem woonde.

Toen ze boter op de muffin smeerde, ging de telefoon. Dat was natuurlijk haar zoon. Hij belde elke ochtend plichtsgetrouw vanaf kantoor. Ze stelde zich zijn klussenlijstje voor: vergadering zakenpartner bijwonen, bankfusie orkestreren, stervende moeder bellen. Dat was niet eerlijk, wist ze, maar hij was haar steeds meer gaan betuttelen naarmate ze zieker werd vanwege zijn angst voor haar dood en zijn onvermogen daar iets aan te doen. Maar het was erg vermoeiend. Iris zuchtte en pakte de telefoon op nadat hij vijf keer was overgegaan.

'Hallo?'

'Mam? Alles goed? Waarom duurde het zo lang voordat je opnam?'

'Ik zit gewoon te ontbijten, lieverd. Je hoeft geen ambulance te sturen.'

Ze voelde het verzet van haar zoon tegen de luchtige manier waarop ze met zijn bezorgdheid omging. Iris zag weer voor zich hoe hij als driejarige door de keuken beende, witheet van verontwaardiging omdat hij niet naar buiten mocht, de sneeuw in.

'Hoe voel je je?' vroeg hij, alsof hij een verhoor afnam.

'O, vandaag best goed,' zei ze. 'Je zus komt morgen.'

'Zeg, ik wil even met je praten. Er is een kerel in Mayo...'

'Ja, dat heb je me al verteld. Theo, doe me nou een lol...'

'Ik kan een vlucht regelen voor vanmiddag.'

'Dat weet ik.'

'Mam.'

'Genoeg,' zei ze met alle moederlijke kracht die ze kon verzamelen.

'Oké,' zei hij. 'We komen gauw naar je toe. Hooguit over een paar weken.'

'Ik ga nergens heen. Liefs voor Cindy,' zei ze, in de hoop dat het niet te onoprecht klonk. Wat hij in haar zag, zou Iris nooit begrijpen. Haar schoondochter had geen gevoel voor humor en was een pietlut, maar je kon haar waarschijnlijk wel mooi noemen, en ze was goed verzorgd. Ze stak zo veel energie in haar uiterlijk – Iris had Cindy nog nooit zonder make-up gezien, ook 's morgens vroeg niet – dat het haar een doodvermoeiend bestaan leek. Maar misschien herkende Iris dat trekje van de schijn ophouden wel in zichzelf en was ze daardoor zo kritisch.

Ze nam een hap van de muffin, maar kauwen was inspannend en de geroosterde buitenkant was scherp aan haar verhemelte. Er begonnen dikke regendruppels te vallen. Ze ademde de geur in van het natte hout van de plankieren op haar balkon. Ze probeerde te bedenken waar ze zin in zou hebben – laatst had ze bij McDonald's een kaasburger geprobeerd, maar die poging had ze halverwege opgegeven. Misschien een cake of een toetje van haar moeder, dacht ze. Haar moeder was er beroemd om geweest als er gebak moest worden gemaakt voor het goede doel of voor gezellige bijeenkomsten na de kerk. Iris vond ze te zoet en te machtig, maar nu had ze er wel zin in. Wat had ze met haar moeders recepten gedaan? Toen ze na haar moeders dood de boerderij leeg had gehaald, had ze niet veel bewaard. Ze had haar moeders oude houten naaidoos bewaard, waarvan de afgeronde hoeken en zwaluwstaartverbindingen zo liefdevol door haar vader waren gemaakt. Tot haar verrassing had ze onder de garenklosjes, een verroeste schaar en rafelende speldenkussens een oud bijbeltje gevonden, alsof haar moeder het daar had verstopt. Maar in de loop van de daaropvolgende dertig jaar had Iris de naaidoos uit het oog verloren. En kennelijk ook de recepten. Ze zag het keurige pakje met elastiekjes erom dat ze, vreemd genoeg, in de bovenste la van haar moeders kledingladekast had gevonden nog voor zich. Iris had ze niet weggegooid, ook al had ze ze nooit gebruikt. Ze had trouwens nooit het elastiek eraf gehaald. Wat zou ze ermee moeten? Een Jenny Lindcake maken? Maar ze wist dat ze ze niet hier in Florida had. Ze wist precies wat ze allemaal had, dat was het mooie van de overzichtelijkheid. Misschien had Glenn ze meegenomen, hij was altijd een zoetekauw geweest. Glenn. Het was wonderlijk dat ze veertig jaar met hem getrouwd was geweest. Veertig jaar! Ze hadden grotendeels goed bij elkaar gepast. Ze hadden wel eens onenigheid gehad, maar nooit echt ruziegemaakt. Hij had voor het geld gezorgd, en was aardig en een goede weekendvader. Ze had zich nooit afgevraagd of ze gelukkig was en daarom had ze die vraag ook nooit hoeven te beantwoorden. Maar vertrouwdheid is niet hetzelfde als liefde, wist ze nu, en toen hij haar uiteindelijk verliet – ze wist al jaren dat hij Marie had – en de woede en angst een beetje waren gezakt, viel er een last van Iris af.

Het was tijd voor de eerste knuist pillen van vandaag, Iris

48

schonk een glas melk in en pakte de amberkleurige, plastic apothekerspotjes van de vensterbank, die stuk voor stuk met een tik op de citroengeel betegelde aanrecht terechtkwamen. Sanibel, deze koopflat en zelfs deze betegeling waren heel nadrukkelijk anders dan haar vorige leven. Het was heel vreemd dat de spullen die ze altijd graag om zich heen had haar na de scheiding niets meer konden schelen: de windsorstoelen, de glanzende kisten, de eikenhouten ladekasten, de achttiende-eeuwse spiegels, het in koloniale stijl gebouwde bakstenen huis en de sociëteit van North Shore. Haar kinderen interpreteerden haar verhuizing als triest, weglopen, depressiviteit: 'Een appartement in Florida? Je houdt niet eens van de zon. Wat wil je daar gaan doen, sjoelen?' Chicago voor Sanibel verruilen was een soort vlucht, gaf ze toe, maar ze had zich hier beter gevoeld dan vele jaren daarvoor. Ze had troost gevonden in de kleine, onpersoonlijke kamers met witte muren die ze had gevuld met meubels (pastelkleuren, bamboe, witte lak) en kunst (zeegezichten en afbeeldingen van schelpen) in de typische Floridastijl. Ze had zich tevreden gevoeld in de hotelachtige soberheid, zonder de indringende herinneringen en geschiedenis, en zonder sentimentaliteit. Geen tijdschema's van anderen, geen rommel van anderen, geen behoeften van anderen. Mensen kunnen veranderen, had ze tegen Samantha en Theo gezegd. Ik ben veranderd.

Het had maar even geregend en nu trokken de donkere wolken richting zee; in de verte zag ze een bliksemschicht. Iris wist dat ze op het strand zou moeten wandelen of haar warme kleren naar het Leger des Heils zou moeten brengen, of een brief zou moeten schrijven aan de kleindochter die ze nooit zou zien. Maar het enige dat ze wilde, was weer lezen, terugkeren naar de familie Ramsay in hun afgetakelde zomerhuis aan zee, met de mooie, in zichzelf gekeerde, opbeurende, gekmakende mevrouw Ramsay, die probeerde alle ervaringen van iedereen om haar heen te bepalen. De onophoudelijke emotionele plaatsbepalingen. Was dat een vrouwenvloek, vroeg Iris zich af. En wat zag mevrouw Ramsay toch in die afhankelijke, onstuimige meneer Ramsay? Om het over de acht kinderen maar niet eens te hebben.

Voor Iris was één kind genoeg geweest. Haar zoon, Theo. Tien jaar later – ze was nota bene veertig – had ze ontdekt dat ze weer zwanger was. Ze had voor de praktijk van de dokter in de auto zitten huilen terwijl de sneeuwvlokken dwarrelden en op de voorruit van haar auto smolten. Ze had langer gehuild dan om het nieuws van haar vaders dood twee maanden eerder. Ze voelde zich verraden door haar lichaam. Opnieuw gevangen in het moederschap, net nu Theo haar steeds minder nodig had. Maar abortus was destijds illegaal, iets wat tot de zelfkant van het leven behoorde, gevaarlijk zelfs. De mensen die ze kende, gebruikten het woord abortus niet eens – 'Ik heb gehoord dat Mary Jo Surrey zich heeft laten helpen door een arts in het zuiden van de stad' – en ze zou trouwens toch niet hebben geweten hoe ze het aan moest pakken. Dus deed Iris alsof ze blij was voor Glenn, wiens ogen vochtig werden toen hij het hoorde, en toen de weken verstreken, wachtte ze op de miskraam die maar niet kwam. Samantha was een rustige baby die goed sliep, alsof ze aanvoelde dat ze lief moest zijn om haar moeder een plezier te doen, om het gemakkelijker te maken om van haar te houden.

Als peuter werd Samantha steeds verlegener; ze klemde zich aan Iris vast en verborg haar gezicht. Ze ging alleen maar op de glijbaan of de schommel als de speeltuin leeg was en dan alleen als Iris naast haar stond. Zelfs als Iris de kamer uit was en Samantha bij Glenn bleef, veranderde ze in een huilend wrak. Iris maakte zich er niet zo veel zorgen om. Ook zij was een verlegen kind geweest en ze vond het ergens ook wel leuk dat ze zo nodig was.

'Het is niet normaal,' zei Glenn.

'Ze groeit er wel overheen,' zei ze. 'Het is een fase.'

'Theo was niet zo.'

'Jongens zijn anders.'

'Ga eens met haar naar de dokter. Gewoon voor de zekerheid.'

De kinderarts, de oude, strenge dokter Kimble, zei tegen Iris dat ze Samantha vertroetelde en dat dat het probleem was.

'Geef haar minder aandacht. Laat haar maar huilen. Ze groeit er wel overheen.'

Dus meldde Iris haar aan voor een muziekles die gegeven werd in een lokaal van de zondagsschool in de presbyteriaanse kerk. Verspreid over het linoleum lagen vierkante stukjes tapijt. Aan de ene muur hing een vriendelijke Jezus die zijn hand uitstak naar de Samaritaan en aan de andere muur hingen kruisen met het alziend oog van God erop. Moeders kusten hun kinderen, zeiden tegen hen dat ze zich netjes moesten gedragen en vertrokken. Samantha verstevigde de greep om haar moeders hand en drukte haar lijfje tegen haar moeders been. Iris wist dat het niet goed zou gaan. Ze wist dat Samantha niet rustig zou worden als ze weg was. Ze wist het, maar de dokter zou het vast wel beter weten.

'Mammie niet weg,' zei Samantha.

'Ik sta vlak voor de deur, schat. Het wordt vast leuk!'

'Mammie niet weg. Sama en mammie naar huis.'

'Ga je op de trommel slaan? Kijk eens. Dat is een tamboerijn. Ga hem maar pakken.' Iris wurmde haar vingers los en duwde Samantha naar voren. 'Wees een grote meid. Net zo groot als Theo, ja?'

De juffrouw, met een helm van strakke, witte krullen, liep naar haar toe en probeerde Samantha naar de kring te leiden terwijl Iris snel wegliep. Het gesnik begon al voordat ze de deur dichtdeed. Iris telde gedurende twee minuten de seconden op haar horloge en liep toen weer naar binnen en tilde onder het medelijdende oog van de juffrouw Samantha op, die haar gloeiende, natte gezichtje in Iris' hals verstopte. Dokter Kimble én Glenn konden de pot op. Wat wisten mannen van het moederschap? Ze besloot iedereen te negeren en Samantha uit haar schulp te laten kruipen wanneer het háár behaagde.

Iris draaide zich langzaam op haar zij om haar pijnlijke heup te ontlasten. Kletskoek, dacht ze. De waarheid was heel wat minder vleiend. Ze was altijd bang geweest dat Samantha ergens in haar cellen, of misschien in haar limbische systeem, wist dat ze niet gewenst was geweest, dat Iris haar weg had gewenst. En Iris wilde de losmaking vanwege haar eigen schuldgevoelens niet forceren. Binnen een jaar was Samantha een onafhankelijk meisje geworden dat haar helemaal niet zo nodig leek te hebben. Of misschien was het een mythe die Iris had bedacht om zichzelf het gevoel te geven dat ze een betere moeder was dan ze in feite was geweest. Deed het er nog iets toe?

Iris werd wakker op de bank met haar boek opengeslagen op haar borstkas, terwijl een dikke, vlezige vlieg rondjes door de kamer vloog. Haar gewrichten deden pijn. Haar hoofd voelde te groot voor haar lichaam; het bloed bonsde achter haar ogen en ze had het gevoel dat ze het niet kon optillen. Ze bleef even liggen en probeerde haar longen te vullen; haar pijnlijke huid vertelde haar dat ze te laat was met haar pillen.

Toen ze wakker werd, dacht ze áan haar moeder op de dag van haar vaders begrafenis, een van de laatste keren dat Iris haar had gezien. Het was heel winderig aan het graf. Dat was de spontaanste herinnering die Iris aan die dag in 1965 had. Ze had de ene hand op haar haar moeten houden om te voorkomen dat het in haar gezicht sloeg en de andere hand op haar rok. Ze had de trage, op gedempte toon uitgesproken woorden van de oude lutherse dominee door het geruis van de wind en het geratel van de populierbladeren niet kunnen horen. Voor zo'n stoïcijnse man had haar vader wel geweten hoe hij het toneel moest verlaten.

Iris stond naast Glenn, zo stevig als een boomstronk in zijn donkere pak, terwijl de bladeren om hem heen wervelden op die middag vroeg in de herfst. Haar moeder stond alleen, met droge ogen en onbewogen, haar handen in elkaar voor haar lichaam; ze droeg een slecht passende zwarte trui die ze de dag daarvoor in de stad had gekocht. Glenn probeerde Iris naar voren te praten.

'Het is de begrafenis van haar man. Ze is je moeder,' zei hij in haar oor, zodat de wind zijn woorden niet zou meevoeren.

'Zo is ze niet,' zei Iris met een gezicht waarop opgedroogde zoute sporen zaten. Ze wist hoe moeilijk haar moeder het had met alle aandacht en goede wensen en boerenomhelzingen. Ze wist dat ze alleen wilde zijn.

Iris rouwde om haar vader, maar het was zo lang geleden dat ze thuis was geweest of zelfs maar met hem had gepraat – ze had hem nooit aan de telefoon, zijn vrouw bracht zijn boodschappen over; het grootste deel van haar volwassen leven had hij ver van haar af gestaan, en het voelde alsof ze al om hem rouwde sinds ze uit Minnesota was weggegaan.

Later, in de boerderij, wisselde ze een stroeve glimlach met oude buren terwijl ze om de eetkamertafel heen liepen, die beladen was met warme gerechten en *lutefisk*, bezorgd door de Sons of Norway. Mevrouw Ingebretson, de stokoude kerksecretaresse, had een *kringle* gemaakt. Iris had tijdens de rit vanuit Chicago twee appeltaarten gekocht, die onaangeroerd op het buffet stonden. Ze hoorde Glenn praten met de postbode, die had gevraagd: 'Wat moet ze nu?' Alsof alleen zijn het einde van je leven betekende. Dat ergerde Iris, ook al wist ze dat het oprechte bezorgdheid was. Ze ging haar moeder opzoeken. Ze liep door de kamers van het huis waarin ze was opgegroeid, of eigenlijk gleed ze erdoorheen, want de indeling zat in het geheugen van haar spieren, en daarna waagde ze zich buiten, achter het huis.

De wind was een beetje gaan liggen; het was nu aangenaam en helder weer en in de lucht hing de geur van houtvuurrook, oud hooi en varkensmest. Ze trof haar moeder aan met rubberlaarzen aan en een grote jas van zeildoek over haar met modder bespatte jurk – ze was een van de varkensstallen aan het uitmesten.

'Moeder?' Iris liep op haar tenen op haar pumps, in een poging de zachte, doorweekte plekken op het erf te vermijden. 'Heb je al iets gegeten?'

'Ik weet niet waarom ik al die moeite doe,' zei ze. 'Hij schopt het toch weer alle kanten op zodra ik hem erin laat.' Ze hield op, zette de hark tegen de muur en veegde haar handen schoon. De twee varkens snoven en toen wierp een van de twee, duidelijker roze en hariger dan de ander, zich met zijn volle gewicht tegen de scheidswand. 'Elsie, gedraag je.' Ze keek Iris recht aan. 'Ik wou dat je je zoon had meegenomen. Ik heb hem al zo lang niet gezien.'

'Hij is bij Glenns moeder,' zei Iris. 'Dat leek me het beste.'

Haar moeder knikte en streek met haar pols langs haar voorhoofd.

'Ik heb iets voor hem. Een das. Denk eraan dat ik die aan je geef voordat je weggaat.'

'Goed. Wil je binnenkomen?'

'Hemel, nee,' zei ze.

Iris wreef over haar armen, zich ervan bewust dat ze er in haar chique, zwarte, nauwsluitende jurk totaal misplaatst uitzag, maar dat hoorde er nu eenmaal bij. Het stadsmeisje dat was teruggekomen. Ze keek over de grasachtige akker met pas ingezaaide wintertarwe achter de schuur, die nu eigendom was van de Jensens, en ze vond het jammer dat dit haar geen gevoel van verlies gaf. Het was schandalig, dacht ze.

'Ik denk dat de gasten je willen condoleren,' zei Iris.

Haar moeder haalde haar schouders op. 'Ze overleven het wel.' Ze deed het metalen hek open. 'Hier, hou eens vast. Ik ga Elmer weer binnenlaten.'

Het gevlekte varken knorde zacht en hees zich op zijn kleine pootjes overeind. Iris hield het hek vast terwijl ze onvast op haar hoge hakken wiebelde en ook nog probeerde haar jurk schoon te houden.

'Ik krijg het idee dat je het koud hebt, Iris,' had haar moeder gezegd. 'Ga toch naar binnen. Ik heb het. Neem een kop thee. Ik red me wel.'

Iris deed haar boek dicht en legde het op de grond met een arm die trilde van vermoeidheid. Het ging altijd goed met haar moeder, ook als dat niet zo was, en Iris had nooit de moeite genomen die twee uit elkaar te houden. Het was gemakkelijker geweest om in het stoïcisme van haar moeder te geloven dan het risico te lopen dat ze een glimp van haar kwetsbaarheid opving. Ik ben dertig jaar te laat, dacht ze terwijl ze zich op haar zij keerde.

Door het raam zag ze stukjes lucht door het steeds veranderende wolkendek; het was nu warmer, en de regen was voorbij. Ze liet haar voeten van de bank op de grond glijden. Sta op, Iris, sta op, spoorde ze zichzelf aan. Zwelg er niet in. Verpest je dag niet.

Ik ben een stervende vrouw, antwoordde ze. Ik mag doen wat ik wil.

Sam

Ze zou eerst de pondscake gaan maken. Doordat ze Ella de borst gaf, kon ze makkelijk de hele cake in haar eentje op. Ze was momenteel onverzadigbaar. Tegen de tijd dat Jack terugkwam van de campus, zou er alleen nog een onbestemde, gezellige bakgeur over zijn, genoeg om hem zich te doen afvragen waar die vandaan kwam, maar niet genoeg om ernaar te informeren.

Ze haalde het meel en de suiker tevoorschijn en keek vervolgens in de koelkast. Ze had iets minder dan een pond boter en negen eieren. Hoe moest ze de eieren wegen? En het meel en de suiker? Ze deed haar ogen dicht met de boter in de ene hand en de eieren in de andere. Niet veel verschil.

Ze zocht in een kast naar een cakeblik, dat ze uit haar moeders keuken had geërfd, samen met de keukenmachine en het met fluweel gevoerde kistje met zilver, dat de laatste keer dat ze had gekeken zwart begon te worden. Sam had de rest van haar moeders bezittingen in dozen gestopt en afgeleverd bij het Leger des Heils in Fort Myers, samen met de meubels, de zeegezichten en de spiegellijsten van wrakhout. Ze had alleen de gele schommelstoel en een witte ladenkast gehouden, die nu allebei in Ella's kamer stonden, samen met wat losse spullen die ze op de vlucht naar huis in haar tas had meegenomen. Toen Sams ouders waren gescheiden, deed haar moeder alle antiek weg dat ze tijdens haar huwelijk had verzameld – de glanzende kisten, de koloniale schommelstoelen en de ijzeren bedden. Ze was weggegaan uit Chicago en naar Florida verhuisd, naar het eiland Sanibel, en ze had een appartement gekocht waarin ze had gewoond tot haar dood het jaar daarvoor, vier maanden voordat Ella werd geboren.

Het cakeblik was nergens te vinden. Hoe kon dat nou? Ze had het laatst nog gebruikt voor iets wat door het Engels Instituut georganiseerd was. Ze had de pest in. Jack had het zeker niet mee naar huis genomen. Huishoudelijke details lagen buiten zijn gezichtsveld. Ze wist vrij zeker dat hij in de vijf jaar dat ze nu getrouwd waren niet één keer wc-papier, vuilniszakken of wasmiddel had gekocht. Of zeep. Of tandpasta. Jij hebt ervoor gekozen de behoeften van je kind en het huishouden op de eerste plaats te laten komen, prentte ze zichzelf wel eens in om weer rustig te worden. Maar ze wist dat het niet echt een keuze was. Sam voelde zich nog steeds overgeleverd aan de macht van haar biologie en soms kwam ze stilletjes in opstand tegen het feit dat ze geen enkele greep had op de intensiteit van haar gevoelens voor Ella. Het leek wel alsof ze een van haar eigen vitale organen had gebaard, wat een ommekeer in zichzelf vereiste die instinctmatig, onherroepelijk en totaal was. 'Je hebt een postnatale depressie, Samantha,' had Melanie gezegd. 'Duidelijk.' Misschien had ze gelijk. Of misschien was alles nu gewoon anders.

Sam pakte haar sleutels en trok de voordeur achter zich dicht, waarbij ze bijna struikelde over een doos op het bordes. Ze vroeg zich af waar die op dat tijdstip vandaan kwam. Maar aan de andere kant was er sinds ze naar Madison was verhuisd nog nooit een pakket bezorgd. Aan het linkshandige blokletterhandschrift op het adresstrookje te zien was het van haar broer Theo. Misschien iets voor Ella, hoewel hij helemaal niet zo attent was. Zulke dingen liet hij aan zijn vrouw over. Sam schoof de doos met haar voet naar de deur toe – wat kon er zo zwaar zijn? – en liep naar de auto.

Ze woonden aan de oostkant van de stad, niet ver van de noordelijke oever van het Mononameer, in een gewilde, wat verwaarloosde buurt met oude, in victoriaanse en *craftsman*-stijl gebouwde huizen, een paar huizenblokken bij een natuurvoedingswinkel en een veganistische koffieshop vandaan, en bij een soepuitdeelpunt en een groot gebouw met verhuurde kamers. De buurt was veryupt en het vervallen, verlopen verleden was weggepoetst, maar er bleef een restje haveloosheid dat Sam wel kon waarderen. Ze was blij dat ze niet in de buurt van de universiteit en de te mooie buitenwijken aan de westkant van de stad woonde.

Ze miste New York niet heel erg, maar wat ze wel miste waren de kleur en de levendigheid. In haar oude atelier in het centrum van Brooklyn, dat ze met iemand anders had gedeeld, had ze graag op haar balkon op de zesde verdieping gestaan, waar de koude lucht een welkome afwisseling vormde voor de drukkende hitte van de ovens, en waar ze de bruisende menigte die het restaurant Junior's in en uit liep op zich in liet werken, en de lichten en het getoeter en het Spaans en Arabisch en de tassenwinkels en mobieletelefoonventers op Atlantic Avenue. Soms miste ze zelfs het troosteloze en lugubere winkelcentrum waar ze langs moest als ze naar de ondergrondse liep, met de 'R' die uit het reclamebord 'Toys "R" Us' was weggebrand en de winkel met lichaamsverzorgingsartikelen waarvan de ruit gebarsten was en de parkeergarage die op elk uur van de dag gevaarlijk leek. Ze miste het donker en licht dat gecreëerd werd door de miljoenen mensen die tegen elkaar op botsten.

Haar mobieltje ging. Theo. Ze nam niet op.

Haar broer was jurist bij een groot bedrijf in Washington, iets met fusies en aankopen, en zijn vrouw Cindy, met haar keurige blonde pagekopje, was binnenhuisarchitecte. Ze had een traditionele stijl die aan rococo grensde, met heel veel linnen en strepen. Ze had een goedlopende zaak aan de Potomac en de Chesapeakebaai. Sam vond hun huis in Georgetown oorspronkelijk en opzichtig tegelijk, en een dubbele pagina in *Town & Country* die haar door Cindy was toegestuurd, hielp haar niet echt van dat idee af. Theo was tien jaar ouder dan Sam en ze hadden nooit een nauwe band gehad. Hij behandelde haar met de neerbuigendheid van een oudere broer, wat haar kribbig en defensief maakte, alsof ze eeuwig zesentwintig en zestien bleven. Het afgelopen jaar hadden ze elkaar vaker gesproken dan ooit daarvoor vanwege de vele details waarover besloten moest worden, van grote (kist of crematie) tot meer alledaagse (het lettertype voor het boekje van de begrafenisdienst) en belachelijke ('Sheryl, mama's kapster, beweert dat mama haar een jade ring had beloofd'), daartoe genoodzaakt door de dood van een ouder.

Hun moeder, Iris, had borstkanker gehad. De tweezijdige borstamputatie en verwijdering van lymfeklieren en bestraling waren niet snel of grondig genoeg geweest om alle sluipende kankercellen in toom te houden die zich in haar lichaam hadden genesteld en een halfjaar later onstuitbaar tot uitbarsting waren gekomen. Uiteindelijk had haar moeder tot Sams grote ongenoegen besloten zich niet te onderwerpen aan de vernietigende werking en minieme kans op succes van chemotherapie. Iris had het slachtoffer noch de martelaar uitgehangen, maar was altijd stoïcijns gebleven. Dat kwam door haar Scandinavische genen, zei ze altijd – haar vader kwam uit Noorwegen. Toen Sam probeerde haar over te halen naar Madison te verhuizen, had Iris grinnikend gezegd dat ze liever stierf op een plek waar het vijfentwintig graden en zonnig was, als ze het niet erg vond. Dus ging Sam maar naar haar toe. Ze liet Jack achter en vertrok naar Florida voor een verblijf dat slechts drie weken zou gaan duren. Iris was gestorven op de dag dat ze tweeënzeventig werd. Theo en Cindy waren een dag te laat op komen dagen.

Ze draaide East Washington Avenue op, de langgerekte bedrijvenstrook op de landengte tussen het Mononameer en het Mendotameer die van het Capitool naar de Interstate liep en waar het wemelde van de kantoortjes waar je cheques kon verzilveren, fastfoodrestaurants en drankwinkels en waar zich de seksshop bevond die dag en nacht open was en die, zo had ze gelezen, dit jaar al vijf keer was overvallen. Uit gewoonte keek ze even in haar achteruitkijkspiegel om Ella in de gaten te houden, en nog voordat haar hersens in actie konden komen, had het lege autozitje al paniek in haar hart veroorzaakt. Ze reed langs het Lotus House, een massagesalon die was weggestopt tegen Highway 30 aan, een stripclub en het lage Admiral Motel, waar je 31,95 dollar voor een kamer neertelde. Met kabel-tv en telefoon op de kamer! Het gebied rond het motel was omgeven door kunstgras en een bruine, kapotte Monte Carlo kampeerde voor de eerste kamer, waar hij al maanden stond. De deur van een andere kamer stond wagenwijd open. De eerste keer dat ze hier had gereden, was ze verbaasd. Ze had verwacht dat Madison zijn ondeugden verborgen zou houden, zoals in het Middenwesten gebruikelijk was.

Tijdens het rijden probeerde ze te analyseren waarom ze zo snel boos werd op Jack. Omdat hij ongehinderd door zorgen om het kind de dag door kon komen. Omdat hij niet wist wat de goede vochtige doekjes waren. Omdat hij wilde dat ze zich los zou maken. Om alles en niets. Hij was een handig doelwit. Ze ademde diep in door haar neus en ving een glimp op van een kwijlvlek en een veeg zoete aardappel op haar blouse. Nu Ella vast voedsel at en minder melk dronk, begonnen Sams ooit zo stevige borsten zielig plat te worden. Ook dat was de schuld van Jack.

Toen ze zwanger was, had Sam het heerlijk gevonden dat ze haar lichaam aan iets kon overgeven, en voor het eerst sinds haar puberteit had ze zich niet druk gemaakt om hoe ze eruitzag, had ze zich niet afgevraagd of ze de extra donut wel of niet zou eten, had ze zich geen zorgen gemaakt om het feit dat haar joggingbroek zich om haar dijen spande. Het was een openbaring geweest – wat had ze een tijd verspild! – dat ze tevreden kon zijn met hoe haar lichaam functioneerde, dat het leven voedde, dat het zo vruchtbaar een doel diende. Maar wat was dat gevoel snel weggeëbd toen Ella was geboren en ze zich druk begon te maken om de extra huid die zich op haar buik verzamelde, om die kromme, zilverkleurige, vingerachtige zwangerschapsstrepen op haar heupen. Tijdens de babyzwemles had ze stiekem naar de andere moeders gekeken terwijl die 'Wheels on the bus' zongen en hun kind door het water zwierden; ze had ingeschat hoe haar gebreken zich verhielden tot die van hen, terwijl ze wist dat ze moest genieten van Elsa's gilletjes en trappelende beentjes. De terugkeer van haar ijdelheid was een teleurstelling voor haar geweest.

Bij de drogist probeerde haar postnatale brein – vier procent gekrompen, had ze gelezen – moeizaam te bedenken waarom ze er stond. Ze liep door de paden. Boterhamzakjes? Batterijen? Toen ze naast het Wonder Bread stond, wist ze het weer.

Bij de kassa zette Sam de bakvorm op de toonbank achter een mager meisje met een slechte houding, net twintig, dat veel kleiner leek door haar sweatshirt met capuchon en een roze nylon minirok die op haar heupen hing. Het haar van het meisje was rommelig glanzend en hing half voor haar gezicht, alsof ze haar opvallende neus probeerde te maskeren. Ze was zwaar opgemaakt met een dikke laag goedkoop poeder dat niet helemaal bij haar huid paste, blauwe eyeliner en bessen-kleurige lippenstift met metaalglans.

'Deze zijn verlopen,' zei de caissière van middelbare leeftijd iets te luid terwijl ze met een zucht twee bonnen aan het meis-je overhandigde. 'En je mag er maar één per artikel gebruiken.' Ze gaf er nog een terug.

'Sorry, dat had ik niet in de gaten,' zei het meisje tegen de grond terwijl ze de bonnen in haar zak stopte.

Sam keek wat het meisje kocht: shampoo, zeep, Skittles, een caloriearme maaltijd en een zak vol kleine pakjes die al wa-ren aangeslagen. Condooms, afzonderlijk verpakt, zo'n dertig stuks. En toen zag ze de schoenen van het meisje met de acryl plateauzolen. Ze is prostituee, dacht Sam, en meteen had ze medelijden met haar, omdat ze de condooms had gezien en omdat de vrouw aan de kassa zo neerbuigend had gedaan. Ze wilde dat het meisje naar haar keek, zodat ze lachend tegen haar kon zeggen: 'Ik veroordeel je niet. We doen wat we kun-nen om ons te redden. Ooit zal het beter gaan.'

Het meisje sleepte haar tas van de toonbank en sloop met opgetrokken schouders de winkel uit terwijl de winkelbedien-de haar hoofd schudde. Sam keek de vrouw niet aan, wilde niet met haar samenspannen; ze wilde haar straffen omdat ze zo grof was geweest.

Buiten klaarde het zodanig op dat het erop leek dat de regen voorbij was. Er stond een koude wind en het rook naar vochtige bladeren.

Maar toen Sam de auto startte, keek ze op en zag het meisje weer; ze zat in een gedeukte witte personenwagen met roestige randen een rij verderop en ze zat haar wenkbrauwen bij te werken in de spiegel op de zonneklep. Werkte ze overdag? Of keek ze tv tot het zo ver was? Waar woonde een prostituee in Madison? Hoe zag haar leven eruit?

Sam wachtte. Het meisje reed achteruit. Sam volgde haar.

Ze hield wat afstand tussen haar auto en de witte personenwagen toen ze in westelijke richting East Washington Avenue op reden. Ze wist dat het raar was – of zelfs bizar – dat ze een onbekende volgde, maar dat kon haar niets schelen. Ze wilde niet naar huis.

Het meisje gaf aan dat ze linksaf ging en Sam deed hetzelfde. Ze reden naar de Sunrise Inn. Dit motel was niet zo erg als de Admiral, maar het was vervallen en louche, en er hing een waas van illegaliteit omheen. Door beslagen ramen zag ze een kil binnenzwembad, dat vast een broedplaats van ziektekiemen en soa's zou zijn. Het motel was maar een paar panden van de massagesalon vandaan. Sam zette de auto bij het pand ernaast, een groezelig kinderdagverblijf dat Kidzone heette; het uithangbord was geschilferd en verbleekt en de etalageruit was wazig geel.

Toen het meisje uitstapte, leek ze nog stiekemer te doen dan Sam zich herinnerde; haar profiel was flets en haar smalle schouders waren gekromd, terwijl ze worstelde met een grote beker frisdrank en haar tassen van de drogist. Ze stak de sleutel in het slot; ze ramde hem erin en bewoog de knop heen en weer, waarna de deur openvloog. Toen draaide ze zich om en keek recht naar de plek waar Sam zat; ze verstarde, hopend dat ze door de voorruit aan het zicht werd onttrokken. Het meisje ging naar binnen en de donkere kamer slokte haar op; de deur viel met een klap achter haar dicht.

Een forse, zwartharige vrouw die ondanks de lage temperatuur gekleed was in een joggingbroek en een strak truitje, kwam een andere kamer uit geslenterd met een sigaret in haar hand en ging met haar rug tegen de balkonrand staan. Ze rook aan haar oksel maar deed verder niets. Haar schouders zaten onder de acne en haar ellebogen waren asgrauw. Een jongen met een Batmanpak aan stak zijn hoofd naar buiten. In een flits bedacht Sam dat hij even oud was als haar zoontje zou zijn geweest en ze kreeg het prikkelend warm uit schuldgevoel. Ze had zichzelf nooit de gelegenheid gegeven om te rouwen. Ze verdiende het niet.

De vrouw schreeuwde iets tegen de jongen en gaf met haar sigaret aan dat hij naar binnen moest gaan.

Sam schudde haar hoofd. Waar ben ik mee bezig, dacht ze. Ze luisterde naar het bericht dat haar broer had ingesproken.

'Sammy, met Theo. Je zou een doos moeten hebben ontvangen die ik je gisteren heb gestuurd. Ik heb geprobeerd de laatste spullen van mama uit te zoeken en ik dacht dat je sommige dingen misschien zelf zou willen doornemen. Vergeelde foto's en zo, je weet wel – aandenkens noem je dat, denk ik. Allemaal in een oude houten doos. Ik weet het niet. Ik wil niet gevoelloos lijken of zo, maar er zit niets bij wat ik wil hebben. Hij staat anders toch maar in de kelder. Jij was altijd wat sentimenteler. En je hebt Ella nu. Bel je me?'

De nadrukkelijke verwijzing naar Ella voelde als een beschuldiging. Hij en Cindy hadden jarenlang geprobeerd een kind te krijgen, gevolgd door hormoonbehandelingen, kunstmatige inseminatie en ten slotte zes IVF-behandelingen voor

15.000 dollar per keer. Sam wist dat het oneerlijk was, maar haar idee was dat Cindy – een anorectisch type dat dwangmatig trainde – te mager was geweest om zwanger te raken. Toen Cindy tweeënveertig werd, hadden ze hun pogingen ten slotte gestaakt. De enige keer dat Sam over adoptie was begonnen, had Theo haar snel de mond gesnoerd.

'We willen ons eigen kind, niet dat van iemand anders,' had hij gezegd. 'En daarmee uit.'

Sam had een vriendin, Mina, die in New York woonde en draagmoeder was geweest voor haar homoseksuele broer en zijn partner. De grootmoedigheid van zo'n aanbod en de zaligverklaring van Mina spraken Sam wel aan, maar ze vond dat ze niet genoeg van Theo of Cindy hield om het onderwerp zelfs maar te willen aansnijden. Niet dat ze zouden willen dat zij hun kind droeg, of het gevoel zouden willen hebben dat ze bij haar in het krijt stonden. Het was allemaal te intiem, en intimiteit was nooit de sterke kant van de familie geweest.

Toen Sam naar Florida was gegaan, had ze zich gehard omdat ze bang was dat ze haar moeder uitgeteerd en ziek aan zou treffen en ze was bang dat ze haar ogen af zou moeten wenden. Maar Iris had haar van het vliegveld gehaald en had er opvallend onopvallend uitgezien. Haar bruine haar was net in een mooi bobmodel geknipt en ze droeg een witte linnen tuniek en kaki broek; haar zonnebril stond op haar hoofd. Toen ze haar omhelsde, was ze verontrustend klein en haar borstprothesen waren stevig en hoog, maar haar gezicht had de nodige zon gehad en Sam was toch opgelucht. Misschien zou er meer tijd zijn. Haar eigen zwangere buik was al zichtbaar als een strak, laag heuveltje, en Iris had er met een lachje op haar gezicht op geklopt.

Maar de illusie dat het goed met Iris ging, verdween al snel. Toen ze bij haar huis kwamen, had Iris alle energie verbruikt die ze in haar eerste indruk had gestopt en was ze doodmoe. Ze had zelfs de hulp van haar dochter nodig gehad om de paar treetjes naar de voordeur op te komen. En later, toen Sam haar hielp een bad te nemen, was de broosheid van Iris' lichaam verpletterend duidelijk geworden. Wanneer had ze haar voor het laatst naakt gezien? Ze herinnerde zich dat ze als meisje haar moeder eens had gezien – ze moest toen achter in de veertig zijn geweest – toen die na het douchen spontaan de handdoek ophing die om haar lichaam gewikkeld zat, waardoor haar vrouwelijk ronde heupen en volle borsten en haar buikje zichtbaar werden.

Nu waren er geen rondingen, geen zachtheid om haar botten meer. Haar huid was slap, droog en dun. Over haar borstkas liepen agressief twee rauwe, diagonale littekens waar ooit haar borsten hadden gezeten.

'Ik heb het hun gemakkelijk gemaakt,' zei Iris, 'want ik wou geen borstreconstructie. Grote stappen, snel thuis.' Ze haalde haar schouders op. 'Ach, zo'n groot verlies was het nou ook weer niet. Maar de littekens jeuken behoorlijk. Daar zou ik wel van af willen.'

Iris deed nogal luchtig en Sam probeerde mee te doen en ging met een washandje over de restanten van het lichaam dat haar het leven had geschonken. Sams zwangerschap had van het baden een onhandige dans gemaakt, waarbij ze elke beweging opnieuw had moeten uitvinden om zich aan haar veranderde vorm aan te passen.

'Je haar zit leuk,' zei Sam, en ze schoten allebei in de lach.

'Op een dag zul je begrijpen hoe moeilijk het voor me is om je hier te hebben,' zei Iris, alsof Sam daar al niet een aardig idee van had.

'Ik ben blij dat ik bij je kan zijn, mam,' had Sam gezegd. 'Ik wou dat je ophield het als een opoffering te zien.'

'Het spijt me dat ik aan je zal moeten vragen wat ik ga vragen.'

Voor Sams auto kwam een groepje kinderen, drie kleine meisjes met kort zwart haar en oorringen, de deur van het kinderdagverblijf uit getrippeld, begeleid door een kleine, oude vrouw met een zwarte, ronde, hoge hoed op.

Het waren waarschijnlijk Hmong, een Zuidoost-Aziatische etnische groep waar Sam nog nooit van had gehoord voordat ze naar Madison verhuisde. Ze had voor het eerst Hmong gezien op de boerenmarkt – frêle mensen met mooie gezichten, en hun uitgestalde producten waren goedkoper geweest dan die van de andere kraampjes. Tijdens de Vietnamoorlog had de CIA hen gerekruteerd om de 'Geheime Oorlog' in Laos te helpen voeren, en toen de VS zich uit de regio terugtrok en de communisten het koninkrijk Laos overnamen, werden de Hmong het mikpunt van hun vergelding. Honderdduizenden Hmong vluchtten en veel van die vluchtelingen kwamen ten slotte in Wisconsin terecht.

Hoe kan ik ooit het lef hebben te klagen, dacht Sam. De eerste winter in Wisconsin moest voor de Hmong als de verbanning naar een ijshel hebben gevoeld.

Een van de meisjes huilde en er liep snot in haar wijd open mond, maar de oude vrouw schonk geen aandacht aan haar. Ze leidde haar pupillen, die naar Sams idee niet warm genoeg gekleed waren voor het kille weer, over het parkeerterrein naar de strook met de winkels en bedrijven. Sam zag in haar achteruitkijkspiegel hoe de kinderen achter elkaar door de drukke straat sjokten. Na een poosje was de op en neer deinende zwarte hoed nog het enige dat te zien was. Sam had in Madison nog nooit sociale woningbouw gezien, maar ze wist dat ze er dichtbij was, weggestopt achter de fastfoodrestaurants en autobandenwinkels. Gingen ze daarnaartoe? Had ze hun een lift moeten aanbieden?

Toen er hard op haar raampje werd geklopt, stokte haar ademhaling. Het was een politieagent; op zijn mobilofoon was een luide litanie van ruis, gepiep en een vervormde vrouwenstem te horen, en Sam draaide het raampje open.

'Is uw kind daarbinnen?' zei hij, naar de crèche wijzend.

'Nee, ze is bij… Ik zat alleen maar… hier te zitten. Te denken.'

'U hangt rond. Bij een faciliteit voor kinderen.'

'Hè? O, nee hoor. Echt niet. Ik ga zo weg.' Ze rechtte haar rug en stak haar hand uit naar het contactsleuteltje.

'Wacht eens even. U gaat pas weg wanneer ik het zeg. Rijbewijs en kentekenbewijs alstublieft.'

Terwijl de agent met Sams documenten wegliep, zag ze het spiegelbeeld van haar auto in de ruit van Kidzone en ze besefte tot haar afgrijzen dat hij controleerde of ze een geregistreerde pedofiel of zedendelinquent was. Ze smolt van schaamte en het zweet droop over haar rug; ze wist zelfs niet waar ze haar handen moest laten en legde haar vingers uiteindelijk maar om de onderrand van het stuur. De agent kwam terug en overhandigde haar haar rijbewijs en kentekenbewijs.

'Het spijt me als ik reden gaf tot zorg. Ik ben moeder,' zei ze, alsof haar dat van elke verdenking ontsloeg.

'En nu doorrijden, mevrouw,' zei hij bars en hij liep snel weg.

Ze startte de auto met bevende hand en reed voor de politieauto achteruit. Ze had met een lachend gezicht willen zwaaien om elke twijfel van de agent weg te nemen, maar ze hield zich in – ze wist tegenwoordig niet goed of ze wel normaal overkwam. Afgelopen jaar was ze het beeld dat ze van zichzelf had kwijtgeraakt, alsof haar inwendige filter uit het lood was geslagen. Maar toen ze de auto in de eerste versnelling zette en opkeek, zag ze het meisje dat ze gevolgd had; ze stond in de deuropening van de motelkamer uit een grote zak Skittles te eten. Haar haar zat nu in een paardenstaart, waardoor de scherpe lijn van haar neus werd geaccentueerd. Haar lippen waren vochtig van de paarse lipgloss en haar voeten waren bloot; ze had één voet op de binnenkant van haar knie geplaatst, als een flamingo. Ze was iemands dochter. Een paar verkeerde keuzes en je was de pineut. Sam zou met haar kunnen praten, haar op de een of andere manier de helpende hand kunnen bieden. Wie probeer je te overtuigen, dacht Sam. Je kunt niet eens met je man praten. Vanuit haar ooghoek zag ze de politieagent en ze reed langzaam naar voren.

Ze wist dat ze haar greep op de dag aan het verliezen was, en ze moest aan het werk. Haar ogen prikten bij de gedachte dat haar productie nu op absurde wijze verbonden was met Jacks carrière. Ze reed terug naar haar vertrouwde buurt. Het vuur spatte van de bomen, de zon stond hoog aan de hemel, in de portieken hingen Tibetaanse vredesvlaggen en stonden fietsen; in overwoekerde tuinen schoten borden de grond uit met teksten als 'Schone steenkool bestaat niet', 'Nader is mijn vriendje', 'Waar gaan we heen' en 'Waarom zit ik in dit parket?' Er stonden vogelverschrikkers en fraai uitgesneden pompoenen op de stoep en bij de voordeur van haar buurman hing een paarse elandenkop.

Toen ze uit de auto stapte, gaf het haar een wonderlijk gevoel van vrijheid dat ze niets anders hoefde te dragen dan de antiaanbakvorm – geen boodschappen, geen luiertas, geen baby.

Ze genoot van de lichtheid van een onbelemmerd lijf. Maar toen ze haar kleine, witte huis naderde, zag ze de doos die op de stoep op haar stond te wachten. Lichtheid werd vervangen door angst. Misschien zou het beter zijn als ze niet nog meer over haar moeder te weten kwam. Wist ze al niet genoeg?

Ze hees de doos op haar heup, droeg hem naar binnen en liet hem los boven de keukentafel.

Violet

Violet pakte haar moeders hand en nam haar mee bij madam Tang vandaan; ze liepen door de Chinese wijk en kwamen toen weer op bekender terrein, waar ze rustig slenterend aan de zonnige kant van de Park Row gingen lopen en opgingen in de late stroom venters en winkelende mensen die van het Chatham Square kwamen. Toen ze voorbij de bocht waren, verhief zich voor hen het torenhoge Park Row Building, dat het hoogste gebouw ter wereld zou worden.

'Hij heet meneer Lewis en hij is een succesvolle heer,' zei Lilibeth.

Haar moeder was dromerig en ze hield haar hand op haar keel terwijl ze over haar nieuwste vriend praatte. Violet koesterde haar als ze zo was, dan voelde ze zich minder geïrriteerd vanwege Lilibeths sterke stemmingswisselingen.

'Hij werkt op de afdeling Leningen bij de bank,' zei ze, alsof ze al vergeten was dat ze getrouwd was.

De ooit zo keurige krullen in Lilibeths bleke haar zaten rommelig en de haarspelden staken schots en scheef achter haar oor. Haar jurk was van wit linnen met kant en de zoom was modderig; als het waaide zag je de slanke contouren van haar armen door de blouseachtige mouwen.

'Hij weet nog niets van jou,' zei haar moeder. 'Ik wil hem niet afschrikken. Je snapt het wel, Vi.'

Violet snapte het. Er was een hele reeks mannen geweest – pandjesbazen, filantropen, beroepskaarters, politici – sinds ze in New York waren aangekomen. Lilibeth benadrukte haar zangerige accent en verfijnde manier van doen; dat vond Violet eerst verwarrend en vervolgens irritant, maar ten slotte lette ze er niet meer op. Als stadsmensen, vooral mannen, wilden geloven dat ze uit een plantagehuis met witte zuilen kwam, dan moest dat maar. Terwijl haar moeder verhalen verzon, liet Violet nooit blijken dat Aberdeen, of eigenlijk heel Barren County, een ramp was. Er was niets verfijnds aan: prairies, grotten en verdwijngaten, en overal muskusratten, wilde kalkoenen en gifslangen. Nino zei dat het niks uitmaakte, omdat iedereen in de stad ergens anders vandaan kwam, en dat hij eigenlijk liever uit Kentucky zou komen dan uit Calabrië en dat ze dus maar beter kon vinden dat ze bofte.

Violet dacht er liever niet aan dat het makkelijker voor haar moeder zou zijn zonder haar, en ze was nog steeds bereid Lilibeth te geloven als ze zei dat er deze keer meer in zat. Haar moeder had haar in Aberdeen achter kunnen laten, hield Violet zichzelf voor, en dat had ze niet gedaan.

Toen ze bij het stadhuis kwamen, stoven de duiven uiteen. Ze lieten de kruimels van een oud broodje achter, die onder Violets voeten knerpten. Een groep jongens speelde met tot hun knieën opgerolde broeken centwerpen in het aangrenzende park. Ze herkende een dief die in de Doyers Street werkte, en Buck, een krantenjongen met twee vooruitstekende voortanden. Met zijn muizenoogjes wierp hij steelse blikken op haar, hij was altijd geïrriteerd als Nino aandacht aan haar besteedde.

De dief keek op van het spel en floot – Lilibeth maakte meestal reacties los; hij trok de flappen van zijn overhemd los

74

en stak ze als twee punten naar voren. Violet keek hem kwaad aan, maar haar moeder merkte het niet; ze zweefde voort met een lachje op haar gezicht vanwege het gekwetter van spreeuwen in de struiken.

De gaslampen werden aangestoken, en de elektrische lampen op de brug – om de dertig meter een blauwwit licht dat een keten vormde van Manhattan tot Brooklyn – lichtten op tegen de sluier van schemerdonker; ze weerspiegelden als vuurstippen in de ramen van de beroete huurwoningen die langs de massieve pijlers van de brug stonden.

Ze kwamen bij Water Street en de schemering had iets van aanlokkelijke mogelijkheden en zonde. In een steegje stonden mannen met wollen mutsen op – havenarbeiders – te schreeuwen en te juichen bij een hanengevecht. Violet hield haar pas in om een glimp op te vangen van de vogels die om elkaar heen dansten en elkaar met hun gekapte snavels en gescherpte klauwen bloederige wonden toebrachten.

'Kom,' zei haar moeder. 'Niet treuzelen. Jij moet nodig in bad, kind.'

Lilibeth had met de hulp van meneer Lewis een nieuwe kamer gehuurd in een gebouw vlak bij de kade, een zolderkamer met een dakkapel en een wasbak. Het plafond was laag, maar de kamer was verrassend fris en als Violet op de juiste plek ging zitten, kon ze een driehoekje van de rivier opvangen, dat glinsterde in het licht van de straatlantaarns. Hier wilde ze wel blijven wonen.

'Ik heb een baan,' zei Lilibeth terwijl ze met haar hand even door haar haar ging. Ze stond bij de pan met water op de kachel en draaide zich naar Violet met een lach op haar gezicht, een meisjesachtige, blije lach.

'Echt waar?'

'Strijkwerk. Voor de vrouw van de kruidenier, je weet wel, mevrouw Baker. Met dat rare, platte gezicht. Misschien wil je me helpen?'

Violet knikte – ze wilde haar moeder vrolijk houden.

'Ik ga er niet meer heen. Naar madam.' Lilibeth draaide zich met glanzende ogen om.

De lucht die door het open raam kwam, was koel en rook maar een klein beetje naar vis. Violet tikte met haar vinger op de ruit en deed haar best zich niet te gretig vast te klampen aan de hoop die een nieuwe lijn uitwierp op de momenten dat haar moeder weer haar moeder was.

'Je hebt er toch geen spijt van dat je met me bent meegegaan, hè, kleine meid?'

Lilibeths uitdrukking veranderde, haar ogen waren heel helder, kwetsbaar.

'Nee, mama,' zei Violet. En dat was ook zo.

Haar moeder vulde de ene na de andere kom met koud water uit de wasbak en gooide ze leeg in een tinnen bak op de grond. Ze wikkelde handdoeken om de pan en goot het kokendhete water in de teil.

'Ik wist niet dat ze je mooie haar zouden afknippen,' zei ze terwijl ze Violet hielp de jurk over haar hoofd te trekken. 'Dat vind ik jammer.'

Violets huid werd roze van het warme water, en het badwater werd grijs van haar vuil. Ze sloot haar ogen toen haar moeder met haar handen water over haar hoofd goot. Ze had haar moeder gemist, met een instinctieve, woordeloze pijn, hoezeer ze ook had geprobeerd zichzelf van het tegendeel te overtuigen, hoezeer ze ook probeerde niet iemand nodig te hebben wier ogen blijvend op een verre kust gericht leken die niemand kon zien.

'Met je nieuwe haar lijk je meer op je vader.'

'Nietwaar.'

'Hij was knap,' zei Lilibeth. 'Op zijn manier.'

Toen ze getrouwd waren en het duidelijk werd dat Lilibeth het fornuis niet aan kon houden of voor de kippen kon zorgen of zelfs maar broodjes kon bakken – 'waarom zou ik dat allemaal kunnen?' had ze tegen Violet gezegd – zei Bluford dat hij zich bedrogen voelde. De tederheid die er tussen hen was geweest, droogde op en verwaaide als de dorre resten van dode bladeren.

'Denk je dat hij ons mist?' vroeg Violet.

'Ik denk het niet,' zei haar moeder terwijl ze langzaam Violets haar inzeepte. 'Maar wij missen hem ook niet, hè?' Ze giechelde. 'Die stomme manier van lopen van hem, helemaal in elkaar gedoken, weet je nog? Alsof hij bang was dat er kikkers uit de lucht zouden vallen.'

'Weet je nog hoe hij een broodje at? Hij scheurde met zijn mond de bovenkant eraf en kauwde er dan zo op dat iedereen kon zien wat er in zijn mond gebeurde,' zei Violet.

'En weet je nog, zijn moeder? Dat lelijke mens. Met dat pokdalige gezicht. Ze boerde aan tafel.'

'Ik vond het vreselijk dat hij me altijd "meisje" noemde,' zei Violet.

Het badwater werd snel lauw. Lilibeth spoelde Violets haar uit en hielp haar om zich af te drogen met een dunne handdoek die ze uit Kentucky hadden meegenomen. De aanraking van haar moeder kalmeerde haar, ze stelde haar gerust door haar nabijheid.

'Je bent nooit een kind van hem geweest,' zei Lilibeth terwijl ze op bed ging liggen. 'Kijk maar naar die ijsblauwe ogen. Je bent altijd mijn kind geweest. Jij hebt een moeder van me gemaakt. Jij bent de enige die dat ooit kan zeggen.' Ze sloot haar ogen.

Violet trok een oude jurk aan.

'Ik heb trek,' zei ze.

'Kijk maar in de kast. Ik kan zo wel iets voor je maken.'

'Ga je straks nog weg?' vroeg Violet.

'Meneer Smith neemt me mee naar het cabaret. Het wordt vast een geweldige avond.'

Reginald Smith was een dichter met een slaperige blik die een sjofele armeluisjas droeg, maar op een gouden horloge keek hoe laat het was. Zijn rijke familie in het noorden van de stad gaf hem een ruime toelage, waardoor hij enigszins comfortabel kon wonen in een rommelig, wrakkig appartement, waar, zo vermoedde Violet, haar moeder vaak sliep. Als hij zich niet had opgesloten om er een gedicht uit te persen dat absoluut een grote sensatie zou worden als hij het maar bij de juiste mensen kon krijgen – 'hij schrijft prachtige dingen, Vi. Bij ons in Aberdeen zouden ze niet weten wat ze met hem aan moesten' – hield hij zich verliefd met Lilibeth bezig, noemde hij haar 'lieveling' en paradeerde hij met haar door de stad. Violet had hem één keer ontmoet. Ze was met hen meegegaan toen ze gingen kijken hoe olifanten uit een schip werden geladen die bestemd waren voor een circus. Hij sprong met nerveus enthousiasme heen en weer en zwaaide als een goochelaar met zijn handen. Toen de olifanten niet verschenen, kocht hij voor Violet een enorme roze lolly en riep hij uit dat ze een plaatje van onschuld en schoonheid was. Lilibeth was tot zijn grote plezier in zijn bijzijn overgestapt op haar trage, zuidelijke manier van praten.

Violet gaf niet zo veel om hem, maar ze had niet het idee dat hij gevaarlijk was. Ze vond hem raar, een breekbare papieren pop. Maar Lilibeth werd steeds bleker en bleef soms langer dan een nacht weg. Ze was lusteloos en opgewonden tegelijk, slaperig maar nooit slapend; ze klaagde over hoofdpijn en pijn in haar heupen en kon niet tegen licht. Het was Nino die het raadsel oploste toen ze Lilibeth het portaal bij madam Tang in zagen duiken terwijl andere wazig kijkende klanten naar buiten kwamen.

'Het is een opiumkit,' zei hij. 'Ze roken daarboven pijpen.'

Het had geen verrassing moeten zijn – Lilibeth zocht sinds ze in de stad waren naar manieren om zichzelf te verliezen – maar Violet had het gevoel dat er een valluik open was gegaan waardoor ze het koude duister in stortte. De wereld was weer onbegrijpelijk, ondoorzichtig en verraderlijk geworden. Lilibeth had haar uit Aberdeen meegenomen, maar nu ze hier waren, was Violet gaan inzien dat ze te veel voor haar moeder was, was ze gaan begrijpen dat haar moeder misschien beter af was zonder haar.

Lilibeth keerde zich naar de muur. 'Red je je vannacht wel?' vroeg ze.

Violet knikte, ook al wist ze dat haar moeder haar niet kon zien, en ze doorzocht de vele schaaltjes, potten en pannen. Het enige dat ze kon vinden, was een ui waarvan één kant zacht en nat was, maar in een koffieblik vond ze een zakje pecannoten en een rolletje dollarbiljetten. Misschien was die meneer Lewis toch niet zo verkeerd. Ze zat een poosje te kijken hoe het helemaal donker werd in de kamer, terwijl ze op de zoete pecannoten kauwde en sterke, hete thee dronk. Ze voelde zich schoon, warm en lekker. Ze zette haar beker in de wasbak, nam een dollarbiljet uit het rolletje en zette het blik terug op de bovenste plank.

De lantaarns brandden, de lichten op de Brug waren aan en de bars waren een zee van licht. Het was avond in de Fourth Ward en Violet ging in het steegje achter de Water Street Tavern, een dansgelegenheid en café, bij de jongens zitten – Nino, Jimmy, die net uit de gevangenis was, en Charlie, die een dik gezicht had en klein was en zijn dagen doorbracht met gesmolten vet uit reusachtige vaten scheppen waarin botten en afval waren gekookt. Ze lieten Charlie een eindje bij hen vandaan zitten omdat hij naar ranzig vlees rook.

'Mikey is met de trein mee,' zei Nino terwijl hij met oesterschelpen gooide.

Violet keek hem aan om te zien of hij het meende.

'Hoe weet je dat?' vroeg ze. 'Hij komt wel opdagen.'

Haar hand ging naar haar knie om aan een korst te krabben – ze was gevallen toen ze uit het raam van het tehuis klom.

'Zijn pa zei dat hij mee moest. Bedreigde hem met een riem. Mikey probeerde zich te verstoppen op het station, maar ze hebben hem vast te pakken gekregen.'

'Waarom wou hij zo graag dat Mikey met de trein meeging?' vroeg Violet.

'Ze betalen voor een kind,' riep Charlie verderop.

'Ik dacht dat het door dominees gerund werd,' zei Violet.

Nino haalde zijn schouders op.

'Shit, waar moet ik me aanmelden?' zei Jimmy lachend. 'Ik zeg nooit nee tegen gratis geld.'

'Jij bent te oud,' zei Nino.

'Ik lijk geen dag ouder dan vijftien,' zei Jimmy, die de kruik uit Nino's hand rukte.

'Waar gaat-ie trouwens heen?' vroeg Violet.

'Naar het westen. Waar de boerderijen zijn,' zei Nino.

Violet stelde zich het kerststalletje voor dat ze had gezien, met vriendelijke dieren en het kindje Jezus in een knusse stal.

'Ik heb gehoord dat ze een slaaf van je maken,' zei Charlie. 'Geef die fles nou eens door.'

Violet nam een slok van de verzengende rum voordat ze hem de kruik gaf. Ze kon haar moeder niet in de steek laten – niet dat haar moeder haar ooit zou laten gaan.

De muzikanten waren binnen aan het inspelen. Violet liep naar het raam aan de voorkant en ging voor een van de weinige niet-gebarsten ramen zitten. Het licht binnen was rokerig goudoranje.

'Twintig cent per dans!' riep de gastheer.

Twaalf meisjes met linten en bloemen in hun haar en rokken die net onder de knie kwamen, liepen langs de rand van de dansvloer tot de muziek begon, en toen vormden ze twee rijen en deinden op de maat. De mannen gingen staan en Violet kon het niet meer zien. Af en toe ving ze een glimp op van de dansers, die de quadrille dansten, waarbij ze marcheerden, ronddraaiden en zich naar elkaar toe keerden.

Violet stapte op de plaats mee op de muziek, ook toen er bij de vioolspeler twee snaren sprongen. Nino kwam de hoek om. Hij bleef een paar meter bij haar vandaan staan.

'Niet doen,' zei hij.

Violet hield op met bewegen, in de war door de klank van zijn stem en zijn ingehouden woede.

'Je bent geen slet,' zei hij. Hij spuugde op de grond.

'Wat kan jou het schelen?' zei ze terwijl ze boos probeerde te klinken om de trilling in haar stem niet te laten horen. Binnen begonnen de muzikanten een *reel*, een Schotse dans, te spelen.

Maar toen kwamen Jimmy en Charlie het steegje uit met twee jonge zeelieden achter zich aan.

'Rennen!'

Nino en Violet sloten zich bij hen aan en renden om de mensen heen en tussen hen door tot ze bij de rivier kwamen, waar ze zich naar adem happend en lachend lieten vallen.

Li, de boodschappenjongen van madam Tang, stond voor het huis van een zeeman tegen een lantaarnpaal te leunen.

'Hé, is dat niet onze Spleetoog,' zei Jimmy toen Li dichterbij kwam.

'Waag het niet daar nog eens te komen,' siste Li tegen Violet.

'Ik dacht dat je me had gemist,' zei Violet.

Nino lachte.

Li wrong zich tussen twee vaten die naast hen stonden. Er sjokte een rat met een dik achterwerk langs en Violet probeerde hem met een steen te raken.

'Wat ruik ik daar?' vroeg Li terwijl hij zijn neusgaten met de toppen van twee vingers bedekte.

Nino knikte in Charlies richting.

'Ik ruik helemaal niks,' zei Charlie. 'Zeg, Kentucky, vind jij dat ik stink?'

'Je meurt,' zei Violet.

Warm van de rum leunde ze met haar rug tegen een jutezak en ze keek omhoog naar de scheepsmasten die oprezen en in de hoogte verdwenen. De maan hing als een sikkel in de lucht. Daar zat ze, blij dat ze niet in het tehuis was, blij dat ze niet in Aberdeen was. Ze wilde dat er niets veranderde. Maar als ze er dieper over nadacht, zou ze moeten toegeven dat er al iets veranderd was. Nino had tegen haar gezegd dat ze moest ophouden met dansen en ze had een schaamte gevoeld die nieuw en onheilspellend was. Ze was een kind, een meisje dat binnenkort geen meisje meer zou zijn.

Li sprong op en probeerde zijn pijpschraapsel te verkopen, maar de jonge zeeman liep gehaast weg.

'Heb jij het wel eens geprobeerd?' vroeg Violet aan Li toen hij terugkwam.

'Het is voor domme mensen,' zei Li. 'Dat zegt madam Tang.'

'Hou je kop,' zei Nino.

'Wat nou?' vroeg Li geërgerd.

'Ik heb het wel eens gerookt,' zei Jimmy. 'Het is net tabak, maar je wordt er dronken van.'

'Je kletst,' zei Charlie.

Jimmy haalde zijn schouders op en spuugde.

Li vouwde een stukje krantenpapier open. Er zat zwarte, kleverige as in.

'Wie wil er wat roken?' vroeg hij. Hij haalde een kleine, rieten pijp uit zijn zak, stopte hem tussen zijn vingers en zwaaide er als een sigaar mee rond.

'Toe maar!' zei Jimmy met een zware stem. Hij was geen kind meer, hij hoorde niet meer bij hen, ook al deed hij alsof dat niet zo was. Nino had Violet verteld dat Ollie van plan was Jimmy geen kranten meer te geven; hij was te oud geworden voor een krantenjongen. Een litteken deelde de rug van zijn hand in tweeën.

'Ik heb een dollar,' zei Violet. 'Wat zullen we ermee doen?'

'Hoe kom jij aan een dollar, kind?' vroeg Jimmy.

'Gestolen van mijn moeder.'

'Dat is geen stelen,' zei Nino. 'Heeft ze ooit iets voor jou gedaan wat niet eigenlijk voor haarzelf was?'

Een stel zeelieden in wit pak liep langs terwijl ze dronken 'Row, row, row your boat' zongen.

'Hé, jongens, willen jullie een oosters tovermiddel?' zei Li tegen hen. Hij sprong op om een deal te sluiten.

'Laat je geen oor aannaaien door die Chinees, lui!' schreeuwde Charlie.

'Woehoe!' riep Jimmy uitgelaten. 'Laten we echt dronken worden.'

Voor de Tiger Eye zagen ze de politie een man met een wapenstok bewerken, een Italiaan die Nino van het slachthuis herkende. De klappen waren zinloos, want de man was al bewusteloos. In de schaduw stonden mannen met hongerige, gloeiende ogen toe te kijken. Bloederige prut droop in de spleten tussen de keien.

'Kom,' zei Violet tegen de anderen.

Toen ze van het water wegliepen, werd de karkasachtige geur van de beenderkokerij sterker.

'Hé Charlie, het begint hier naar jou te ruiken,' zei Jimmy terwijl hij een stapel verrotte groenten omver trapte bij een markt waarvan de luiken gesloten waren.

De gebroeders Dugan zaten op de stoep van hun pension stenen naar passanten te gooien.

'Moeder binnen bezig, Red?' zei Nino.

'Rot op,' zei hij. 'Ze is in elk geval niet zo arm als Job.'

Ze gingen naar het café van Willy, waar ze iets konden kopen zolang ze maar achter in het steegje bleven. Violet was sinds haar aankomst in New York al vaak dronken geweest, en zelfs al één keer voordat ze uit Aberdeen wegging. Ze had in de buiten-wc gezeten met een jampot vol drank die haar vader van aardappels had gestookt en ze had het vuurwater doorgeslikt tot haar gezicht vuurrood was en haar armen en benen wiebelig voelden en het niet zo erg meer leek om dat huis met zijn ruwe houten vloer en scheve muren en kurkdroge houtvuurlucht weer binnen te gaan, waar de geest van het dode jongetje dat haar moeder had gebaard nog aanwezig was.

In het steegje hingen wat bewusteloze mannen rond en er lag een berg afval. Het was laat en koud en Violet rilde.

'Ik slaap vannacht buiten. Mocht je toevallig rondzwerven,' zei Nino tegen haar.

'Ze heeft een kamer voor ons gevonden. Ik wil niet dat ze zich zorgen maakt,' zei Violet, te gretig, zich schamend voor de niets verhullende hoop in haar stem.

Nino grinnikte zacht. 'Goed,' zei hij.

'Nou, proost dan maar, heren en dame,' zei Jimmy, en ze sloegen hun tinnen kroezen zo hard tegen elkaar dat de rum over de zijkant klotste.

Lilibeth kwam die nacht niet terug naar de kamer. Violet lag in het bed dat naar rook en bloemen geurde en ze luisterde naar de ruzie in de kamer onder die van hen – vuisten op vlees, brekend glas, dronken gesnik, totdat het ochtend was. Ze vroeg zich af hoe het zou zijn om pure rust te ervaren, te slapen zonder dat haar hart af en toe een slag miste, zonder haar eigen ademhaling te horen.

Toen ze eindelijk rechtop ging zitten, bonsde haar hoofd en was haar tong net schuurpapier. Het was ijskoud in de kamer. Er zaten een paar stukken steenkool in de bak, die ze in de kachel gooide en met de grootste moeite vlam wist laten te vatten. Gelukkig zat er oude koffie onder in de ketel. Ze zocht naar een sjaal in Lilibeths tapijttas met bloempatroon, een cadeau van Bluford voordat ze trouwden om mee te nemen op huwelijksreis: een nacht in een hotel in Lexington, die nooit plaatsvond. Soms dacht Violet dat Lilibeth Aberdeen alleen maar had verlaten om eindelijk een reden te hebben om haar tas te gebruiken.

In de hoek van de kamer lag een wankele stapel wasgoed die mevrouw Baker had gebracht: overhemden, broeken, onder-rokken en jurken. Violet ging met haar vinger over de brokaten rand langs de hals van een van de jurken, die met een fluwelen lint dicht werd gestrikt. Ze hield hem voor en vroeg zich af hoe het zou voelen om hem te dragen, de rok langs haar benen te voelen ruisen, het gevoel te hebben een totaal ander iemand te zijn. Maar haar vingers hadden te veel moeite met de ingewikkelde knopen en veters en ze werd moe van het omhooghouden van de enorm zware jurk – haar handen trilden van de honger. Ze drapeerde de jurk weer boven op de stapel. Ze schonk koffie in een gehavend kopje – hij smaakte bitter en verbrand – en zette het strijkijzer op de kachel.

Ze had nog nooit gestreken, maar ze nam aan dat het niet zo moeilijk zou zijn. Ze spuugde op het ijzer en het siste. Ze spreidde een wit overhemd op bed uit en zette het ijzer erop, maar toen ze ermee over het voorpand streek, bleef er een geel schroeispoor achter. De geur van heet katoen vulde de kamer. Ze raakte de plek aan en brandde haar vinger. Ze probeerde het ijzer rechtop op bed te zetten, maar het rolde op de grond en toen gaf ze het op en schoof het overhemd onder op de stapel.

Toen Lilibeth thuiskwam, zag ze er bleek en afgepeigerd uit.

'Ik ga kolen halen,' zei Violet kortaf. 'En brood.'

'Ja, ja,' zei Lilibeth op haar uitademing terwijl ze op het bed kroop. 'Haal je wat medicijnen voor me? Ik voel me niet goed. In het blik daarboven zit geld.'

'Wanneer krijg ik die meneer Lewis nou eens te zien?' vroeg Violet.

Haar moeder fronste haar wenkbrauwen.

'O, gauw, Vi, heel gauw. Je zult hem heel aardig vinden.'

'Goed,' zei Violet, terwijl ze besloot niet meer naar hem te informeren.

'Ik heb iets voor je meegebracht.'

Violet keerde zich naar haar om, ze werd warm vanbinnen.

Lilibeth stak haar hand in haar buideltasje en haalde er een roze roos uit, waarvan de bloemblaadjes door het vervoer gekneusd waren.

Violet sloot haar ogen terwijl haar moeder de borstel door haar haar haalde. Lilibeth nam twee spelden uit haar eigen haar en maakte de bloem achter Violets oor vast.

'Kijk nu toch,' zei ze. 'Sta eens even stil. Zo zal ik je me herinneren. Hier.' Ze haalde een spiegeltje uit haar tasje en hield het omhoog. 'Een echte jongedame.'

Violet bloosde toen ze zichzelf zag: ze voelde zich opgelaten door het frivole van de bloem in haar afgeknipte haar. Maar haar moeder keek blij en de diepe rimpel tussen haar ogen was even verdwenen, wat Violet blij maakte.

'Wist je dat hij een foto van me heeft laten maken in een portretstudio bij hem in de buurt?' zei Lilibeth.

'O ja?'

'Er is nog nooit een foto van me gemaakt. Bluford vond het geldverspilling wanneer de rondtrekkende fotograaf met zijn fototoestel in Aberdeen was. Hij wilde niet eens een trouwfoto.' Ze glimlachte. 'Ik heb altijd al op de foto gewild. Om te zien hoe ik er echt uitzie.'

'Je ziet jezelf toch in spiegels,' zei Violet.

'Ja, oké.' Lilibeth stopte haar handen onder het hoofdkussen. 'Maar ken je dat gevoel, dat je soms in een glanzende ruit een glimp van jezelf opvangt voordat je beseft dat jij het bent?'

'Ik geloof het wel,' zei Violet, hoewel ze het niet echt begreep.

'Op een foto kun je zien hoe andere mensen je zien,' zei ze, terwijl ze haar gezicht iets draaide om naar het raam te kunnen kijken.

'Je ziet er altijd mooi uit, mama.'

Lilibeth stak haar hand uit zodat Violet hem vast kon pakken. 'Je bent me dierbaar. Ga nu maar. Mijn hoofd doet afschuwelijk pijn.'

'Ben je er nog als ik terugkom?'

Lilibeth knikte. 'We gaan samen ontbijten.'

Buiten stonk het naar scherpe, chemische rook van een brand in de zeepfabriek. Violets ogen brandden. Op de markt kocht ze brood, appels en een plak boter, en ze stal een handvol karamels en een zak gedroogde abrikozen. Ze zocht ijverig naar een flesje Pardee's Remedie voor haar moeder, maar het was overal uitverkocht. Ze maakte een omweg en liep snel even langs de zendingspost om te zien of de dames van de Aid Society weer op zoek waren naar kinderen. Misschien zou iemand die ze kende met de trein meegaan. Maar er was niemand, behalve een dronken man die wel dood leek.

Toen ze op weg was naar huis, kwam Violet Nino tegen in de Cherry Street, waar hij kranten verkocht.

'Wereldnieuws, slechts één penny! 326 mensen omgekomen bij brand op stoomschip in New Jersey! Lees er alles over!'

Twee mannen duwden Nino munten in zijn hand en pakten een krant. Toen ze weg waren, huppelde Violet naar de overkant.

'Hier,' zei ze en ze gaf hem de abrikozen.

'Je hebt mijn buik zeker horen rammelen. Waar is die bloem voor?'

Ze trok de roos snel uit haar haar en gooide hem weg. 'Nergens voor.'

Een forse jongeman met een rood gezicht kwam op hen af geslenterd, zijn blonde haar was gemillimeterd, hij had zijn handen in zijn zakken. Nino ging rechtop staan en stak zijn borst naar voren.

'Eastman,' zei hij zachtjes – de naam van een bende die de dienst uitmaakte in een deel van de Fourth Ward.

'Een zeer goede morgen, jonge vriend,' zei de man spottend opgewekt. 'Zou je niet liever je munten en wat er verder nog in je zakken zit aan mij geven?'

Nino bleef met een onbewogen gezicht staan en sloeg zijn armen over elkaar. Hij reikte slechts tot de borstkas van de man.

'Rot op,' zei Violet.

De man lachte en knikte.

'Da's een goeie,' zei hij en ineens gaf hij Nino een stomp in zijn buik.

Nino sloeg dubbel en kwam op straat terecht, zodat een wagen ver moest uitwijken om hem niet te raken.

Violet sprong op de man af en stompte en krabde hem totdat hij haar van zich af sloeg. Ze kwam hard op haar knieën terecht en de pijn schoot omhoog in haar benen. De man trapte de stapel kranten de goot in. Voordat hij wegliep, wees hij met een vlezige vinger naar Nino.

'*Figlio di puttana!*' riep Nino; een ader op zijn slaap puilde blauw uit. Met stevig gebalde vuisten hees hij zich op zijn knieën.

Voorzichtig kwam ze overeind en ze hinkte naar Nino om hem te helpen een paar kranten te redden, die alle kanten op waaiden. Ze gingen samen op de stoeprand zitten om abrikozen te eten.

'"*E chi se ne fraga,*" zegt mijn vader,' zei hij. 'Pff. Wat kan mij het ook schelen.'

Ze wist dat ze er beter niets over kon zeggen. 'Heb je ze nog sukkels zien ronselen voor de treinen?' vroeg ze.

Hij kauwde verwoed op het kleverige fruit en keek met toegeknepen ogen naar de rook van de zeepfabriek die boven de buurt hing.

'Denk je dat ze echt naar gezinnen gaan?' vroeg ze.

'Hè?'

'Die kinderen die met de trein meegaan.'

'Ik weet het niet,' zei hij, ongeduldig vanwege haar vragen en geïrriteerd dat ze zo afhankelijk deed.

'Misschien kan ik met zo'n trein mee,' zei Violet.

'Dan moet je huishoudelijk werk doen en naar de kerk. Dan is het weer alsof je in dat klotetehuis zit.'

'Ik weet het niet,' zei ze.

'Trouwens, je bent geen wees,' zei Nino.

'Nou en? Dat was Mikey ook niet.'

Hij spuugde een bedorven abrikoos op de stoep. Ze wist dat hij ook met een trein mee zou willen, als zijn familie hem maar zou laten gaan.

'Ik ben weg. Ik moet nog veel zien te verkopen,' zei hij. 'Achter met de huur. Ze staan de hele tijd op de deur te bonken.'

'Zie je,' zei ze en ze stompte hem op zijn arm. Ze wilde dat ze voor Nino de weg kon effenen omdat ze wist wat ze allemaal wisten, namelijk dat hij hooguit nog een jaar of twee had voordat hij een bende zou moeten kiezen om voor te vechten.

Ze hield haar pakje met eten tegen haar borst geklemd zodat niemand het kon afpakken en ging op weg naar huis. Haar knieën deden pijn. Boven haar in de appartementen haalden vrouwen de was binnen vanwege de rook.

Toen ze terugkwam in de kamer, hoestend van de smerige lucht en de zes trappen met vochtige muren, was haar moeder weg, en het geld ook – het blik lag open en leeg op het bed.

Er was een tijd geweest in Kentucky, voordat de baby kwam, die Violet zich bijna als gelukkig herinnerde. Lilibeth had een buik als een harde heuvel, en ze was levendig en meisjesachtig. Haar haar was dikker, krullender en blonder en haar gezicht vol en blozend wanneer ze naar de stad liep of bramen plukte of met Bluford naar de kerk ging.

'Voel eens, Vi, voel je het bewegen?' zei ze terwijl ze samen op de oever van het riviertje zaten en het koele, water vol slib om hun enkels wervelde.

Violet legde haar hand op haar moeders buik en voelde de bewegingen van de baby als hij een andere houding aannam – een elleboog hier, een voet daar. Ze vond het gek, vreemd maar opwindend. Een broertje of een zusje. Zelfs haar vader leek minder boos op haar, sloeg haar minder gauw als ze de limabonen had laten aanbranden of een ei had gebroken of een potlood nodig had voor school.

'Hij weet zeker dat het een jongen wordt,' zei Lilibeth terwijl ze een lisdodde uit elkaar ploos en de pluisjes liet wegwaaien. 'We noemen hem William.'

Als er een jongen is, dacht Violet, doet hij misschien aardiger tegen me.

Het huis was in die tijd minder verstikkend – haar zure, tabak kauwende oma was toen nog niet bij hen ingetrokken – en Bluford viel Lilibeth 's nachts ook niet meer lastig, en dat betekende dat Violet niet meer op haar strozak op de grond in de huiskamer lag te wensen dat het gegrom, gekraak en gezucht ophield.

Tijdens de warme, vochtige lentedagen, waarin het rook naar de kruidige geuren van geitengras en vossenstaart, zat Lilibeth op de stoel met de kapotte latjes op de veranda; haar blote voeten met vuile voetzolen rustten op de balustrade en ze keek naar de vogels, de mieren, haar buik en de lucht.

'Haal je wat water voor je moeder?'

Violet vond het vervelend dat ze gestoord werd bij het kikkers vangen, ze rukte zich los van de sloot en liep naar de waterton; ze schepte er wat verkoelend water uit voor zichzelf voordat ze een kruik voor haar moeder vulde.

'Kijk je ergens naar?' vroeg Violet terwijl ze haar moeder het glas gaf.

'Ik kijk hoe het allemaal groeit,' zei ze met een lachend gezicht terwijl ze haar voeten op de grond zette. 'Kom eens even bij je moeder op schoot zitten.'

Violet, die te oud en te groot was, probeerde zich in evenwicht te houden op het kleine stukje dat niet door de baby in beslag werd genomen en legde haar gezicht tegen haar moeders hals.

'Dit is fijn,' zei Lilibeth.

'Het is te warm,' zei Violet, en ze ging rechtop zitten en sprong op de veranda.

'Eigengereide vrijbuiter. Ga maar.'

Het bloed kwam een paar dagen later – een paar druppels in het bed, die een riviertje langs Lilibeths been werden en het was een stroom roze water toen ze probeerde op tijd de buiten-wc te bereiken.

Er was geen arts in Aberdeen, hoewel dat niets had uitgemaakt. De baby, een jongen, was dood voordat hij werd geboren. Hij was blauw en glad. Bluford veegde met een handdoek het bloed van het gezichtje van het kind – de enige keer dat Violet hem teder had gezien – en wikkelde hem in een deken terwijl hij nog vastzat aan de placenta. Violet stond in de deuropening en zag hoe haar vader het voorhoofdje van de baby kuste en het bundeltje in Lilibeths armen legde. Bluford duwde Violet opzij en liep weg.

De vrouw van een buurman kwam naar hen toe met kool-bladeren om de spanning in Lilibeths borsten te verlichten, die opgezwollen waren van de melk. De dominee kwam langs om de ziel van het kind te zegenen.

'Hij was warm,' zei haar moeder nog wekenlang, met een verward en intens verdrietig gezicht. 'Hij was nog eventjes warm.'

Na twee dagen had Bluford ten slotte de in doeken gewik-kelde baby van Lilibeth overgenomen en in de achtertuin on-der de takken van de moerbeiboom begraven. De rijpe en rottende bessen hadden de aarde snel kleverig inktpaars ge-kleurd. Binnen een paar weken was de plek onder een deken van onkruid verdwenen.

Violet wachtte nog een dag op haar moeder en ging toen weer op weg naar madam Tang. Deze keer ging ze alleen en was ze niet bang. Mannen in dure pakken glipten door de klanten-ingang en slopen naar buiten; ze haatte hen. Chinese straat-verkopers kwamen langs met handkarren vol kippenpoten en wortelgewassen en vis. De mannen in de buurt droegen kor-te broeken en overhemden zonder boord. Ze zag maar twee vrouwen. De ene, die nauwelijks groter was dan Violet, liep snel langs met een zak die uitpuilde van de groenten en met een kind op haar rug. De andere was jong en had haar dat strak was opgestoken en lippen die roze geverfd waren. Ze be-keek Violet alsof ze een concurrente was en liep toen door.

Lilibeth kwam tevoorschijn. Ze hield haar hand als een zon-nescherm boven haar ogen. Haar haar zat in de war en ze droeg een jurk die Violet niet herkende – bruin fluweel met pofmouwen.

'Mama,' riep Violet terwijl ze op haar af rende.

Lilibeth schrok zichtbaar, maar verhulde het met een glim-lach.

'Hé, dag kleintje,' zei ze met een stem die lijzig was van de opium. 'Ik ging je net halen. Heb je je kunnen redden?'

'Mevrouw Baker is heel vaak langs geweest voor de was.'

Haar moeder knikte met een wezenloos gezicht.

'Ik dacht dat je misschien wat strijkwerk zou doen,' zei ze. 'Ik stel me zo voor dat die kleine handen van jou daar wel goed in zijn.'

Violet beet op de vuile nagel van haar duim. 'Dat is een nieuwe jurk,' zei ze.

'Vind je hem mooi?' zei haar moeder terwijl ze haar handen dromerig over het fluweel liet gaan. Ik ben met meneer Lewis naar een restaurant in een goeie buurt geweest en toen kon ik natuurlijk niet die oude jurk aan. Je had het moeten zien, Vi. Witte tafellakens, kristallen glazen. Het heerlijkste gebraden vlees en van die schattige kleine worteltjes. Misschien gaan wij er ook een keer heen. Jij en ik.'

Ze waren de Chinese wijk uit en de mannen voelden zich nu vrij om hun hoofd om te draaien en naar Lilibeth te blijven kijken of met een wellustige blik in hun ogen hun hoed even aan te raken.

'De kolen zijn op,' zei Violet.

'Mmm...' zei haar moeder.

'En het eten ook.'

Lilibeth bleef staan, boog zich voorover en legde haar han-den op Violets schouders. Haar adem was schraal van de rook.

'Violet,' zei ze. 'Ik heb zitten denken. Je weet hoezeer ik mijn best doe. Ik zie Reginald over een paar dagen. Herinner je je Reginald nog? Die geeft me wel iets, dat weet ik zeker. Maar tot dan weet ik het niet. Ik weet niet wat ik anders moet. Sla je armen om je moeder heen. Ik hou heel veel van je.'

Violet voelde een steen in haar maag. Ze wist wat er kwam toen ze haar moeders armen als vogelvleugels om zich heen voelde.

'Het is deze keer maar voor een paar dagen. Ik beloof het je,' zei Lilibeth. 'Wees een lieve meid, Vi, voor je moeder. En doe wat de zaaljuf zegt.' Ze streek met haar hand over Violets voorhoofd. 'Ze hoeven in elk geval niet weer je haar te knippen.'

Violet bedwong haar tranen en beet op het zachte, gladde vlees van de binnenkant van haar wang totdat het warme, zoute bloed over haar tong gleed.

'Nee,' zei ze zacht.

Haar moeder deed alsof ze haar niet hoorde. Ze hield haar hand op haar borst en kneep haar ogen tot spleetjes tegen de zon.

'Ik ga er niet meer heen,' zei Violet en ze stond stil.

'Violet, toe nou. Maak het alsjeblieft niet moeilijker voor me. Ik doe wat ik kan.' Haar ogen, met grote pupillen en zware oogleden, glinsterden van de tranen. 'Ik had je bij hem achter kunnen laten, maar dat heb ik niet gedaan. Ik wilde iets beters voor ons.'

Violet had wel op haar moeder in willen beuken, haar tegen haar schenen willen trappen, haar mooie jurk stuk willen trekken. Maar nog meer wilde ze dat haar moeder haar instopte en het liedje zong dat ze altijd zong als Violet koorts had en lag te zweten in het oude, ijzeren bed dat uitzicht bood op de takken van de knoestige dennenboom die tegen het raam sloegen.

A gypsy rover came over the hill, down through
  the valley so shady.
He whistled and he sang 'til the green woods rang,
  and he won the heart of a lady.

Als ze zong was Lilibeths stem een ijle rooksliert die omhoog kringelde en wegzweefde. Violet wilde iets hebben wat haar moeder haar nooit kon geven. Ze wilde iets anders dan dit.

'Er is een trein,' zei Violet terwijl ze naar het trottoir keek. 'Je mag me op de trein zetten.'

Iris

De rozen langs het houten hek aan de oostkant van de tuin hadden nog in bloei gestaan. Wapenstilstandsdag 1940. De school was gesloten en Iris was thuis. De avond ervoor had ze zelfs naar de film gemogen, een zeldzame luxe voor een meisje dat vele uren dagdroomde over Hollywoodscenario's waarin zij de romantische hoofdrol speelde. Ze waren helemaal naar Caledonia gegaan om *His Girl Friday* te gaan zien – een rit die wat Iris betreft een kleine opoffering was om Cary Grant te zien. Rosalind Russell was niet zo'n ster als Iris had gehoopt, maar ze had het toch heerlijk gevonden om helemaal op te gaan in het verhaal op dat grote doek en ze had het afgescheurde kaartje onder de rand van de spiegel boven haar ladenkast geschoven. Ze speelde even met haar paardenstaart en sprong toen op om haar havermoutkom af te spoelen.

Haar moeder was naar de stad gegaan om een van haar befaamde Jenny Lindcakes te bezorgen bij het veteranentehuis en haar vader was ergens op het veld voorbij de verhoging in het terrein om te zien hoe het pas ingezaaide tarwegras het deed. Iris trok een vest aan en ging weer de tuin in, waar vreemd genoeg nog veel spinazie en broccoli geoogst kon worden. Het was november, ergens midden in de jaren zestig, en het was al weken ongewoon warm voor de tijd van het jaar. Ook al was haar vader bang dat de gewassen te veel zouden groeien voordat de grond bevroor, zij vond het fijn en ze was dolblij dat de snerpende kou, die tot april zou duren, nog even uitbleef.

Er was geen waarschuwing, geen aankondiging van de weerdienst, geen sirene. Eerst stak er een wind op en Iris draaide rond in haar rok. Maar plotseling werd het heel koud en vielen hagel en sneeuw in ijskoude gordijnen uit de lucht en werd ze bijna omvergeblazen door de wind. Toen wist Iris dat er iets goed mis was. Ze rende naar huis. Binnen een uur was de temperatuur ruim twintig graden gedaald en woedde er een hevige sneeuwstorm, waarbij de wind de sneeuw alle kanten op blies. Ze zag door de ramen alleen maar wit. Ze zag niet eens de koplampen van de auto toen die helemaal tot de rand van de veranda reed. Haar moeder duwde de voordeur open terwijl ze naar adem snakte, en haar trui, haar haar en zelfs haar wimpers waren bedekt met sneeuw.

Iris rende op haar af; ze was opgelucht dat ze haar zag, maar ook een beetje opgewonden door het enge en spannende van de sneeuwstorm. Het was net als die keer dat ze met elkaar in de kelder hadden moeten zitten tijdens een tornado terwijl de wind boven hun hoofd gierde, net of ze Dorothy was in de *Tovenaar van Oz*. Ze hadden liedjes gezongen en tafelzuur gegeten dat ze haar moeder in het najaar had helpen maken.

'Waar is je vader?' vroeg haar moeder. Haar gewoonlijk onbewogen gezicht was gespannen van angst en nat van de smeltende sneeuw.

Iris voelde haar maag omdraaien. Ze had niet eens aan hem gedacht.

'Iris, kijk me aan,' zei haar moeder terwijl ze met haar sterke, koude vingers haar schouders vastgreep. 'Is hij niet binnengekomen?'

'Hij is vast naar de gereedschapsschuur gegaan. Vast wel.'

Haar moeder rende naar het keukenraam, maar ze kon het kippenhok niet eens zien. Ze vloog naar het berghok in de gang, waar spullen als gereedschap, schoonmaakmiddelen en winterlaarzen stonden. Iris wist dat haar moeder naar buiten ging om hem te zoeken.

'Nee, mam.' Ze was in paniek en begon te huilen. 'Je kunt niet naar buiten.' Ze wilde zeggen: 'Je kunt mij niet alleen laten,' maar ze wist dat dat egoïstisch klonk.

'Pak mijn jas, Iris, en mijn handschoenen en een muts. En uit de cederhouten kist een wollen deken.'

Iris pakte de spullen terwijl haar hart in haar borstkas bonsde.

Haar moeder maakte een lus in een touw en deed die om haar jas; ze bond de deken om haar hoofd.

'Houd dit uiteinde vast,' zei haar moeder. Het touw was wel dertig meter lang. Ze gaf haar dochter een kus, wat ze zelden deed. 'Het komt goed, Iris.' En weg was ze; de deur zwiepte open en sloeg tegen de zijkant van het huis.

Iris greep het touw en wikkelde het rillend om haar stijve hand, terwijl de sneeuw de keuken in woei. Ze zag hoe het touw zich langzaam afwikkelde. En toen het strak stond, hield ze het stevig vast. Ze beloofde God alles, als haar ouders maar terugkwamen. Terwijl ze stond te kijken, groeide de hoeveelheid sneeuw in de gang langzaam tot een berg poeder.

Tien minuten later waren ze terug; ze stommelden verdoofd door de deuropening naar binnen, haar vader had de deken om zich heen en hield haar moeders hand vast. Stijfjes ging hij aan de keukentafel zitten terwijl zij de badkuip begon te vullen. Ze maakte de deken los, trok zijn doorweekte kleren uit en hielp hem de dampende badkamer in.

Iris stond erbij zonder iets te zeggen, niet in staat iets te zeggen. Ze had het uiteinde van het slappe touw nog in haar hand.

Ze sloten de deur en gingen samen in bad.

Het was nu warmer. Naarmate de ochtend vorderde, nam de luchtvochtigheid toe en Iris, die tegenwoordig snel koude vingers kreeg, vond het prettig dat het warmer werd. Het was moeilijk dat gevoel van die sneeuwstorm van zestig jaar geleden op te roepen, maar haar hart begon nog steeds te bonken als ze aan die woeste storm dacht, aan de dunne scheidslijn tussen leven en dood in die minuten waarin ze met een touw in haar hand had gestaan. Dagenlang druppelden er verhalen binnen over mensen die waren omgekomen: eendenjagers die op eilandjes in de rivier vast hadden gezeten, een gezin dat was ingesneeuwd in een auto die niet verder kon, een jonge boer die hout uit de schuur ging halen, de weg kwijtraakte en bevroren in een veld werd aangetroffen. Samuel Olsen had heel goed een van hen kunnen zijn: hij was zo'n achthonderd meter ver in zijn tarweveld toen hij verdwaalde – hij had een richting gekozen en was gaan lopen, hopend dat zijn innerlijke kompas klopte, en hij was op zijn onbevreesde en koppige vrouw gestuit, die hem met een touw om haar middel was komen halen.

'Dat was moedig wat je deed,' had ze de volgende ochtend tegen haar moeder gezegd.

'Je doet wat je kunt voor mensen die je dierbaar zijn,' had haar moeder gezegd. 'Daar is niets moedigs aan.'

Ook nu nog wist Iris niet hoe ze het huwelijk van haar ouders moest zien. Als meisje had ze het hun kwalijk genomen dat ze nooit elkaars hand vasthielden of elkaar kusten of dansten op muziek van de radio. Later dacht ze dat ze allebei niet veel van het leven hadden verwacht en dat ze tevreden waren geweest met gewoon kameraadschap. Maar nu leek het alsof hun toewijding iets veel groters was, rustig en blijvend, een vertrouwen dat de een altijd voor de ander zorgde.

Iris zwaaide haar voeten van de bank en ging moeizaam rechtop zitten; het duizelde haar en ze zag sterretjes en het bloed klopte oorverdovend in haar oren. Toen ze weer helder zag, keek ze om zich heen naar de dingen in de kamer die ze kon opruimen zodat haar kinderen er niets mee zouden hoeven: een schaal met gedraaide schelpen die ze tijdens ochtendwandelingen op het strand had gevonden, het scrabblespel – van Henry – en Yatzee, een groot boek met foto's van het 'Ding' Darling Natuurreservaat, en zelfs de tv. Maar misschien wil Samantha ergens naar kijken als ze hier is, dacht ze.

Hoewel het nooit zo gezegd was, kwam Samantha voor Iris zorgen totdat ze stierf. Toen de dubbele borstamputatie en de bestraling niet hadden geholpen en de kanker overal zat, had Iris haar oncoloog gevraagd hoeveel tijd ze naar zijn inschatting nog had. Ze had gedacht dat hij zou zeggen: een jaar. Verslagen had hij zijn schouders opgehaald en zijn handen opgeheven en gezegd: 'Misschien een halfjaar, als het meezit.' Meezit. Zo zou zij het niet gesteld hebben, maar nu was het een halfjaar later en tikte haar hart nog steeds. Maar het haperde wel; het sloeg af en toe een slag over en tikte elke dag iets langzamer.

Morgen zou Samantha komen. Iris zag haar dochter soms als een kwetterende vogel, angstig en rusteloos. Het huwelijk en de kunst – Samantha was een kundig pottenbakster – hadden haar geaard, maar nu ze zwanger was, zag Iris de nervositeit weer over haar heen komen. Jack was niet de ideale schoonzoon. Hij was een prima vent, dacht Iris, maar ze had gehoopt op iemand met wat meer pit. Misschien was ze nooit over zijn slappe handdruk heen gekomen. Ze wist dat dat niet eerlijk was – ze was natuurlijk bang dat haar dochter haar fouten zou herhalen dat ze bereid zou zijn genoegen te nemen met goed genoeg. En Samantha was ook anders dan Iris. Samantha wilde dolgraag moeder zijn. Ze werd elke week van haar zwangerschap vrolijker – 'mam, ze is nu al zo groot als een honkbal!' – en ze zag het moederschap niet als een plicht die je moest vervullen. Iris maakte zich zorgen over het moment waarop de euforie zou afnemen en het harde werken zou beginnen, die lange uren waarin je een baby moet verzorgen die onverzadigbaar hongert naar eten, aandacht en troost. Die lange uren waarin je je afvraagt of het het allemaal waard is geweest.

O, Samantha, dacht Iris. Ik wilde dat ik er dan voor je kon zijn.

Iris schrok op van een snelle serie kloppen op de deur. Samantha? Nee, nee, die zat nog in Wisconsin. Ik zit hier op de bank in Sanibel, prentte Iris zich in terwijl ze probeerde haar geest tot rust te brengen. Het geklop begon opnieuw.

'Kom eraan,' zei ze zwakjes terwijl ze het kwijl uit haar mondhoek veegde. Ze stond op, liep wankelend naar de deur en realiseerde zich pas op het laatste moment dat ze nog in haar ochtendjas liep. 'Wie is daar?'

'Schat, ik ben het, Stephen. Van hiernaast.'

Ze deed de deur open. De lucht was nu helder en de zwoele warmte was zacht en zwaar. Stephen droeg geen overhemd; zijn borstkas was gespierd, haarloos en oranjeachtig bruin, en hij had zijn uniformbroek en instappers met kwastjes aan.

'Sorry dat ik je lastigval,' zei hij buiten adem. 'Dit is echt heel gênant. Ik heb mezelf buitengesloten. Ik liet een vriend uit. Ik had de deur op een kier laten staan. Ach, wat doet het er ook toe. De clou is dat ik te laat op mijn werk kom en ik mag niet te laat op mijn werk komen. We zitten met die conventie. Van die maffe orchideeëntypes.'

Waar heeft hij het in godsnaam over, dacht Iris.

'Kan ik misschien iets voor je doen?' vroeg ze ten slotte.

'Ik zal van jouw balkon naar het mijne moeten klimmen. Als je het niet erg vindt.'

'Natuurlijk niet,' zei ze en ze trok de deur open. 'Kom binnen.'

'Wat een enig huis,' zei hij toen hij om zich heen keek. 'Zo...'

'Oudevrouwen-Florida-achtig?'

Stephen draaide rond.

'Zeker niet. Het heeft iets chics van de jaren vijftig. Die witte lak is tegenwoordig erg in.'

Iris grinnikte, ze genoot van zijn vleierij. Onder de opzichtige gemaaktheid zag ze vriendelijke ogen, riviergroen en helder.

Stephen bukte zich om haar boek op te rapen dat op de grond was gevallen toen ze was opgestaan.

'Boekenclub?' vroeg hij toen hij het omslag bekeek.

'Met één lid,' zei ze, op zichzelf wijzend.

'Komen ze er?'

'Hè?'

'In de vuurtoren?'

'Ik weet het niet. De jongen wil er graag heen, maar de vader heeft altijd wel een reden om er niet met hem naartoe te gaan.'

'Ik ken dat gevoel,' zei Stephen terwijl hij haar het boek overhandigde.

Ineens wilde ze dat ze in al die jaren meer werk van hem had gemaakt. Hem op de thee had gevraagd. Of langs was gegaan met scones zodra de man van de nacht 's morgens vertrokken was. En waarom had ze dat knobbeltje ter grootte van een erwt genegeerd dat ze in haar borst had gevoeld op de avond waarop Henry haar had verteld dat hij zijn vrouw niet kon verlaten? Ze had het gevoeld, en vervolgens gedaan alsof ze het niet gevoeld had. Was het angst, of ontkenning, of berusting geweest? Of had ze ertussenuit willen knijpen? Ze wist het eigenlijk nog steeds niet. Pas vele maanden later, toen haar borst warm en pijnlijk was geworden, kon ze niet meer doen alsof. Nu leek het idioot dat ze niets had gedaan, dat ze de ziekte een onherroepelijke voorsprong had gegeven.

'Ik ben je voor eeuwig dankbaar, Irene,' zei Stephen. 'Je bent een schat. Dat nieuwe kapsel staat je trouwens goed. Een soort ondeugende Anna Wintour.'

Het was een absurd compliment, maar toch vrolijkte het haar op. Het zou haar laatste kapsel worden, en ze was blij dat hij het had opgemerkt.

Toen hij door de keuken liep, nam Stephen met een subtiele oogbeweging de potjes met pillen op de aanrecht in zich op. Iris wilde het uitleggen, maar hij liep snel door – hij wilde de details niet weten. Het leven is al moeilijk genoeg, hoorde ze hem denken, zonder dat het leed van een ander daar nog bovenop komt.

Hij wankelde een beetje toen hij over de balkonreling klom en zijn benen waren zo onzeker als die van een veulen.

'Als je ooit iets nodig hebt,' zei hij. Zijn aanbod ebde weg terwijl hij zijn glazen balkondeur openschoof.

Iris begon te zwaaien, maar Stephen was al weg.

De ontmoeting had haar uitgeput. Iris ging de keuken in en keek lang naar haar pillen. Met tegenzin nam ze ze in en elke pil liet een hard, kalkachtig spoor in haar keel na. Ze staarde in de koelkast, pakte er een schaal frambozen uit en zette die op de tafel naast haar boek, waarna ze zich op een stoel liet zakken.

Waarom wilde mevrouw Ramsay dat iedereen trouwde terwijl haar eigen huwelijk helemaal niet zo goed was? Iris kauwde behoedzaam op een framboos – ze wilde niet te hard bijten uit angst voor de pitjes. Was het huwelijk eigenlijk wel zo geweldig? Iris miste Glenn wel eens; die jaren samen hadden voor een prettige gezamenlijke geschiedenis gezorgd – het gemak waarmee ze communiceerden, misschien niet over hun gevoelens voor elkaar, maar meer een soort steno in woord en lichaamstaal waarmee ze hun weg in de wereld konden vinden. Na de scheiding vond ze het jammer dat ze de enige persoon was kwijtgeraakt met wie ze echt over Samantha en Theo kon praten, de enige die het begreep zonder dat ze het hoefde in te leiden of uit te leggen. 'Ach ja, Theo is nu eenmaal Theo,' of: 'Ik ben wel eens bang dat Samantha de feministische kant op gaat.' Iris hoopte dat Glenn haar soms ook miste. Misschien dacht hij vol genegenheid aan Iris als Marie zat te wauwelen over dromenvangers, turkooizen sieraden of saliewierook, of waar ze ook maar over praatten. Ze vroeg zich af of Glenn op haar begrafenis zou komen. Moest er wel een begrafenis komen? Nee. Ze zou dood zijn en dat zou einde verhaal zijn.

Haar moeder was in haar slaap aan een hartaanval gestorven toen ze achtenzeventig was. Ze woonde alleen op wat er van de boerderij over was, met een paar kippen en twee varkens op het erf, in de vervallen woning waarvan de veranda scheef zakte en deels aan het oog werd onttrokken door de seringen, die Iris haar vader nog had zien planten en die nu een geurige wirwar van uitgegroeide takken was. Haar moeder was altijd nogal stoer geweest en ze had het nooit toegegeven als ze niet lekker was, pijn had of moe was. Iris was heel blij dat ze niet had hoeven meemaken dat haar lichaam door een geniepige, vijandige ziekte werd overgenomen. Haar moeder was gestorven zonder over de dood te hoeven nadenken en dat was beter dan je er zorgen om moeten maken.

Het was elf uur. Iris moest nodig douchen, zich aankleden en de routine van het gewone leven nabootsen.

'Ga moedig voorwaarts, liefje,' zou Henry zeggen. En ze zou er weer tegenaan zijn gegaan, omdat zijn warme, rustige stem haar daarin zou aanmoedigen. Ze miste hem vreselijk.

Hij was lang en slank en zijn schouders waren een beetje gekromd; hij had een volle bos wit haar en een adelaarsneus, en op de brug van die neus rustte een bril met een hoornen montuur. Heel geleerd, had Iris gedacht, als je bedacht dat hij voorzitter van het geschiedenisinstituut van een kleine universiteit in New England was geweest. Ze had vanaf het begin geweten dat hij getrouwd was. Maar zelfs toen ze al twee keer samen koffie hadden gedronken en op een middag loom over het Indigo Trail in het natuurreservaat hadden gewandeld, waarbij ze hem verschillende vogels had aangewezen, besefte Iris nog niet dat dat het begin van een affaire was. Toen ze op weg naar huis waren en langs de lage dwergdennen, de palmen en het duingras reden, met stuifzand langs de kant van de weg en een hemel die een eindeloos blauw waas was, had hij haar hand gepakt had zijn hand zich veelbetekenend en zacht om haar vingers gesloten.

'Je bent mooi,' had hij gezegd.

Ze had zo hevig gebloosd dat ze zich naar het raampje had moeten keren om haar gezicht te verbergen. Ze voelde haar hart bonken. Ze had na Glenn nooit overwogen om te daten, ze had nooit gedacht dat ze ooit nog de smeltende warmte van mannenaandacht zou voelen.

Drie pelikanen vlogen in pijlformatie laag over de weg.

'Dan moet ik nu zeker afscheid van je nemen?' zei ze toen hij voor haar flat stilstond.

Ze keken elkaar aan en begonnen toen ongemakkelijk te lachen.

'Ik weet dat deze situatie niet ideaal is,' zei hij, 'maar ik kan er niets aan doen – je hebt me trillende knieën bezorgd.'

'Volgens mij zijn die knieën van jou nooit zo stevig geweest,' zei ze.

'Er is er maar één vervangen.'

'Wil je mee naar binnen?'

'Dat wil ik heel graag.'

Ze gingen die dag niet met elkaar naar bed, en ook niet vaak in de maanden daarna. Seks telde nauwelijks. Maar wat er zich ontwikkelde, was een intimiteit die Iris nog nooit had beleefd. Het was net of ze elkaar lang geleden hadden gekend en weer bij elkaar waren gekomen zonder al die dwaze dingen waar de jeugd zich druk om maakt of de angsten van de middelbare leeftijd. Ze waren oud, hij was zelfs nog ouder dan zij, en dat was juist zo mooi. Ze hoefde geen rol te spelen of zich druk te maken om haar uiterlijk of zich af te vragen of ze hem gelukkig maakte. Ze kon gewoon zijn, en dat was een openbaring.

Soms probeerde ze zichzelf na Henry's vertrek op te beuren door te bedenken dat het haar bespaard was gebleven dat hij haar wrede ziekte en de slopende, vernederende fysieke aftakeling moest meemaken. Wat een schrale troost, dacht ze wrang.

Verman je, Iris. Ze deed haar ochtendjas en nachthemd uit –

de zeemeeuwen vonden het vast niet erg om haar naakt te zien – en strekte haar armen boven haar hoofd; ze ademde zo diep in als ze kon opbrengen. Ze liep naar de badkamer en draaide de douchekraan open.

Ze moest een manier vinden om Henry nog één keer te zien.

Sam

Sam moest nog steeds denken aan het gevoel dat in haar was opgeweld toen ze haar hand naar beneden uitstak en de bovenkant van het hoofdje van de baby tevoorschijn voelde komen. Ze had bijna moeten lachen, zo vreemd, zo absurd was het. Ella was twee weken over tijd en ze was verbazingwekkend rimpelloos en schoon; haar haar was vol en donker, haar roze lijfje was lang en woog ruim acht pond en ze trok haar beentjes meteen als vleugeltjes op. En toen de vroedvrouw het nog aan de navelstreng verbonden lijfje op haar borst legde en Ella met de verwarde blik van een blind jong vogeltje naar haar opkeek, had Sam in haar euforie het gevoel gehad dat ze in de continue stroom van geschiedenis en mens-zijn was gestapt waarvan ze niet eens had geweten dat ze ervan uitgesloten was geweest. Voelden alle moeders zich zo? Haar eigen moeder ook? Sam wist nog dat ze had gedacht dat niets het ooit zou kunnen opnemen tegen het baren van een kind – geen enkele ervaring, prestatie of hoop. Al die onzinnige dingen waarover ze zich altijd zorgen had gemaakt! Zelfs over haar carrière. Wat kon het haar schelen als ze nooit meer een vaas verkocht? Wat ontzettend gewoontjes. Ze was nu moeder en al de rest vormde slechts een subcategorie.

Er waren ook sombere momenten geweest, die ze zich niet wilde herinneren – doorwaakte nachten waarin Ella niet wilde slapen of neergelegd wilde worden na uren van zogen, wiegen, hopen, smeken, huilen en zelfs bidden in een soort verdoving, terwijl in Sams hoofd een cycloon van uitputting en wanhoop raasde. Ze had zich gebroken gevoeld door de wil van haar kind, was in staat geweest haar in haar wiegje te leggen en zo de voordeur uit te lopen. Jack had heerlijk liggen slapen in hun grote bed terwijl Sam tegen de ochtend ten slotte maar bij Ella op de grond ging liggen. Goddank kwam er altijd weer een ochtend. Het daglicht verkwikte haar geest, haar moederinstinct kwam weer op orde en de vernietigende woede van de vorige nacht werd toegeschreven aan de irrationaliteit van slaapgebrek.

Ze stond in de deuropening van haar atelier, een omgebouwd souterrain met een cementen vloer. Bijna het hele jaar kwam er door de glazen bouwstenen een gestage stroom licht binnen. Het rook er nog steeds naar kleistof, ondanks het feit dat de ruimte een jaar niet gebruikt was. Sam keek van haar schijf naar de klaarliggende werktuigen, die leken op die van een middeleeuwse chirurgijn, primitief en scherp en wonderlijk gevormd, en naar haar kom met strookjes zeemleer voor het gladmaken van randen die nu uitgedroogd en bros waren. Daarboven hing haar prikbord met afbeeldingen van potten die haar iets hadden gedaan en die haar deden zuchten van verlangen – van oude Japanse potten en Scandinavische uit het midden van de twintigste eeuw tot die van broeder Thomas. Sam keek snel de andere kant op. Ooit was dit vertrek haar alles geweest. Ze trok de deur dicht en ging naar boven.

De doos die Theo had gestuurd, stond nog op de tafel zoals ze hem had achtergelaten. Ze haalde een sleutel door het brede plakband, trok de kartonnen flappen open en belde Theo.

'Hoi. Heb je de doos gekregen?' vroeg hij.

'Ja, bedankt. Heb je wel gezien wat erin zat? Of heb je hem gewoon opgestuurd?'

'Ik heb het gezien. Een beetje.'

'Ik heb hem net opengemaakt en er liggen muizenkeutels op de houten doos die erin zit.'

'Nee, echt?'

'Theo...'

'Goed, ik was te moe. Ik heb erin gekeken, maar toen heb ik de hele zaak weer dichtgeplakt.'

Sam schudde haar hoofd. Door het keukenraam zag ze een groot vachtdier met stompe poten over het terras achter het huis waggelen en de zijtuin in gaan. Een das? Een egel?

'Waar komt dit eigenlijk vandaan?' vroeg ze. 'De flat was leeg toen ik wegging.'

'Uit pa's kelder. Hij zei dat hij die doos per ongeluk moest hebben meegenomen.'

'En dat heeft hij acht jaar niet gemerkt? Wat stom.' Sam wist dat ze als een brutale tiener klonk. Theo haalde dat in haar naar boven.

'Kom op, Sammy.'

Sam sprak haar vader zelden. Hij en zijn tweede vrouw Marie, die twintig jaar jonger was dan hij, woonden in een rijtjeshuis in een voorstad van Las Vegas. Toen Glenn in Chicago met Iris was getrouwd, was hij een jurist die gespecialiseerd was in het afhandelen van nalatenschappen – een conservatieve en voorname man. Nu had Marie een karikatuur van hem gemaakt: een gepensioneerde die een golfshirt droeg en van countrymuziek hield. Hij droeg zelfs sandalen. Het deed Sam denken aan een midlifecrisis en ze vond het beledigend voor haar moeder. Ze miste hem, maar ze kon zich er nog niet toe zetten om eroverheen te stappen.

'Logisch dat hij er zo lang over heeft gedaan om die doos te vinden. Ze hebben het natuurlijk veel te druk met al die autoraces waar ze naartoe gaan,' zei ze.

'Ze zijn toevallig op het ogenblik in Canada,' zei Theo. 'Doe niet zo snobistisch.'

'Cindy zou het vast hartstikke leuk vinden als ze met de camper naar Georgetown kwamen.'

'Cindy mag pa graag.'

'Daar gaat het niet om.'

'Waar gaat het dan wel om? Dat je nog steeds boos op hem bent omdat hij uit een liefdeloos huwelijk is gestapt en bij iemand anders het geluk heeft gevonden? Ma vond haar leven na pa prima. Hij heeft haar een dienst bewezen.'

'Jij weet helemaal niks van mama,' zei ze pathetisch.

'Daar gaan we weer. Jij was de martelaar die een maand voor haar hebt gezorgd dus nu ben jij de enige met het juiste inzicht. Laten we niet vergeten dat ik haar tien jaar langer heb meegemaakt dan jij.'

'Dat is volwassen, zeg.'

'Ik moet weg. Ik heb een vergadering.'

'Ella is toch wakker,' loog ze. 'Doe de groeten aan Cindy.'

'Vertel me wat je in de doos vindt.'

'Zoals je wilt.'

Wat er in de doos zat had zo lang gewacht, dat het nog wel wat langer kon wachten, vond Sam, die rillerig was van de honger. Ze pakte het restant van de gebraden kip van de vorige avond uit de koelkast, zette het op de keukentafel en liep terug om sinaasappelsap te halen. Maar ze wist dat ze eerst moest kolven. De koeachtige vernedering omdat ze zichzelf moest melken was ook een reden om Ella zo weinig mogelijk af te geven. Hoe deden werkende vrouwen dat? Ze trok haar blouse en bh uit en ging aan tafel zitten, waarna ze de trechterachtige dingen voor haar borsten bond. De motor snorde en plonkte en haar melk drupte in de flessen terwijl ze een kippenvleugel lostrok en op het vel kauwde. Ze at en at en trok met haar vingers alle stukjes vlees van de botten; ze porde onder het karkas om stukjes te vinden die ze over het hoofd had gezien en spoelde die weg met sinaasappelsap dat ze zo uit het pak dronk; toen ze het pak neerzette, gleden haar vette vingers weg zodat er wat sap op haar schoot viel. Ze hoopte dat de postbode niet vroeg zou zijn. Wat voor iemand ben ik geworden, dacht ze.

Toen de eerste borst 120 milliliter had geproduceerd – de linker deed het altijd beter dan de rechter – veegde Sam haar handen af aan haar met sap bespatte spijkerbroek en maakte één kant van de pomp los. De klok op het koffiezetapparaat gaf aan dat het 12.19 uur was. Ze had nog vier uur voordat ze Ella moest ophalen, wat haar ruim de tijd gaf om met draaien te beginnen. Maar dat waren maar woorden. Ze voelde zich niet gefocust – overal in haar hoofd doken zorgen op die niets met klei te maken hadden. Het gesprek met Theo had haar onrustig gemaakt en nu stond die doos met muizenkeutels aan de andere kant van de tafel. Misschien kwam het door de prostituee dat ze het gevoel had dat het lichtzinnig van haar was om zich zorgen te maken om haar creativiteit terwijl dat meisje zich moest verlagen om een waardeloos motel te kunnen betalen. Of misschien kwam het doordat Sam niet zo veel aan Ella dacht als ze had verwacht nu ze uit het zicht was.

En dan was er altijd dat eerste kind, de jongen die ze Charlie zouden hebben genoemd, de zoon die nu drie zou zijn geweest. Ze had het willen vergeten – zij en Jack praatten er nooit over – maar natuurlijk betrapte ze zich er steeds op dat ze zich afvroeg wat er gebeurd zou zijn als, wat voor kind het geweest zou zijn, en zo rakelde ze haar weggestopte schuld-gevoelens op. Toen er in de twaalfde week een echo was ge-maakt, had de test waarbij de hoeveelheid vloeistof achter de nek werd gemeten de radioloog doen aarzelen, hoewel de me-ting op het randje van normaal was en de markers geruststel-lend waren. Ze hadden zich niet eens zorgen gemaakt toen de grote naald in haar buik werd gestoken voor de vruchtwater-punctie. De uitslag, die later kwam vanwege een laboratori-umfout, werd twee weken later telefonisch meegedeeld door een arts die haar de details vertelde, terwijl haar eigen arts in Costa Rica surfles aan het nemen was.

Trisomie 21, een extra eenentwintigste chromosoom. Downsyndroom. Sam trof het lot dat een op de zevenhonderd vrouwen trof. 'O ja, en het is een jongen,' had de dokter eraan toegevoegd.

Voordat ze zwanger werd, hadden zij en Jack allebei zeker en nadrukkelijk geweten wat ze zouden doen als ze een kind met het downsyndroom droeg, maar natuurlijk hadden ze nooit echt gedacht dat het hun zou overkomen. Toen het hun wel overkwam, wist ze het niet meer zo zeker. Ze had de baby al voelen schoppen, maar ze had zichzelf wijsgemaakt dat dat gefladder indigestie was. Sam wilde uit alle macht dat ze een miskraam kreeg, maar dat gebeurde niet. Ze moest naar een abortuskliniek bij de campus in de buurt – het ziekenhuis voerde geen abortussen uit – waar ze met Jack in de wacht-kamer zat tussen de studentes en hun vriendjes zonder zich-zelf toe te staan naar haar buik te kijken, zonder zichzelf toe te staan over andere mogelijkheden na te denken en zonder de aarzeling of de morele doornstruiken te erkennen die haar aan alle kanten omgaven.

Ze had gerekend op de grote mythe van het afsluiten, maar

het was nu bijna vier jaar later en het was haar nog steeds niet gelukt.

Haar linkerborst was leeg en Sam zette de pomp uit – ze verlangde naar de stilte. Ze deed haar bh en blouse weer aan. De koelkast borrelde en zoemde. Eekhoorns renden over het dak. De haard ging met een klik en een aanzwellend geblaas van lucht aan. De zon verwarmde haar rug door het raam. Ze wilde dat ze al achter haar draaischijf zat, met haar linkerelleboog steunend op haar heup terwijl ze met haar natte handen een bonk draaiende klei in een gecentreerde cilinder dwong – die hypnotiserende lichamelijkheid die haar uit haar gedachten haalde. Maar ze kon zich er niet toe zetten op te staan, de zes stappen naar de deur van de kelder te zetten, de trap af te lopen en haar handen in de klei te stoppen. Beginnen leek een te grote hindernis.

In plaats daarvan pakte ze de geopende doos en gooide de muizenkeutels en oude krantenproppen in de afvalbak. Ze trok er voorzichtig de robuuste houten doos uit en zette hem op tafel. Hij was eigenlijk heel mooi – gemaakt van esdoornhout, vermoedde ze, met een donker patina door het gebruik en door de olie. Sam moest toegeven dat hij mooi gemaakt was en stevig in elkaar zat, met een goed sluitende deksel en koperen scharnieren. De onderkant van de deksel was gevoerd met rafelende rode zijde en er zaten nog drie roestige naalden in de stof gestoken. Iris had nooit veel genaaid, maar misschien had ze de doos gewoon mooi gevonden.

Sam haalde diep adem. Hier zat ze met spullen die haar moeder had bewaard en doelbewust had ingepakt om te bewaren, maar waarvan ze niet had beseft dat ze kwijt waren geraakt, of misschien had het haar niet kunnen schelen. Er zaten wat enveloppen in. Iris had altijd graag dingen ergens in gestopt.

Na de scheiding had ze gezegd dat een van de dingen die haar het best bevielen, was dat ze geordend leefde en dat niemand dat zou verstoren. In de flat waren haar truien allemaal apart verpakt, haar munten waren naar waarde gesorteerd in – door Sam gemaakte – schaaltjes en haar koelkast was een ordelijk landschap van Tupperware – zelfs de afstandsbediening van de tv had een eigen mandje. Sam pakte een bruine envelop die boven in de doos lag, boog de metalen klem recht, deed voorzichtig de klep open en leegde hem boven de tafel.

Er kwamen vergeelde systeemkaarten uit, bij elkaar gehouden door een elastiek en beschreven in een vrouwelijk handschrift, met lange, vloeiende lussen. Sam las de recepten op de kaarten: 'Charlotte-russe', 'Stroopbrood', 'Butterscotchpudding', 'Tennesseebruidstaart', 'Jenny Lindcake'. Die laatste was vreemd gebak met cognac, rozijnen en aardbeienjam. De desserts vormden een eigenaardige verzameling; ze waren verouderd en niet verfijnd en helemaal niets voor Iris, want haar lievelingsdessert was een chocoladecake van bittere chocola zonder meel. Sam was geïntrigeerd door de ouderwetse formaliteit van een van de namen, 'Rozenconfiture', en ze haalde de kaart ertussenuit om het recept te lezen:

Verzamel bloemblaadjes van bloeiende (maar niet verwelkte) rozen. Weeg ze en houd ze apart. Doe een gelijk gewicht aan suiker in een schaal en voeg zo veel water toe dat de suiker vochtig wordt. Plaats dit in de zon totdat de suiker is opgelost en zet het dan op laag vuur. Voeg zodra de siroop kookt de bloemblaadjes toe. Tien minuten zachtjes roeren, dan van het vuur halen. Af laten koelen en in potten doen.

Waren ze soms van Iris' moeder? Sam wist weinig van haar – het enige dat ze wist, was dat ze boerin in Minnesota was geweest en – toevallig – ergens in Wisconsin was opgegroeid. Ze kon zich de nuchtere plattelandsvrouw die ze op de foto's had gezien moeilijk voorstellen als iemand die rozenconserven meenam naar een kerkbuffet.

In een andere envelop vond Sam een zakagenda uit 1965, een programma van het toneelstuk *Voordeliger per dozijn* waarin Theo op school de rol speelde van Frank Gilbreth (efficiency-expert en vader van twaalf kinderen), een stukje verbleekt rood tekenpapier met paarse viltstiftkrabbels erop (vermoedelijk van Sam), wat bladmuziek van kerstliedjes en een portemonneetje van varkensoor waarvan de kraaltjes loslieten.

Er viel een verfomfaaid filmkaartje op tafel uit 1940: *His Girl Friday*, met in de hoofdrol Cary Grant en Rosalind Russell. Ze probeerde zich haar moeder voor te stellen als een meisje van dertien dat dromerig naar het grote scherm staarde. Iris had dit aandenken bijna zestig jaar bewaard. Wat was de echte betekenis ervan? Een voorwerp zonder context leverde meer vragen op dan het beantwoordde. Ze had altijd gedacht dat ze haar moeder begreep, maar de realiteit was dat Iris uiteindelijk raadselachtiger was geworden. Het was net of ze na haar scheiding en verhuizing weer geworden was wie ze was voordat ze moeder werd, een vrouw die Sam nooit had gekend, of misschien was ze wel een heel ander iemand geworden.

Op Sanibel zette Sam haar moeder elke ochtend in een ligstoel in de zon op het balkon met een deken om haar broze benen, en dan dronken ze thee met scones erbij van de bakker in de buurt en praatten ze alsof ze niet aan het sterven was.

'Je weet niet dat ik op mijn oude dag nog ben gaan lezen,' zei Iris. Deze vrouw, die Sam altijd alleen maar tijdschriften had zien lezen, las nu *Naar de vuurtoren*, het geplastificeerde boek dat op haar schoot lag. 'Ik heb nooit het geduld kunnen opbrengen, maar ik ben nog nooit zo dicht bij mediteren geweest als met dit boek.'

'Hoe kwam je erbij om Virginia Woolf te kiezen?'

Haar moeder tuitte haar lippen. 'Waarschijnlijk had ik advies aan je man moeten vragen, maar een aardige jongeman in de bibliotheek raadde me dit boek aan. En het idee van een gezin in een zomerhuis sprak me aan, ook al is de opgewektheid van het begin misleidend. Ik hoop dat ik het uit krijg voordat ik de geest geef.'

'Mam.'

'Heb jij het gelezen?'

'Toen ik studeerde, geloof ik.'

'Nou, het is prachtig. Misschien moet je het meenemen. Ik denk dat de bibliotheek je daar in Wisconsin niet weet op te sporen.' Ze lachte en moest toen even uitrusten om op adem te komen.

Sam kon het niet opbrengen om haar moeder die dingen te vertellen waartoe de dood haar zou moeten aansporen, zoals bekennen dat ze haar eerste kind had geaborteerd. Waarom kon ze dat niet zeggen? Juist nu. Als haar moeder zei dat het niet gaf, dat Sam de juiste beslissing had genomen, zou ze zich misschien vergeven voelen. Maar Sam kon er niet op vertrouwen dat de Iris van na de scheiding dingen zou zeggen waardoor ze zich beter zou gaan voelen. Ze kon er niet op vertrouwen dat Iris zich als haar moeder zou gedragen.

'Je kijkt me aan alsof je iets wilt,' zei Iris. 'Ik heb je niets te bieden. Geen clichés. Geen grote wijsheid. Je hoeft niets meer van mij te hebben, Samantha.'

Daarna sloeg ze haar boek open terwijl de zeelucht haar

donkere haar een beetje uit haar gezicht woei, dat nu brood-mager en blauwig was, maar rimpelloos door een nieuw soort tevredenheid. De baby had zich omgedraaid en Sam had zich behoorlijk slecht voorbereid gevoeld op zowel de naderende geboorte als de naderende dood.

'Weet je wat mijn moeder altijd zei?' had Iris gevraagd. 'De mensen denken te veel. En ik denk dat ik het nu met haar eens ben.'

'Mam?'

'Ga ook iets lezen. Op de tafel in de huiskamer liggen een paar tijdschriften over woninginrichting.'

Sams buurman Ted, die naast hen woonde in een haveloos victoriaans huis met een kippenren aan de achterkant, kwam met zijn gebruikelijke veerkrachtige tred op de voorkeur af gesprint en ze was blij dat ze haar blouse weer had aangetrok-ken. Teds witte haar had het model bloempot en hij droeg bij voorkeur een flanellen overhemd en een gebleekte spijker-broek. Hij was aan het eind van de broeierige jaren zestig aan de universiteit gaan studeren en nooit meer weggegaan, en nu doceerde hij wiskunde aan het plaatselijke *junior college*. Har-ken en sneeuwruimen waren de gebruikelijke onderwerpen van gesprek – Ted was een obsessief sneeuwruimer die er-voor zorgde dat zijn stoepen ijsloos waren en perfecte randen hadden – en Jack vond het vooral leuk hem aan het praten te krijgen over 18 oktober 1967, toen Ted een van de honderden studenten was die protesteerden tegen de wervingscampagnes van Dow Chemical, de producent van napalm.

'We hielden het handelsgebouw bezet en toen viel de poli-tie binnen. De klootzakken bewerkten ons met wapenstok-ken. Het was een bloedbad,' had Ted de eerste keer dat ze hem spraken gezegd terwijl hij met zijn handen zwaaide. 'Heb je wel eens traangas meegemaakt? Nou, zorg dat je er uit de buurt blijft. Het is echt eng spul. Afschuwelijk. Je kunt je ogen niet opendoen en het is net of je stikt. De klerelijers.'

Een van de leukste dingen aan Madison vond Jack dat ze naast Ted woonden. Hij ging vaak naar buiten om sneeuw te ruimen en kwam dan een uur later met rode wangen en snuffend terug en deelde haar zijn pas verworven informatie mee: nieuwe details in het portret dat hij van Ted aan het schilderen was.

'Wist je dat Ted vroeger vrachtwagenchauffeur is geweest?'

'Wist je dat Ted een dochter van zevenentwintig heeft die in Poughkeepsie woont?'

'Wist je dat Teds haar in één jaar wit is geworden?'

Ted was een eindeloze bron van mysteries: waarom liet hij zijn tv dag en nacht aan staan? Wat was er met mevrouw Ted gebeurd? Wat deed hij met al die ruimte in zijn grote huis? Sam en Jack vonden het prachtig om hun verhaal over hem in te vullen, om te speculeren en te theoretiseren, en altijd moesten ze lachen, niet om hem belachelijk te maken, maar uit een gezamenlijke vrolijkheid om Teds wonderlijke vorm van bestaan. Dat was in de tijd dat het goed ging tussen Sam en Jack. Ze lachten niet zo veel meer, of zij in elk geval niet. Sam stelde zich Jack op zijn werk voor, als hij zijn best deed om in een goed blaadje te komen op het Engels Instituut, opgelucht dat hij bij haar uit de buurt was. En ze kon het hem niet kwalijk nemen.

Ted legde zijn handen om zijn ogen tegen het raam en toen hij Sam zag, zwaaide hij opgetogen met opgetrokken wenkbrauwen en een open, lachende mond.

'Dag Ted,' zei ze, terwijl ze de deur opendeed.

'Hé, hallo. Niet te geloven dat het alweer herfst is, hè. Het was nog maar pas vier juli, ik zweer het je. Waar is de kleine?'

'Die is bij een vriendin.'

'Dat is mooi, dat is mooi. Sorry dat ik je stoor.'

'Doe niet zo raar. Kom binnen,' zei Sam, en ze meende het. Ze was blij om hem te zien.

'Nou, even dan. Even dan,' zei hij en hij stapte naar binnen. 'Ik wilde alleen even zeggen dat je aan de kant geparkeerd staat die schoongemaakt wordt. Ik wil niet dat je een bon krijgt.'

'O, dat was ik helemaal vergeten. Hartstikke bedankt. Dat waardeer ik zeer,' zei ze.

'Ja, best, goed hoor. Ik wil niet dat mensen het slachtoffer worden van die overijverige parkeernazi's. Ik heb een paar jaar geleden een petitie rond laten gaan om de borden te veranderen, want het is 's winters niet duidelijk wanneer je waar mag parkeren. Heb toen 2100 handtekeningen opgehaald.'

'Wow. Wat is daarmee gebeurd?'

'Niet veel. Maar ik heb wel de burgemeester ontmoet.' Ted danste een beetje uit enthousiasme, zijn witte haar ging op en neer. 'Je ziet eruit alsof je midden in een project zit.'

'Ik was een doos met spullen van mijn moeder van jaren geleden aan het doornemen.'

Ted blies zijn wangen bol en schudde zijn hoofd.

'Wanneer is ze overgegaan?'

Wat een grappig eufemisme, dacht Sam, alsof haar moeder slechts een grens was overgestoken en uit het zicht was verdwenen.

'Een jaar geleden,' zei ze.

'Dat is een belangrijk moment in je leven, hè? Mijn vader was een verzamelaar, kun je het je voorstellen? Hij had twintig jaargangen van het tijdschrift *Sunset* liggen, in een stapel die tot het plafond reikte. En een hele kamer vol koffieblikken. Ik maak geen grapje.'

'Wat heb je daar allemaal mee gedaan?'

'Eerst heb ik ze stuk voor stuk doorgenomen. Ja, je zoekt aanwijzingen. Ik zocht iets wat me zou helpen de man te begrijpen.' Hij lachte. 'Maar na twee dagen drong tot me door dat er niets te vinden was. Ik zou niet weten of ik iets belangrijks tegenkwam als hij er niet meer was om het te verklaren en betekenis te geven, toch?' Hij haalde overdreven zijn schouders op, met gebogen ellebogen en naar het plafond gekeerde handpalmen. 'Dus toen heb ik een container gehuurd.'

'Waar was dat, waar je vader woonde?' vroeg Sam.

'Los Alamos. New Mexico. Waar ik ben opgegroeid. Hij werkte aan de waterstofbom, maar daar kwam ik pas jaren later achter. Je kunt je wel voorstellen dat onze meningen nogal uiteenliepen.' Hij klapte in zijn handen. 'Goed. Ik laat je weer doorgaan met waar je mee bezig was. Het is wel een wonderlijke verzameling, hè? Wat er na een heel leven achterblijft.' Ted trok de deur open en stapte de stoep op. 'Echt geschift,' zei hij terwijl hij zijn volle haardos schudde. 'Nou, tot kijk maar weer! Ik ga lesgeven.'

Sam zwaaide lachend naar hem. Weer een paar parels voor het Teddossier. De gedachte dat ze die aan Jack kon presenteren tijdens het avondeten gaf haar een warm gevoel. Misschien zou ze *linguini carbonara* maken met rucolasalade en doen alsof het weer net als vroeger was. Maar toen bedacht ze dat hij eten zou meenemen en dat er ook nog de dreigende opdracht voor zijn collega was waar ze maar niet aan kon beginnen, en ze wist niet goed meer wat normaal was. Ze dacht altijd dat ze zichzelf kende, maar in het afgelopen jaar was haar zekerheid weggevallen.

De boomwortelman. Die was ze vergeten. Terwijl zij de Sunrise Inn had zitten verkennen, was hij gekomen en gegaan.

Hoeveel gelegenheden waren er niet geweest om de kanker van haar moeder te ontdekken? De ziekte was al ver uitgezaaid toen de diagnose werd gesteld. Vanuit de oorspronkelijke tumor in een melkvat hadden de kankercellen zich verspreid naar de lymfeklieren in de oksel en naar wat de arts 'verder weg gelegen organen' had genoemd, in dit geval haar botten, waar ze bleven groeien en zich vermenigvuldigden en ten slotte haar lever en longen binnenvielen. Maanden, jaren zelfs waarin ze een knobbel had kunnen opmerken, naar de dokter had kunnen gaan en hem door middel van een borstamputatie had kunnen laten verwijderen. Sam probeerde de hardnekkige, verraderlijke gedachte te verdringen dat Iris expres te lang had gewacht.

Ze stopte de was in de wasmachine en lette erop dat Ella's kleine sokjes onderin zaten, zodat er geen sok uit zou drijven en de afvoer weer verstopt zou raken. Ze zette de machine aan en ging toen de situatie in het souterrain opnemen.

Eén ding, zei ze tegen zichzelf, doe slechts één ding en de wil om iets te maken zal zichzelf in stand houden. De slibvanger die in de eenvoudige wasbak was gemonteerd, zat vol en was zwart en de deeltjes die er door het afspoelen van haar werktuigen en sponzen in terecht waren gekomen, waren veranderd in een schimmelige brij. Daarom hurkte ze neer en schroefde ze de plastic container open. Maar ze was vergeten om de kraan leeg te laten lopen en het water en de smurrie spetterden op haar handen, een lauwe plens die naar het afvoerputje sijpelde met de vieze stank van rottend organisch materiaal. Ze moest lachen. Toen ze het een beetje had opgedweild, verwijderde ze de oude klei uit de vanger en waste haar handen.

Het geluid van de telefoon bezorgde haar een paniekerig moedergevoel – Ella, Ella, Ella – en ze rende naar boven om op te nemen.

'Hallo?'

'Alles gaat goed, wees maar niet bang,' zei Melanie.

'Ella…'

'Ligt in een kampeerbedje te slapen, wat volgens jou zeker nooit zou gebeuren. Ik ben tien minuten geleden bij Sarah langsgegaan en ze had niets anders te melden dan dat Rosalee "shit" had gezegd toen ze appelmoes op haar schoot morste.'

'Dat is geweldig,' zei Sam en ze probeerde overtuigend te klinken. 'Van Ella, bedoel ik.' Een deel van haar had gewild dat dit oppasexperiment zou mislukken, besefte ze. Ze had gewild dat Ella haar te zeer zou missen. Sam had gebeld willen worden, zodat ze ernaartoe had kunnen racen om iedereen te bewijzen dat het echt niet zo gek was dat ze niet van haar dochter gescheiden wilde worden.

'Je kunt mij niet voor de gek houden, Samantha. Ik weet dat je hoopte dat je haar zou móéten komen halen. Maar dat is het lastige. Dat ze dus eigenlijk heel goed zonder ons kunnen.'

Sam hoorde Melanies toetsenbord. Ze klemde de telefoon tussen oor en schouder, keek in de koelkast, haalde er een halve fles Riesling uit – waar die vandaan kwam wist ze zo gauw niet – en nam deze mee naar de keukentafel.

'Ik ben blij dat het werkt,' zei Sam. 'Echt. Of, nou ja. Ik wilde best gemist worden. Maar nu ben ik blij. Ik zweer het je.'

'Hoe gaat het daar bij jou?'

'Ik heb nog niet eens een zak klei opengemaakt.'

'Geeft niet. Ik ben de hele ochtend bezig geweest roddelblogs van beroemdheden te lezen en online te scrabbelen met mijn moeder.'

'Ik zit vast, Mel.'

'Weet ik. Het eerste jaar is voor iedereen een zware dobber. Neem een massage of zo. Dit is niet de juiste dag om weer op gang te komen.'

Sam was op dat moment dankbaar voor deze vriendin, die ze nooit genoeg waardeerde. Ze pakte haar lievelingsbeker – een grote eivorm, geglazuurd met glanzend celadon – uit de kast en schonk er wat wijn in.

'Maar nu de echte reden waarom ik bel: we willen dat jullie tweeën volgende week bij ons komen eten. Samen met Kelly en Michael. Jullie hebben hen ontmoet tijdens die barbecue die we van de zomer hielden. Donderdag?'

'Dat klinkt geweldig. Ik zal even met Jack...'

'Hij heeft al ja gezegd. Doug heeft het gevraagd...'

'O, nou, goed dan.'

'Maar met één voorbehoud,' zei Melanie. 'De kleine kan niet mee. Je moet een oppas nemen. Als je er geen hebt, zal ik ervoor zorgen. Ik meen het. Als je Ella meeneemt, zal ze de avond op de veranda moeten doorbrengen.'

'Afgesproken,' zei Sam en ze hoopte dat ze het waar kon maken.

'Goed. Ik ga proberen iets te schrijven. Tot over drie uur.'

Sam had al anderhalf jaar geen alcohol gedronken vanwege haar zwangerschap en de borstvoeding, wat niet zo'n groot offer was geweest, maar nu ze de koude, zoete wijn zat te drinken, en nog wel overdag, vond ze dat onverwacht spannend. Ze sloot haar ogen en liet haar schouders zakken en toen schoot haar te binnen dat ze vergeten was de auto te verplaatsen, ondanks het feit dat Ted haar eraan had herinnerd.

Er zat tot haar opluchting geen bon onder de bladeren op haar voorruit. Ze keerde de auto en zette hem aan de andere kant van de straat. Toen ze achterom keek naar het lege autozitje, voelde ze een band van pijn om haar borst. Ze miste haar baby met de roze lipjes, dat lachende, open mondje, dat veel te grote hoofd, die plooien bij de elleboogjes en de dikke knietjes, dat kuiltje op haar bovenlijfje en die uitstekende navel op het ballonvormige buikje. Het zou een leven worden waarin Ella steeds meer weggleed, waarin ze Sam elke dag iets minder nodig had.

Jack belde, maar ze nam niet op. Ze kon niet zeggen dat ze nog niet op gang was gekomen.

Het was mooi weer geworden: er was een prachtige lichtblauwe lucht en de zon scheen bedrieglijk krachtig, hoewel de kaler wordende bomen een duidelijke aanwijzing waren dat de winter niet tegen te houden was. Door haar voorruit zag ze dat bij Ted de tv aan stond – *Judge Judy* – ook al was hij niet thuis. De oude man met het rode windjack die een straat verder woonde – in zijn voortuin stond een rij palen met bowlingballen erop – liet zijn corgi uit, zoals hij tweemaal per dag op dezelfde tijd en via dezelfde route deed. Sam had hem altijd een eenzame ziel gevonden, en ze had geprobeerd extra vriendelijk te zijn, maar hij had een keer zijn hond in hun tuin laten poepen terwijl Sam naar buiten stond te kijken, en op dat moment had ze haar mededogen voor hem gauw weer ingetrokken. Een jonge vrouw die ze niet kende, duwde in een peperdure kinderwagen een baby voort over de stoep. Zeer waarschijnlijk een kinderjuf, misschien wel voor de nieuwe mensen die aan het Mononameer dat mengelmoesje in tudorstijl bouwden – door de buurt spottend 'het kasteel' genoemd. Toen de vrouw dichterbij kwam terwijl ze in haar mobieltje praatte, zag Sam dat ze mooi was en vooruitstekende lippen en Slavisch hoekige wangen had.

Ineens moest Sam denken aan de prostituee die haar Skittles stond te eten, wachtend tot ze naar het Lotus House zou oversteken, of erger nog: op weg zou gaan naar een van de benzinestations aan Highway 51 of Interstate 94 of naar de Admiral of het parkeerterrein van de rosse buurt.

'Hoi,' zei Jack, 'ik weet dat je aan het werk bent, maar ik wou je alleen maar even bedanken. Dat je het voor Franklin doet. En wees niet te streng voor jezelf. Hij hoeft niet perfect te zijn. Tot vanavond.'

Ze wilde het huis niet meer in. De enige plek die bij haar opkwam, ontbeerde alle logica, was zelfs zorgwekkend, maar ze wilde nog eens kijken. Ze startte de auto weer. En reed terug naar de Sunrise Inn.

Violet

Nino hoestte en spuugde en stopte zijn hoofd onder de pomp om water te drinken. De lente ging stilletjes over in de zomer en aan het eind van de middag was het warm en vochtig. In Slaughter Alley hing de rotting in de lucht.

'Charlie zegt dat ik bij de beenderkokerij zou kunnen werken,' zei Nino. 'Als ik te oud ben voor de kranten.'

'Je zou met mij mee kunnen gaan,' zei Violet. 'Op een boerderij werken. Dat moet toch beter zijn dan net zo gaan ruiken als Charlie.'

Hij glimlachte. 'Ken je die Bobo? Die altijd onder de blauwe plekken zit omdat hij een ziekte heeft?'

Ze knikte. Ze had de jongen gezien bij het gebouw waarin Nino woonde: zijn magere benen hadden onder de gele en paarse vlekken gezeten.

'Hij heeft het geprobeerd,' zei Nino. 'Geen Italianen, zeiden ze. Geen Chinezen, negers, Joden, Spanjaarden of Turken. En ook geen Russen.'

'Nou en? Je zou toch op de trein kunnen springen.'

'Ik heb nog nooit een koe gezien,' zei hij. 'Wat moet ik op een boerderij?'

'Weet ik niet. Hetzelfde als ik. Goed eten. Rondrennen. Het zal toch niet zo moeilijk zijn om maïs te plukken.'

Hij schudde afwijzend zijn hoofd.

Met Nino erbij kon ze bij haar moeder weg. Hoe kon ze bij hen allebei weggaan? Ze trapte tegen een zak as, zodat er kolenstof de binnenplaats op stoof, waarna een litanie van Italiaanse kreten losbarstte van de vrouwen die op hun wasborden stonden te stompen. Violet en Nino renden de straat op en sprongen over de goot het laatste restje middagzon in.

'Hoeveel geven ze je moeder?' vroeg Nino.

'Niks.'

'Geeft ze je voor niks?'

Zijn gezicht vertrok van spijt om wat hij had gezegd.

Violet haalde haar schouders op. 'Ze wilde me toch al in het tehuis stoppen.'

Een schurftige, gebochelde vrouw porde met een stok in een hoop afval voor het handelskantoor. Ze nam niet de moeite de vliegen van haar gezicht te slaan.

'Is je oma al dood?' vroeg Violet.

'Gisteren dacht ik echt dat ze zo koud was als een wagenwiel, en haar mond hing helemaal open. Maar ze blijft maar doorademen,' zei hij terwijl hij met zijn hoofd naar hun woning op de eerste etage wees. 'Het is een wonder dat hij haar nog niet het raam uit heeft gesmeten.'

'Kom morgen naar het station,' zei ze. Hij wreef over zijn nek. Ze praatten nooit op deze manier, zo direct en serieus, en ze wist dat het hem niet beviel. 'Dan gaan we samen weg.'

De oudste jongen van de Dugans rende langs – een flits koperkleurig haar.

'Ik zeg gewoon dat je mijn broer bent,' zei ze.

Nino keek haar recht aan en Violet zag hem de mogelijkheid van ontsnapping overwegen. Ze zag al voor zich hoe ze naast elkaar in de trein zaten en keken naar de stad die achter hen steeds kleiner werd. Het zou hun grootste avontuur zijn.

'Je komt?' Ze beet op haar lip om haar lach in te houden.

'Kan niet,' zei hij.

Violet voelde zich koud en stekelig. Ze zei niks uit angst dat haar stem iets zou verraden. Ze had zin om Nino een stomp recht in zijn gezicht te geven en ze had wel willen huilen omdat het allemaal zo oneerlijk was en ze wilde dat hij dingen wist die ze hem nooit zou kunnen vertellen.

'Ik ga Jimmy zoeken,' zei Nino. 'Ga je mee?'

'Kan niet,' zei ze.

'Goed,' zei hij terwijl hij naar een plek boven haar hoofd keek.

Ze voelde de misselijkmakende lichtheid van het verlies al, lucht in haar botten waar eerst merg had gezeten.

'Nou, de groeten dan maar,' zei hij en hij hees zijn broek op.

'Ja,' zei ze.

Ze zei hem gedag en weg was hij.

'Het is maar voor een tijdje, Vi. Ik sta je niet echt af, dat weet je toch wel. Ik ben je moeder.'

Lilibeth legde haar sjaal, een kleine haarborstel en een kam boven op Violets karige kleding in haar geliefde tapijttas. Uit een kleine buidel pakte ze het zijden zakje, dat was versierd met een uil, dat Bluford haar voor hun huwelijk had gegeven. Het borduursel rond de ogen was gerafeld en aan de zijkant zaten watervlekken en schimmelplekjes. Lilibeth streek met een treurige eerbied over de uil.

'Ooit was het zo mooi,' zei ze. 'Hier.'

Violet pakte het aan en wreef met de zijkant over haar wang.

'O jee,' zei Lilibeth plotseling terwijl haar handen door de lucht fladderden. 'Dat vergat ik bijna.'

Uit haar jaszak haalde ze een klein zilveren doosje, dat ze

Violet gaf. Lilibeth probeerde te glimlachen, maar de poging veroorzaakte een traan op haar wang. Op een roodfluwelen kussen lag de foto die meneer Lewis had laten maken, sepiakleurig en heel duidelijk. Lilibeth stond er serieus op; haar blik was bijna slaperig en haar haar zat losjes in een wrong op haar hoofd en aan beide kanten van haar voorhoofd zat een platte krul. Ze had een donkere, tafzijden jurk met een hoge hals van witte kant aan; haar lichaam was een beetje weggedraaid, maar haar gezicht was naar de camera gekeerd. Haar ogen leken donker, anders dan het gebruikelijke blauw, en haar blik was recht naar voren, ondoorgrondelijk, bijna uitdagend.

'Ze hebben daar jurken die je kunt aantrekken,' zei Lilibeth ademloos. 'Het was net of ik een van mijn moeders jurken paste toen ik klein was. Ik wou lachen. Ik dacht dat het leuker was als ik lachte. Maar die man zei dat dat niet mocht. Hij zei dat niemand dat deed.'

Violet was gebiologeerd door de afbeelding. De vrouw op de foto leek stevig en slim, sterk zelfs. Ze zag er niet uit als de vrouw die had gehuild toen er in mei een nestje van een roodborstje door de regen was weggespoeld uit een wilde appelboom – 'drie volmaakt blauwe eitjes, Violet, stel je voor' – of de vrouw die uit het raam had gestaard toen Bluford Violet met een bezemsteel op haar benen had geslagen omdat ze het kippenhok had opengelaten. Of de vrouw die twee dagen lang met het lichaam van haar dode baby had geslapen.

Ik wil niet weg, dacht Violet.

'Ik moest tussen drie foto's kiezen,' zei Lilibeth. 'Ik hoop dat ik de beste heb uitgekozen. Ik weet niet of mijn haar wel klopt. Ik zie er oud uit. Vind je dat ik er leuk op sta?'

Violet knikte – ze had het gevoel dat de grond onder haar voeten begon weg te zakken. Ik zal doen wat me gezegd wordt, ik zal niet veel eten, ik zal me beter gedragen, had ze willen zeggen. Laat me niet gaan.

'Je zult me toch niet vergeten, hè, Vi?'

Violet had het gevoel dat haar mond vol modder zat.

Nino zwaaide Violet niet uit, net zomin als een van de andere jongens. Ze wist dat ze snel zou vervagen tot een verhaal, net als Sammy, die in de rivier was verdronken, of George, die weg was gegaan om goud te zoeken in Californië, en daarna zou ze helemaal worden vergeten.

Ze moest om vier uur bij de Children's Aid Society zijn. Lilibeth poederde haar gezicht en bond een groen lint om Violets haar. Ze hadden het er niet over waar ze heen gingen, waar Violet heen zou gaan. Ze namen een tram – Violets eerste betaalde rit – naar East 22nd Street. Ze voelde een beginnende angst. Deze buurt had net zo goed een andere stad kunnen zijn, met die hoge gebouwen en brede, schone straten. Lilibeth hield de kaart in haar hand die haar bij de zendingspost was gegeven en ze keek nog eens naar het adres. Ze liepen in westelijke richting, naar het laatste gebouw voor Park Avenue, een hoog gebouw van bruinrode zandsteen met boogramen en aan weerszijden van de ingang twee helder brandende gaslampen.

'O, ik weet het niet, Vi. Misschien moeten we morgen maar terugkomen,' zei Lilibeth terwijl ze zichzelf koelte toewuifde. 'Ik weet niet of dit wel zo'n goed idee is.' Ze pakte Violets hand. 'Wat vind jij? Wil je echt?'

Ik wil bij jou blijven, dacht Violet. Maar ze wist dat die mogelijkheid haar niet geboden werd.

'Kom, mama,' zei ze.

Ze werden begroet door een lachende vrouw met een vlezig gezicht en muizenoogjes die van top tot teen in het zwart was gehuld. Lilibeth reikte haar met trillende hand de kaart aan.

'God zegene u,' zei de vrouw. 'Hoe heet het kind?'

'Violet,' zei Lilibeth zacht. Ze schraapte haar keel. 'Violet Elaine White.'

Violet keek om zich heen naar het donkere hout waarmee de hal was afgewerkt en de vaas met crèmekleurige rozen op een tafel langs de muur. Ze zocht een plek waar ze haar blik op kon vestigen, zodat ze haar laagje stoerheid in stand zou kunnen houden. Ze vond een plek op de vloer waar het marmer had losgelaten.

De vrouw haalde een papier uit een map.

'Wilt u hier even tekenen, mevrouw White. Het is maar een formaliteit. Maakt u zich niet druk om de bijzonderheden.'

Hiermee bevestig ik dat ik de moeder en enige wettige voogd ben van Violet White. Bij dezen stem ik er vrijelijk en uit eigen wil in toe dat de Children's Aid Society haar een tehuis verschaft totdat ze meerderjarig is. Ik beloof bij dezen dat ik mij niet zal bemoeien met de regelingen die door hen worden getroffen.

Lilibeth werkte zich door de woorden heen, haar ogen sprongen heen en weer over het vel papier voordat ze ogenschijnlijk verslagen de pen oppakte.

'Was alles maar anders,' zei Lilibeth hakkelend. 'Ik wou dat alles anders was.'

Neem me mee naar huis, dacht Violet.

Lilibeth zette haar handtekening en sloeg onmiddellijk haar hand voor haar mond.

'Hier, schatje,' zei ze. Ze gaf Violet de tas aan. 'Lief zijn. Laat je niet naar Kentucky brengen.' Ze liet een geforceerd lachje horen dat snel wegstierf en in de lucht bleef hangen.

'Mama,' zei Violet. Dit kon toch niet alles zijn? Zo makkelijk van elkaar afgesneden. Ze hield zich vast aan de gedachte aan de trein en hoe die haar naar het weidse Middenwesten zou brengen, naar een plek op de kaart die ze zich niet kon herinneren. 'Ik zal je een brief schrijven,' zei ze, ook al had ze nog nooit een brief geschreven en zou ze niet weten waar ze die naartoe moest sturen.

'Ik kom je halen,' zei Lilibeth als een dier dat in de val zit, bang en met grote ogen. 'Ik kom zodra ik kan.'

'Ze gaat nu meteen met ons mee,' zei de vrouw. 'Dat is het beste.' Ze scheidde Violet van haar moeder en legde een arm om haar schouder om haar mee te voeren.

'Hoe weet ik waar ze is?' zei Lilibeth met een stem die steeds hoger werd. 'Hoe kan ik haar vinden?'

'Ze krijgt een goed thuis,' zei de vrouw rustig maar vastberaden – haar gezag was duidelijk. 'Het is beter voor het kind. Zeg elkaar nu maar gedag.'

Lilibeth aarzelde een fractie van een seconde, maar trok haar dochter toen tegen haar tere borst.

'Vergeef me,' fluisterde ze in Violets haar.

Violet keek hoe het silhouet van haar moeders ranke figuur de deur uit zweefde en oploste in de toenemende duisternis. Ze wist dat ze Lilibeth weer zou zien, want van het alternatief kon ze zich geen voorstelling maken.

Ik kan nu gaan, dacht ze. Ik ben op weg.

'Door deze deur,' zei de vrouw. 'Ik neem je tas wel.'

Hun voeten tikten over een glanzende, zwart-wit betegelde vloer.

'Ik hou hem bij me,' zei Violet, die een verandering bespeurde in de toon van de vrouw nu Lilibeth weg was. 'Dat gaat best.'

'Je hebt niets meer nodig wat daarin zit,' zei de vrouw terwijl ze hem uit Violets hand trok. 'Je gaat een nieuw, christelijk leven tegemoet. Met een schone lei beginnen.'

Het flitste door Violets hoofd dat ze weg moest rennen, maar toen dacht ze aan de trein en hoe spannend ze het vond om zich voor te stellen dat die haar naar een nieuwe plek zou brengen.

'Mag ik de foto die erin zit?' vroeg ze terwijl ze probeerde haar stem gelijkmatig en beleefd te houden. 'De foto van mijn moeder. Meer hoef ik niet.'

'Sssh, stil maar…' zei de vrouw. 'Het komt allemaal goed. God zal voor je zorgen.'

Violet slikte, ze raakte gedesoriënteerd door alles; haar hart raasde voort en haar vastberadenheid begon weg te ebben. Ze liep achter de vrouw aan.

De vrouw ging een trap op en nog een deur door en toen een gang in en daarna kwamen ze in een groot vertrek waar kinderen van verschillende leeftijden in rijen stonden opgesteld – jongens en meisjes, van wie sommigen in weeshuiskleding en anderen in gescheurde straatkleren. Geen van hen zei iets. Je hoorde alleen het geschuifel van laarzen, het geritsel van papieren en het gemompel van vrouwen van de Aid Society.

'Hier is mevrouw Pettigrew. Zij zal je opfrissen en je een gloednieuwe jurk geven voor de reis. Het avondeten is om vijf uur. Morgen is een belangrijke dag.'

Violet keek naar haar moeders tas in de hand van de vrouw, een reliek waar ze geen recht meer op had.

'Jullie zullen elkaar terugzien. Als alles beter gaat,' zei de vrouw. 'Dan kun je je spullen komen ophalen.'

'Deze kant op,' zei mevrouw Pettigrew; haar oude vingers stonden krom, als klauwen. 'Je bent een mooi meisje. Je zult wel snel gekozen worden.'

Violet keek of er bij de jongens en meisjes iemand was die ze kende. Een paar jongere kinderen huilden, andere stonden alleen maar te staren. Twee jongens – een tweeling van een jaar of vijf, met haar dat tot hoog op hun voorhoofd was afgeknipt – hielden elkaars hand vast en zaten gehurkt in een hoek. Aan de andere kant van de ruimte zag ze Buck, de krantenjongen uit de buurt, die op zijn onderlip beet.

'Buck,' riep ze.

Iedereen keerde zich om en keek naar haar. Hij keek haar kwaad aan en draaide zijn hoofd weg.

'Stil, kind,' zei mevrouw Pettigrew. 'Dokter Smith zal je zo onderzoeken. Om zeker te weten dat je geschikt bent voor het buitenleven.'

Ze vertelden de kinderen heel weinig over waar ze naartoe gingen. Ze kregen allemaal een vierkant papier opgespeld met een nummer erop. Ze kregen een bijbel. En ze kregen een nieuwe geboortedatum, want, zo zei men, dat wilde hun nieuwe gezin. De meisjes droegen een witte jurk met roesjes en hadden een zwarte strik in hun haar. De jongens droegen een donkerblauw pak met een das.

Violet wist niet veel meer van aardrijkskunde, of welke staat waar lag, dan wat ze zich herinnerde van haar sporadische schoolbezoek. Ze wist dat Indiana en Ohio boven Kentucky lagen. Ze wist dat president Lincoln – de onderwijzeres had haar minachting nauwelijks kunnen verbergen – in Illinois geboren was. Het westen was een zonnige, wazige plek waar het nooit lawaaiig, druk of vies was. De boerderijen waren er anders dan de stoffige, bouwvallige boerderijen van Barren Country, waar de kippen op erven van opgedroogde modder schraapten, waar de maïskolven omvielen, de wormen de kool opvraten en de eekhoorns in één nacht hele aardbeienveldjes leeg aten. De boerderijen in het westen waren heel groot, groen en vruchtbaar.

's Morgens vroeg werden de kinderen verzameld en in 'kleine gezelschappen' van zo'n dertig stuks gezet, aangezien de treinen uitwaaierden over het land. Buck – zijn nummer stond op geel papier – ging naar Texas, daar schepte hij tenminste over op tegen Violet toen ze in een wagen naar het station reden. Ze had geproest toen ze hem voor het eerst in een pak zag, met haar dat hoog boven zijn oren was weggeknipt zodat zijn tanden des te meer opvielen.

'Ik ga op paarden rijden en met een geweer rondlopen,' zei hij terwijl hij zich stond te schamen in zijn nieuwe kleren. 'Ik kom terug als bandiet en dan schiet ik mijn pa neer.'

Violet moest om hem lachen. 'Nee, dat doe je niet,' zei ze.

Het papier dat op haar jurk gespeld zat, was lichtblauw. Ze wist niet waar haar trein naartoe ging.

Het was een vrolijke boel op het station, een en al commotie. Er stonden weldoeners, mensen die de Kerk steunden en politici te lachen en te wijzen en ze riepen dat de kinderen maar boften en dat ze er zo schattig uitzagen in de kleren die van hun geld waren aangeschaft. De vrouwen van de Aid Society schoven de kinderen bij elkaar en ze zeiden het Onzevader en de tien geboden op en ze zongen een onvast 'Amazing Grace', dat ze de avond ervoor hadden geoefend. En toen loste de menigte snel op terwijl de kinderen werden uitgezwaaid bij het roepen van '*bon voyage*' en 'ga met God'.

Violet pakte haar bijbel en zocht de andere lichtblauwe kinderen op – jongens en meisjes van verschillende leeftijden, en een groep kleintjes uit het Foundling Hospital. Mevrouw Comstock, een vrouw met grijs haar, een zacht lichaam en crêpepapierachtige wallen onder haar ogen, zou met hen meegaan en er reisde ook een kinderjuf mee die op de kleintjes zou letten, de pezige juffrouw Bodean, met een wit kapje op haar kleine, roodharige hoofd, dat op een giraffenek prijkte. Een paar van de jongere kinderen klemden zich vast aan de rok van mevrouw Comstock. De kinderen uit het tehuis stonden wezenloos op instructies te wachten. Violet, die op haar hoede was, hield zich afzijdig en stond wijdbeens en uitdagend haar reisgenoten op te nemen.

'Hé, twaalf,' zei ze tegen een tienerjongen, die naast haar stond. Hij keek even naar het bij hem opgespelde papier. 'Waar gaan we naartoe?'

Hij haalde zijn schouders op. 'Vijfentwintig dollar per maand voor boerenwerk, zeiden ze tegen me. Meer weet ik niet.'

Zijn gezicht had de gelig grauwe bleekheid van iemand die binnenshuis was opgegroeid. Zijn schouders verdwenen in het slecht passende jasje van zijn pak.

'Zetten ze ons allemaal aan het werk?' vroeg ze.

'Ik weet het niet. Misschien worden de kleintjes opgenomen, zoals ze zeggen. Er was een jongen op mijn zaal, Nicholas,' zei hij. 'Dertien was-ie of zo. Ging naar Iowa. Hij liep weg, nam een vrachttrein terug en probeerde weer in het gesticht te komen door in te breken.'

'Waarom?' vroeg Violet.

De jongen haalde zijn schouders weer op en porde met zijn

teen in een opgedroogd stukje kauwgom. 'Miste het, denk ik. Hij wilde er niks over zeggen.'

'Jij,' zei mevrouw Comstock terwijl ze op haar lijst keek. 'Violet heet je? Ga bij de andere meisjes staan, nu. We gaan zo instappen.'

Iris

Borsten. Al die heisa om borsten.

Uit de bovenste la haalde Iris de aangepaste bh en siliconen-borsten – haar explantaten. De prothesen waren perzikachtig vleeskleurig (ze had uit drie vleestinten kunnen kiezen) en verrassend zwaar, en ze zagen eruit als kipfilets met tepels. Tepels! Ze had verbaasd gelachen toen ze ze voor het eerst uit de doos pakte. Grote genade, haar hele leven had ze haar eigen tepels zitten verbergen. Ze had de versie gekozen die je in de bh kon laten glijden in plaats van de prothesen die tegen je huid zaten. Haar littekens waren destijds nog vers en ze kon zich toen moeilijk voorstellen dat iets eroverheen zou wrijven, vooral niet in die onmogelijke augustushitte. Bovendien had ze er ook niet echt het nut van ingezien.

Iris liet de prothesen in de zakken van de bh glijden en bond de hele zaak voor. Ze voelde zich gepantserd, haar wegterende lichaam was nu minder kwetsbaar. Toen de langharige meisjes tijdens de Miss Amerikaverkiezing van 1968 hun bh's in de vuilnisbak hadden gegooid, had Iris achter een net lopende Samantha aan gerend, Theo naar bandrepetities gebracht, kleren van de stomerij gehaald en etentjes gepland voor Glenns golfvrienden en hun echtgenotes. Wat voor vrouwen hadden nou tijd voor deze poppenkast, had ze zich afgevraagd. Ze begreep wat het protest inhield en ze was het er in theorie wel mee eens dat vrouwen moesten worden gewaardeerd om wie ze waren en niet alleen maar om hoe ze eruitzagen. Maar destijds had Iris geen behoefte aan bevrijding gevoeld. Ze vond het zelfs niet erg om een bh te dragen, dacht ze vals. Ze wist waar ze aan begon toen ze met Glenn trouwde en ze had moeder willen worden. Ze had haar leven gekozen, toch?

De jaloezieën waaiden door de bries van het raam weg en vielen met een lichte klap weer terug, telkens weer, in een slaapverwekkend ritme. Misschien zou ze toch de airco aan moeten zetten. Door de hoge luchtvochtigheid krulde haar pony op, zodat die als vleugeltjes naar links en rechts stak. Buiten riepen de meeuwen hun klaaglijke kreten, het achtergrondgeluid van Sanibel. Ze trok een witte katoenen tuniek over haar hoofd, waarvan de hals hoog genoeg was om botten en littekens te verbergen. Ze had hem het jaar daarvoor na de operatie van Samantha gekregen. Ze was altijd attent geweest. Natuurlijk komt ze hierheen om bij me te zijn, dacht Iris. Ze koos een zwarte driekwart broek, vond een riem – die ze elke week strakker moest trekken – en liet haar voeten in haar sandalen glijden. Al die handelingen putten haar uit, maar ze was blij dat ze zich op de komst van haar dochter kon voorbereiden. Het werd tijd om naar de supermarkt te gaan.

Wat zou Samantha lekker vinden? Als kind was ze dol geweest op bosbessen, sprits, druivensap en gebraden kip. Als tiener op cola light. Maar misschien dronk ze dat spul niet meer – vrouwen waren tegenwoordig zo supervoorzichtig, op het hysterische af wanneer ze zwanger waren. Koffie, wijn, brie, destijds zelfs sigaretten – en er was niets mis geweest met haar kinderen. Iris slenterde door de paden met groente en fruit. Bananen, avocado's, kanteloepen, aardbeien, citroenen, radijsjes, artisjokken. Ze wilde overvloed bieden. Dat was wel het minste wat ze kon doen.

Ze voelde een golf van misselijkheid opkomen toen ze langs het vlees liep. Het was net als ochtendmisselijkheid, die aversie tegen allerlei etenswaren die ze nu had, dit gebrek aan eetlust. Toen ze op haar veertigste zwanger was van Samantha, had ze zich ondraaglijk vermoeid gevoeld; haar gewrichten hadden vanaf het begin pijn gedaan en maandenlang had ze niet veel meer dan limonade en zoute, in de schil gekookte nieuwe aardappeltjes kunnen eten. Het had haar boos gemaakt dat ze aan de genade van haar lichaam was overgeleverd en ze had het de baby kwalijk genomen – ze voelde dat het een meisje werd – en als ze Theo naar school had gebracht, ging ze vaak naar huis om weer in bed te kruipen en pas op te staan als het tijd was om hem weer op te halen. Ze had dit alles nooit aan Glenn opgebiecht. Glenn had gedacht dat ze nog een kind wilde – verlangden niet alle vrouwen naar een kind?

Iris kon zich niet herinneren dat haar moeder ooit had gezegd dat ze van haar hield. Ze had zich niet onbemind gevoeld, maar ze had vaak het gevoel gehad dat ze nooit echt genoeg kon krijgen van wat ze nodig had van haar moeder, die genegenheid in karige porties uitdeelde. Haar moeder had korte knuffels gegeven en af en toe een kus boven op haar hoofd gedrukt wanneer er getroost moest worden, waarbij ze meestal zei: 'Kop op, Iris, zo erg is het niet.' Volgens haar moeder was er nooit iets echt erg. Waterpokken niet, levertraan niet, een verstuikte enkel niet, een dood vogeltje niet en een gebroken hart niet.

Hoe graag Iris ook een ander soort moeder had willen zijn, ook zij had haar kinderen niet echt vaak gezegd dat ze van hen hield. Het had geforceerd en een beetje gênant gevoeld om die woorden uit te spreken en vervolgens werd het iets wat ze gewoon niet tegen elkaar zeiden, iets wat in hun gezin niet gebruikelijk was. Al die verdringing, dacht ze nu, was onvergeeflijk.

Iris liep met haar karretje naar de rij voor de kassa. Toen ze opkeek en de vrouw voor zich zag, hield ze haar adem in: het was Henry's vrouw. Iris had haar één keer eerder gezien, had de schoonheid in de witte japon met één schouder gezien, op de avond waarop ze Henry voor het eerst ontmoette, tijdens een fondsenwervingsfeest voor de Vrienden van het 'Ding' Darling Natuurreservaat. Zij, Kathleen, was in het begin van de jaren zestig zijn onderzoeksassistent geweest en was met haar doctoraalstudie gestopt om met hem te trouwen en moeder voor hun drie jongens te zijn. Iris wist niet veel meer van haar – Kathleen was een onderwerp dat ze meestal hadden gemeden – maar ze voelde zich geïntimideerd, overtroefd. Henry had zijn keuze gemaakt. Iris nam de details van deze vrouw gretig in zich op – haar lichtgebruinde huid, haar gespierde kuiten, waarschijnlijk van het tennissen, haar champagnekleurige haar dat strak naar achteren zat. Ze had snelle, vrouwelijke bewegingen en straalde een rustig zelfvertrouwen en verfijning uit. Ze was lang en slank en droeg een elegante, blauwe doorknoopjurk met dunne leren sandalen die eruitzagen alsof ze in Saint-Tropez waren gekocht. Toen ze haar creditcard wegstopte, lachte ze beleefd naar Iris zonder haar te herkennen en ze vertrok met haar aankopen keurig opgeborgen in één tas.

Kop op, hield Iris zichzelf voor. Zo erg is het niet.

Ze herinnerde zich een avond die zij en Henry in haar flat hadden doorgebracht. Kathleen was bij een van hun zoons in

Boston op bezoek. Hij had een *porcini risotto* in haar keuken klaargemaakt, en de aanblik daarvan, samen met de goede rode wijn die ze dronken, gaf Iris het gevoel dat ze straalde. Er had nog nooit een man voor haar gekookt – Glenn had niet eens geweten waar de pannen stonden – en nu stond Henry, volledig op zijn gemak, blij zelfs, te roeren en warme bouillon in de pan te scheppen.

'De laatste vruchtbaarheidsbehandelingen van mijn schoondochter hebben niet gewerkt,' zei ze.

'Wat vervelend. Ze zal er wel kapot van zijn. Hoe klonk Theo?'

'O, met hem gaat het prima. Ik had de indruk dat hij meer moeite had met het mislukken dan met het niet zwanger worden. Bovendien denk ik dat Theo in zijn hart blij is.'

'Denk je dat hij geen kinderen wil?'

'Ik denk dat hij bang is, net als iedereen. Maar het is ook iets egoïstisch in hem. De opoffering lijkt hem te groot voor iets wat in zijn ogen zo weinig oplevert.'

'Niet iedereen zou ouder moeten worden.'

'Weet ik. Maar ik denk dat het voor hem goed zou zijn. Ik ben bang dat hij anders steeds harder wordt. Ik vind het jammer, maar hij is cynisch aan het worden, die zoon van mij.'

'Dat zit denk ik in de generatie. Benjamin is ook zo. Zijn prioriteiten zijn golf en kantoor. Zijn vrouw komt ver daarna op de derde plaats.'

'Je zei dat hij het meest op jou lijkt.'

Henry moest lachen. 'Dat is ook zo. Mijn golf bestond uit achttiende-eeuwse Britse teksten. Hier, proef eens. Meer zout?' Hij blies op de rijst op de pollepel en hield hem haar voor.

'Mmm, zalig. Ik smelt gewoon.'

'Dan heb ik je precies waar ik je wil hebben,' zei hij.

Iris pakte hun kommen van de tafel.

'Ga eens door met vertellen,' zei hij.

'Ik denk gewoon dat vader zijn Theo weer bij zijn wezenlijke goedheid zou brengen.'

'Hoe je je hem als jongen herinnert.'

'Misschien is dat het. Hij zou in elk geval dichter bij de mensheid komen te staan. Het zou hem wat bescheidener maken.'

'Zo werkt het wel, ja. Mijn ego zou enorm zijn als ik geen kinderen had gehad.' Hij glimlachte. Zij lachte. Hij hield op met roeren om haar glas bij te vullen. Hij hield haar wangen in zijn handen en kuste haar neus.

'Wat is dit heerlijk, hè,' zei hij. 'Ik voel me thuis.'

Na het eten zaten ze op de bank gemberthee te drinken en te praten over dingen die ze zelden bespraken.

'Op een bepaald punt was het te laat om nog iets te veranderen. Of vraagtekens te zetten. Om te praten over de dingen die ik in ons huwelijk miste nadat we dertig, veertig, vijftig jaar getrouwd waren. Ik had het gevoel dat als ik er gaten in ging prikken, er te veel bloot zou komen te liggen en we zouden verliezen wat lang vrij goed was geweest.'

'Had het niet beter kunnen worden? Als je eerlijk tegen haar was geweest?'

'Dat is wel waar, denk ik. Maar ik neem niet zo gauw risico's. Afgezien hiervan,' hij wees op haar en toen weer op zichzelf, 'ben ik nogal een lafaard. Waarom denk je dat ik een academische carrière heb gekozen?'

'Voor die goeie ouwe vaste aanstelling,' zei ze.

'Met Kathleen wil ik ook graag vastigheid, denk ik.'

Iris pakte zijn hand met een passie die nieuw voor haar was, opgewekt door deze man van wie ze hield. 'Henry, we zijn te oud voor vrij goed, vind je niet?'

'Schuld is de vijand, de wrekende vijand die ons achtervolgt, met zweepslagen en steken,' zei hij met zijn namaakbariton in een zwakke poging zijn triestheid te verbergen. 'Aldus een zekere Nicholas Rowe driehonderd jaar geleden. Het is toepasselijk poëtisch en woest, denk ik.'

Ze vouwde haar benen onder zich en vroeg niets meer over zijn vrouw. Ze moest het al gevoeld hebben, geweten hebben wat ze nooit meer níét kon weten: dat ze niet samen zouden eindigen, dat hij niet van haar was. Iris was het vlot in het water, maar Kathleen was de rivieroever. Hoe hij zich nu ook aan Iris vastklemde, hoe warm en veilig ze zich samen ook voelden in het woelige water, de regeling was tijdelijk. Uiteindelijk zou hij naar de kant moeten zwemmen.

'Iris, ben jij het?'

Iris keek op van haar boodschappen die ze in de auto aan het laden was. Het was Susan Harrison, haar makelaar – koperkleurig haar, Franse nagels, tinkelende gouden slavenarmbanden aan haar pols – die op kleine hakjes haar kant op tikte.

'Susan. Leuk je te zien.'

Susan schoof haar grote zonnebril op haar hoofd. Haar gezicht verstarde toen ze zag hoezeer Iris achteruit was gegaan sinds ze haar een maand geleden had gezien. Ze glimlachte te breed met tanden die onmenselijk wit waren gebleekt.

'Kom, ik zal je even helpen.' Ze griste de tas uit Iris' handen en zette hem in de kofferbak.

'Ik ben nog niet dood,' zei Iris.

'O, Iris, ik bedoelde er niets mee,' zei ze terwijl ze haar hand op haar gebruinde, sproeterige boezemspleet legde.

'Sorry. Het was maar een grapje. Ik was eigenlijk van plan je te bellen. Mijn dochter komt morgen. Ik zal haar jouw naam geven.'

Een nietszeggende glimlach deelde Susans gezicht in twee-en.

'In verband met de verkoop van de flat.'

'Ja, ja, natuurlijk!' zei ze te gretig. 'Als ik iets kan doen…'

Ze denkt dat doodgaan besmettelijk is, dacht Iris.

'Winkel ze,' zei Iris.

'Zorg goed voor jezelf,' zei Susan terwijl ze gehaast wegliep.

Iris zuchtte, afgemat door het mijnenveld dat dit tochtje bleek te zijn. Haar lichaam voelde tegelijkertijd slap en stijf aan. Ze liet zich op de warme bestuurdersstoel zakken en ging met haar hand onder haar bh om aan haar littekens te krabben. Ze wilde dat sterven niet zo dodelijk vermoeiend was.

De telefoon ging toen ze met de laatste boodschappentas haar woning binnenkwam, maar toch bleef ze even staan om de airco aan te klikken – natuurlijk zou het niet de laatste keer zijn. Hoe kwam ze daar vanmorgen bij? Ze woonde in Florida!

'Hallo?' Ze ademde zwaar.

'Mam? Alles goed? Het duurde zo lang voordat je opnam.'

Iris hief haar ogen ten hemel toen Samantha precies hetzelfde zei als haar broer.

'Ik kom net binnen,' zei ze, maar ze had meteen spijt van haar vinnigheid. 'Er is niets aan de hand, schat. Ik was naar de supermarkt. Voorbereidingen treffen voor je bezoek.'

Bezoek. Maar hoe moet ik het anders noemen, reageerde Iris op zichzelf in haar hoofd terwijl ze zich in de schommel-stoel liet zakken.

'Mijn vlucht komt iets eerder aan dan ik had gezegd. Drie uur. Weet je zeker dat je naar Fort Myers kunt rijden? Ik kan een bus nemen, of een taxi of zo. Dat zou ik helemaal niet erg vinden.'

'Samantha. Ik kan je ophalen. Ik wil je graag ophalen.'

'Oké.'

'Oké. Drink je nog steeds cola light?'

Iris voelde haar zwakte een beetje wegebben in de koele lucht.

'Ja,' zei Samantha. 'Hoewel ik dat niet zou moeten doen. Ik heb tegen Jack gezegd dat ik ermee ben opgehouden, maar ik drink het nog steeds.'

'Mooi. Ik heb het voor je gekocht, voor het geval dat. Ik zal je niet verraden.'

'De baby is zo druk vandaag. Rolt alle kanten op. Duwt in me met haar ellebogen.'

'Theo was net zo. Ik ben ervan overtuigd dat zijn karakter al helemaal was vastgelegd toen hij schreeuwend naar buiten kwam, eerst zijn achterste.'

'Weet je dat ze geen stuitbevallingen meer doen? Je krijgt automatisch een keizersnee. Nou, ik wil echt geen keizersnee.'

'Het gaat vast goed. Maar ik vind het wel jammer dat ik er niet bij zal zijn.'

'Misschien toch wel? Wie weet.' Samantha's stem klonk scherp.

Er werd niet over gesproken hoe lang Samantha zou blijven of hoe lang Iris zou leven. Iris wilde niet dat haar dochter voor haar de martelaar uithing.

'Sorry dat ik je van je werk haal,' zei Iris.

Ze stond soms versteld van wat haar dochter met haar handen van ruwe klei kon maken. Waar kwam dat talent vandaan? Iris vroeg zich af of zijzelf een latent vermogen had dat nooit was geactiveerd. Tuinieren of schaken of aquarelleren of dichten. Ze kon niet eens breien, hoewel haar moeder telkens weer had geprobeerd het haar te leren.

'Ik moest de schijf stilzetten,' zei Samantha. 'Mijn buik zat in de weg.'

'Je zult na de bevalling wel weer gauw beginnen. Je moet jezelf ertoe zetten. Onthoud dat maar. Hoe langer je wacht, hoe moeilijker het wordt. Vóór Theo was ik hartstikke goed op de mondharmonica.'

Samantha moest lachen.

'Ik maak me geen zorgen,' zei ze. 'Ik sta al te popelen om weer aan het werk te gaan.'

Iris deed haar ogen dicht vanwege een opkomende hoofdpijn die druk op haar ogen veroorzaakte.

'Je weet niet hoe het zal zijn. Je kunt het niet weten.'

Ze voelde haar dochters verzet. Het leek wel alsof ze altijd op het punt uitkwamen waarop er kribbigheid ontstond.

'Het gaat vast goed,' zei Iris nog eens.

Iris' moeder was wees geweest en had haar ouders nooit gekend. Het was geen geheim geweest, maar openlijk besproken werd het ook niet.

'Denk je wel eens na over de vraag wie je ouders zouden kunnen zijn geweest?' had Iris haar een keer gevraagd toen ze op een zondagmiddag aan het eind van de zomer op rotsbaars zaten te vissen. De zon brandde op hun armen en gezicht en hun voeten hingen verstijfd in het water van de rivier. Het kon Iris niet zo veel schelen of ze beet had, maar ze vond het fijn om naast haar moeder te zitten en te horen hoe het water op de ondiepe plekken over de gladde stenen stroomde en te genieten van de momenten van koelte en helderheid wanneer de wolken het felle zonlicht verduisterden. En van haar moeder, hier bij haar.

'O, zeker wel,' zei haar moeder. Haar haar was grijs en zat in een paardenstaart. Ze deed het alleen maar los als ze naar bed ging. 'Ik denk wel eens na over mijn moeder. Maar dat heeft niet zo veel zin, hè.'

'Misschien was ze een filmster,' zei Iris.

Haar moeder lachte. 'Ik denk het niet. Ze hadden in de negentiende eeuw geen films.'

Iris wilde weten hoe het in het weeshuis was geweest – ze stelde zich witte zalen met hoge ramen voor en nonnen die stilletjes door gangen gleden – maar haar moeder was vaag en afhoudend. 'Ik herinner het me niet zo goed meer,' zei ze altijd. 'Het is zo lang geleden.' Ze was op haar elfde als keukenhulp aangenomen in een klein privéziekenhuis in Wisconsin, waar ze al die ingewikkelde toetjes had leren maken. Ze had er gewoond en gewerkt tot haar achttiende en was toen met Samuel Olsen getrouwd en de grens overgestoken naar Minnesota.

'Is er geen manier om erachter te komen?' drong Iris aan. 'Je zou misschien naar het weeshuis kunnen schrijven en informeren wie ze was.'

'We moeten maar eens gaan,' zei haar moeder terwijl ze aan het molentje van haar hengel draaide. 'Het is vast al na tweeen. Je moet die erwten nog voor me doppen.'

'Nog heel even. Ja? Ik heb er nog niet eens een gevangen.'

'Je worm is al een uur van je haak,' zei haar moeder lachend.

Iris voelde de tijd voortschrijden; haar moeder was al bezig met wat er gedaan moest worden als ze weer thuis waren. Nu de herfst in aantocht was, zou er lang geen tijd meer zijn voor iets als dit.

'Je hebt nog tien minuten,' zei haar moeder. 'Ik meen het. Niet te laat komen.'

'Denk je dat Bobby Bergesen me zal vragen voor het dansfeest?' vroeg Iris, in een doorzichtige poging haar moeder op te houden, die haar mand met vis al had opgepakt en haar rok afsloeg.

'Iris,' zei ze. 'Alles wat ik ervan weet, heb ik van jou. Denk jij dat hij je voor het feest zal vragen?'

'Nee. Misschien,' had Iris gestotterd. 'Ik weet het niet. Laatst zwaaide hij naar me in de stad.'

Haar moeder schudde haar hoofd, ze wist zich zoals altijd geen raad met Iris' theatrale neigingen.

'Ik zou me er niet zo druk om maken.'

'Maar ik vind hem leuk,' had Iris gezegd met haar handen op haar wangen.

'Jongens komen, jongens gaan,' had haar moeder gezegd, meer tegen de rivier dan tegen Iris.

Iris herinnerde zich nu nog dat haar stem overtuigingskracht had gemist, dat er geen vermoeid moeder-weet-het-betergezag in had gelegen, alleen maar een ondoorgrondelijke treurigheid, een raam waar Iris niet doorheen mocht kijken. Ze vroeg zich af of alle moeders op een bepaald vlak voor hun kinderen ondoorgrondelijk waren. Ze vroeg zich af of kinderen krijgen een manier was om te proberen je moeder te begrijpen, om het onkenbare te overbruggen. Ze wilde zo graag dat ze haar moeder nu zou kunnen kennen. Iris geloofde niet in een hemel, maar de laatste tijd speelde ze met de kinderlijke gedachte dat ze haar moeder weer zou zien. Het idee dat ze samen oude vrouwen zouden zijn, stond haar wel aan.

Iris maakte haar bh los en schudde haar armen uit de bandjes. Hij viel zwaar in haar schoot.

Buiten op de gang hoorde ze het bekende gesjok van de postbode – Albert met het rode hoofd, die nooit een hoed droeg tegen de zon en haar nooit bedankte voor de cheque die ze elke kerst voor hem achterliet – en het gekletter van de metalen brievenbus die dichtging en daarna zijn wegstervende stappen.

Iris vroeg zich af wat haar moeder ervan zou hebben gevonden dat Samantha nu in Wisconsin woonde. Het was een soort terugkeer. Haar moeder zou het leuk hebben gevonden dat haar kleindochter dingen maakte, dat ze ambachtelijk bezig was.

Iris hees zich overeind om de post te gaan halen – een zielig klein stapeltje – en liep naar de keuken. Kon het kloppen dat ze trek had? Ze had zin in pindakaas met jam. Ze haalde de potten uit een van de boodschappentassen die nog op de grond stonden waar ze ze had neergezet en smeerde dik pindakaas en daarna aardbeienjam op twee zachte, witte boterhammen. Hartige, zoete, zachte, romige troost. Waarom had ze dit niet altijd als maaltijd gegeten?

Ze gooide het bankafschrift, de creditcardaanbiedingen en het verzoek om een gift aan Planned Parenthood in de vuilnisbak – ze zou moeten doen alsof ze aan afvalscheiding deed als Samantha er was – en maakte de theateragenda van Lively Arts open.

Uitvoering van *West Side Story* in het buurttheater. Nee. Kinderkoor. Nee. Het Ying Quartet. Tsjaikovski. Over bijna drie weken, vlak voor haar verjaardag. Zo lang zou ze het vast wel uithouden nu ze de pindakaas had herontdekt. Henry was gek op Tsjaikovski. Het zou haar kans zijn hem nog eens te zien. Ze belde de kassa en reserveerde twee kaartjes. Ze zou met Samantha gaan.

Iris pakte haar boek van de aanrecht waar ze het eerder had neergelegd. Haar toevallige ontmoeting met Stephen leek dagen geleden. Ze had de laatste week gemerkt dat ze de greep op haar gevoel voor tijd aan het verliezen was – hier werd hij uitgerekt, daar werd hij vervormd, en er vond een geleidelijke ontsporing plaats. Ze moest maar een briefje maken met de gegevens van Samantha's aankomst, gewoon voor het geval dat. Ze schoof de deur naar het balkon open en stapte vanuit de droge, koele lucht een deken van vochtige warmte in. Ze liet zich voorzichtig op een luie stoel zakken en voegde zich bij mevrouw Ramsay, die een kous voor de zoon van de vuurtorenwachter zat te breien toen de kinderen in bed lagen.

> Nu kon ze zichzelf zijn, alleen. En er was
> één ding waar ze nu vaak behoefte aan had:
> denken; of eigenlijk niet eens denken. Zwijgen,
> alleen zijn. Alle drukte en gedoe, zo uitbundig,
> oogverblindend en luidruchtig, was vervlogen;
> en je trok je met een plechtig gevoel terug op
> jezelf, een wigvormige kern van duisternis, iets
> dat voor anderen onzichtbaar was.

Ja. Iris moest aan haar moeder denken en inmiddels geloofde ze dat die er blij mee was geweest dat ze voor haar dood een tijd alleen had kunnen zijn. En nu zat Iris hier op Sanibel na een huwelijk en het moederschap en een affaire op de valreep thuis rustig alleen te zijn. Geluk was het niet, nee. Nederigheid was het. Aanvaarding.

Haar ogen waren zwaar van de verdovende middelen en ze legde het boek neer. Haar energie was in het niets verdwenen. Haar armen en benen voelden slap, haar botten als lood; ze drukten bij elke beweging op haar spieren en huid. Haar hoofd bonkte weer en de rand van haar gezichtsveld werd met elke bonk wazig. Zelfs haar longen deden pijn. Als kind had ze soms gefantaseerd dat ze in bed moest liggen vanwege een ernstige ziekte, dat haar gezicht rozig was van de koorts, dat haar moeder en vader bezorgd om haar waren, op gedempte toon praatten en haar verzorgden tot ze weer beter was.

Dwaas. Ziekte was heel onelegant, wanordelijk en lelijk, heel onromantisch. De weg naar de dood zou afschuwelijk zijn. Dit wegglijden, deze verwering van het lichaam en ten slotte van de geest.

Ze hees zich overeind om haar pillen te nemen. In de keuken schudde ze de kleurige pillen in haar hand. Hoeveel zouden er nodig zijn om de klus te klaren?

Sam

Iris had ooit gezegd: 'Jij wordt een goede moeder omdat je moeder wilt zijn.'

Sam reed met haar auto het parkeerterrein achter de Sunrise Inn op. Ze vroeg zich nu af of haar moeders cryptische uitspraak had betekend dat zijzelf geen moeder had willen worden. Of misschien had Iris tien jaar na Theo niet opnieuw moeder willen worden. Maar ze was toch geen slechte moeder geweest? Afstandelijk misschien, druk bezig. Wel had Sam zich vaak eenzaam gevoeld als kind. Ze had het idee dat Iris zich meer op haar gemak had gevoeld met haar als volwassene dan met haar als klein meisje, dat ze met enige verbijstering had bezien, alsof ze wilde zeggen: hoe kom jij hier?

Van dichtbij, nu het heldere middaglicht erop scheen, zag ze dat de beige bakstenen van het motel vol vuil- en watervlekken zaten. Naargeestig, dacht Sam. Een jonge vader, gekleed in een laaghangende spijkerbroek en een mouwloos T-shirt onder een openhangend Northface-jack, loodste twee jongetjes, ook in dikke jacks, een kamer op de begane grond in, en ze vroeg zich af of het Sunrise, net als veel andere goedkope motels in de omgeving, werd gebruikt om een gebrek aan geschikte opvangtehuizen te ondervangen.

Ze wist niet waarom ze naar deze plek was teruggekomen. Misschien oefende het grimmige bestaan dat ze zich bij het meisje voorstelde een duistere aantrekkingskracht op haar uit. De kwetsbaarheid van onze routes, dacht Sam, de neerwaartse kracht van een paar keer tegenspoed. Ze balde haar handen tot vuisten om haar vingertoppen warm te krijgen.

In tegenstelling tot andere zwangere vrouwen die ze had gekend, had Sam zich niet oververhit gevoeld, 's nachts de dekens van zich af gegooid of met korte mouwen gelopen bij lage temperaturen. Ze had vaak koude handen gehad. Daarom was ze bang dat er ook iets mis was met deze zwangerschap, ondanks het feit dat de vlokkentest die in de twaalfde week was uitgevoerd – ze wilde niet op de vruchtwaterpunctie wachten – had uitgewezen dat het kind, een meisje, genetisch in orde was. Ze was blij met de zachte warmte en wazige vochtigheid van Florida na de eerste bittere kou die ze in Wisconsin achter zich had gelaten. Ondanks de omstandigheden was ze blij dat ze het warm had.

Toen zij en Iris van het vliegveld op weg waren naar het eiland Sanibel, passeerden ze een klein reclamebord aan Interstate 75 met het lachende, ronde gezicht van een kind met het downsyndroom erop; zijn amandelvormige ogen hadden de kenmerkende mongolenplooi. In een kinderlijk handschrift stond erbij: IK HEB HET RECHT TE LEVEN!

Sam reed, zodat haar moeder kon rusten. Ze schudde zwakjes haar hoofd en voelde tot aan haar tenen een golf van kou door zich heen gaan. Ze had gehoopt dat wanneer ze weer zwanger werd, de eerste zwangerschap op de een of andere manier in haar gedachten een andere vorm zou aannemen, zou verzwakken tot de miskraam die het volgens anderen geweest was. Ze vond het vreselijk dat ze zich schuldig voelde over een keuze waarvan ze als volwassene altijd had beweerd dat ze het recht had die te maken. Maar het was geen ongewenste zwangerschap geweest en achttien weken was geen vijf weken, en toen het erop aankwam, had ze zichzelf op de eerste plaats gesteld. Ze had geen leven gewild waarin ze voor een gebrekkig kind moest zorgen, wat dat ook inhield. Ze had het pakket met informatie over het downsyndroom dat de verpleegster haar had gegeven, meteen weggegooid, had niets willen weten. Ze was egocentrisch en oppervlakkig, een lafaard. Was het echt belangrijker in staat te zijn een nieuw stel borden te maken?

Sam had een artikel gelezen over een vrouw die haar adoptiezoon na een maand had teruggegeven omdat ze geen band met het anderhalf jaar oude kind had gevoeld en dacht dat het voor iedereen beter was als hij naar een ander gezin ging. Zij en haar man hadden jarenlang geprobeerd zelf een kind te krijgen en wat ze echt wilden, was een kind dat was opgebouwd uit hun eigen erfelijke materiaal, een afspiegeling van henzelf. De publieke verontwaardiging was snel en veroordelend geweest – Sam en Jack hadden zelfs besproken hoe traumatiserend het voor de peuter moest zijn geweest – maar ze had zich stilletjes afgevraagd of dit nu verwerpelijker was dan wat zij had gedaan.

Jack zou zeggen dat het een foetus van een centimeter of twaalf was geweest, een organisme dat niet buiten het lichaam kon leven. En zelfs als ze het kind hadden gekregen, zou er een kans zijn geweest dat het ernstig gehandicapt zou zijn, nooit in staat zichzelf aan te kleden of zelf te eten. Ze wist al die dingen, was het ermee eens, en toch, en toch. Jack zou ook kunnen zeggen dat ze het niet kon loslaten omdat het haar een reden gaf om een hekel aan zichzelf te hebben, een wond waar ze aan kon peuteren. Althans, hij zou dat kunnen zeggen als ze er ooit met hem over sprak, maar dat deed ze niet.

'Hoe voel je je op dit moment?' vroeg haar moeder met gesloten ogen. 'Je ziet er nauwelijks zwanger uit.'

'Nee?' Sam begon zich onmiddellijk weer zorgen te maken.

'O, niet op een negatieve manier, liefje,' zei Iris terwijl ze haar ogen opendeed en haar hoofd oprichtte. 'Alsof je niet zo veel bent aangekomen. Met jou kwam ik ruim twintig kilo aan. Ik at donuts en dames blanches. Ik heb er een heel jaar over gedaan om die kilo's kwijt te raken. Maar leuk dat het was!'

Glimlachend wierp Sam een snelle blik op haar moeder en draaide toen de dijkweg op. Ze wist niet hoe lang haar moeder nog zou leven. Iris vertelde niet veel over wat de dokter had gezegd – schattingen noemde ze overdreven en onnodig. 'Ik ga dood wanneer ik doodga,' had ze gezegd. Maar zou dat dagen, weken of maanden duren?

'Zeg maar tegen Jack dat je ruim voor de kerst thuis bent,' had Iris gezegd.

Toen Sam dat had gehoord – het was al halverwege oktober – was ze teruggekrabbeld, wilde ze het tijdskader niet meer weten.

'Laten we het er maar niet over hebben,' had Sam gezegd.

Als haar moeder sinds de scheiding ooit met een man had afgesproken of een relatie had gehad, had ze daar Sam nooit iets over verteld en voor zover ze wist ook niet aan Theo. En afgezien van af en toe een spelletje bridge leek ze niet veel sociale contacten in Florida te hebben. Het was net of Iris na al die jaren van etentjes en tennisgroepjes en echtgenote en moeder zijn in een goede buurt via de achterdeur was weggeglipt.

'Het is zo raar dat je hier woont,' zei Sam.

'Het verzamelen van schelpen trok me enorm aan,' zei Iris

spottend. 'Het is warm. Het voelde nieuw. Na je vader wilde ik iets anders. Er afstand van nemen.'

Sam vroeg zich af of haar moeder niet alleen maar weg had willen gaan, maar ook de banden had willen doorsnijden. Zich had willen bevrijden. Ook van mij en Theo, dacht ze. Sam vond die luchthartigheid beangstigend.

'Wist je dat het eiland pas zesduizend jaar oud is? Dat nieuwe bevalt me wel. Het voelt toevallig,' zei Iris.

Ze reden over de brug naar Sanibel. Sam had haar in de loop van de jaren een paar keer bezocht, maar het voelde nog steeds alsof haar moeder op vakantie was. Het eiland was achttienenhalve kilometer lang en zesenhalve kilometer breed en ruim de helft was beschermd natuurreservaat. Iris verliet het eiland zelden.

'Ik heb al met Susan gepraat, mijn makelaar, over de verkoop van de flat. Je zou er een goede prijs voor moeten krijgen. Het is een prima jaargetijde om te verkopen. Binnenkort komen de sneeuwvogels.'

Sam draaide zich even naar Iris en keek toen weer op de weg.

'We zullen het over de details moeten hebben, Samantha.'

'Dat wil ik niet.'

'Je moet je niet zo veel zorgen maken,' zei Iris.

Sam was geïrriteerd; ze had willen zeggen dat je iemand niet kunt opdragen zich geen zorgen te maken. Dat het zo niet werkt.

Sam haalde de sleutels uit het slot en probeerde te focussen op wat ze bij dit troosteloze motel deed. Misschien was de moeder van de jonge prostituee niet geschikt en was het meisje ontspoord zonder dat er iemand was om haar te helpen, als een vieze, leeggelopen ballon waarvan het touwtje ten slotte aan een dode tak was blijven hangen. Wat kan het toch gemakkelijk misgaan, dacht Sam. Maar misschien was er niet veel voor nodig – misschien zelfs alleen maar de vriendelijkheid van een onbekende – om iemand uit die enorme verlatenheid te halen. Sam zag voor zich hoe ze op de deur klopte, zich voorstelde, haar hulp aanbood bij het zoeken naar een baan, of wat geld, of een bezoekje aan de sociale dienst – iets. Waarom had ze daar zo'n moeite mee? Omdat, zo zei ze tegen zichzelf, jij jij bent.

Maar toch stapte ze uit, niet bereid op te geven – ze was nu eenmaal zo idioot geweest om terug te komen – omdat ze nog één glimp wilde opvangen van een leven dat niet het hare was, om over haar grenzen heen te stappen en iets goeds voor iemand te doen. Het was te koud om zonder jas buiten te zijn. Ze had zich laten misleiden door de zon, die al aan het ondergaan was en niet meer op de parkeerplaats scheen. Ze stopte haar handen onder haar armen, haar schouders opgetrokken, in een poging de wind tegen te houden die de laatste bladeren aan de armetierige jonge walnootbomen aan de rand van het motel deed ratelen. Ze liep om de buitenkant van het zwembad heen; het was leeg en moerasgroen en het glas was beslagen met condens en roet van de uitlaten van de auto's die langs raasden op de East Washington Avenue.

Aan de rand van het parkeerterrein keek Sam om zich heen en toen ze niemand zag, legde ze haar handen om haar ogen en keek door het zijraampje van de auto van het meisje naar binnen. De blauwe vinyl stoelen waren gebarsten en verbleekt door de zon en het stuur was als een mummie in isoleertape gewikkeld. Op de grond lagen een kapotte ijsschraper van Green Bay Packers en een gescheurde kaart van Wisconsin;

er stak een halflege fles van twee liter Mountain Dew onder de bestuurdersstoel uit. Een vuilniszak met kleren lag op de vloer bij de achterbank en een vuile roze handdoek hing obsceen uit de zak. Het meisje leefde in haar auto. Sam vroeg zich af of ze zich wilde settelen of dat ze daar juist voor op de vlucht was.

'Hé!' schreeuwde het meisje vanaf het balkon.

'O,' zei Sam geschrokken. Ze voelde zich trillerig nu ze de schaarse bezittingen van het meisje had gezien, voorwerpen die getuigden van gebrek aan vastigheid en binding. En nu stond het meisje daar – ze zag eruit als een kind dat als hoer verkleed was, met knokige knieën en te grote schoenen. Sam liep achteruit, haar handen belachelijk in de lucht houdend.

'Wat doe je daar? Dat is mijn auto, dame.'

'Weet ik. Sorry, bedoel ik.'

'Hè?' Ze hield haar hoofd scheef als een jong hondje. 'Wacht eens, ik heb jou al eerder gezien.'

'Ik denk het niet.'

'De drogist,' zei het meisje met uitschietende stem. 'Ben je me gevolgd?

'Nee. Of eh... nou ja, een beetje,' stotterde Sam.

'Wat wil je in godsnaam?'

Sam voelde dat ze rood aanliep en haar hoofdhuid prikte van de warmte. Zeg het dan, hield ze zichzelf voor, doe het nu eens een keer. 'Ik dacht... Ik weet het niet. Toen ik je in de winkel zag, dacht ik... Je bent nog zo jong. Misschien kan ik je helpen.'

'Hè?' Het meisje schudde haar hoofd en sloeg uitdagend haar armen over elkaar.

'Goed,' zei Sam. 'Het was een misverstand. Een vergissing. Ik ga al.'

Het meisje trok met een klap de voordeur van het motel achter zich dicht.

Sam liep stuntelig naar haar eigen auto. Ze verstapte zich, kwam naast de stoep terecht en viel zwaar op de bestuurdersstoel neer. Wat was er toch met haar aan de hand? Hoe had ze zo'n verkeerde inschatting kunnen maken? Ze leek wel gek. Ik kan beter mijn eigen huis op orde zien te krijgen, zei ze tegen zichzelf.

Vlak voordat Sam en Jack in hun huis waren getrokken, was er een huis in hun straat ontploft. Er had een man van in de zestig gewoond die alle gaskranen had opengedraaid om zichzelf van het leven te beroven, en toen was zijn huis ontploft, waarbij de helft van het huis ernaast was weggeslagen en ramen, muren en plafonds in de hele straat waren gebarsten. Hij was wel de strenge winter doorgekomen, maar had er de brui aan gegeven toen het weer lente werd en de bomen uitbotten, de krokussen en narcissen hun kopjes boven de grond uit staken en er alleen nog sneeuw op de beschaduwde plekken lag. Wat moest hij eenzaam zijn geweest. Het was nu drie jaar geleden en de plek was nog steeds leeg – er groeide gras en de kinderen hadden er een geïmproviseerd speelterrein van gemaakt, met oranje pylonen die als doelpalen dienden. Ted had hun verteld dat de man vlagen van depressiviteit had, zelden sliep en vaak midden in de nacht wandelingen maakte. Hij had tekenles gegeven op een middelbare school, maar was vervroegd met pensioen gegaan en sindsdien had hij de buurt nooit meer verlaten. Hij liep naar de supermarkt een paar blokken verderop en hij at af en toe een hamburger in een tentje om de hoek. Hij had geen auto en ging nooit met de bus, want hij wilde nergens heen, zo had hij Ted verteld. Ted had zich afgevraagd waarom iemand die zo op zichzelf had geleefd met zo'n enorme klap het leven had willen verlaten. Sam had de logica er wel van ingezien. De man was boos geweest om de leegte en had dat aan iedereen willen laten weten.

Ze draaide zich weg van het keukenraam. Op de aanrecht stond een van haar grote potten met deksel met een semitransparant blauw gespikkeld glazuur. Ze haalde de deksel eraf – de ongeglazuurde rand liet het bekende nagelvijl-achtige geschraap horen en weer was ze onder de indruk van hoe goed hij sloot – en haalde er een blikje geroosterde amandelen uit. De gedachte aan de rokerig zoute smaak deed haar kwijlen. En toen bedacht ze ineens dat ze geen idee had waar haar moeders as in zat. Een goedkope urn van de begrafenisonderneming? Een kistje? Een zakje? Theo had de as na de crematie opgehaald en ze hadden nog niet besloten wat ze ermee zouden doen. Ze had een pot voor noten gemaakt, maar was niet eens op de gedachte gekomen dat ze iets voor haar moeders overblijfselen kon maken.

Het was twee uur. Als het goed was, deed Ella nu een dutje. Sam miste het zalige gewicht van haar kind dat tegen haar aan sliep. Maar Jack miste ze nooit meer. En dat was natuurlijk de angst: dat ze verliefd was geworden op Ella en dat dat haar gevoelens voor Jack had verdrongen. Die liefde was natuurlijk anders, het hoefde niet het een of het ander te zijn, maar wat ze voor Ella voelde, leek rijker, betoverend en onverminderbaar.

Buiten zag ze een eekhoorn op het hek aan de zachte groene schil van een walnoot knabbelen. Elk najaar sloegen de eekhoorns hun kamp op in de walnootbomen en aten die kaal, waarbij ze kwetterden en piepten en de grond onder hen bezaaiden met bolsters en noten die de stoep een dieprode okerkleur gaven. De eekhoorns vraten zich een hele week vol en dan was het feest voorbij en waren de bomen kaal. Als ze zo Teds tuin in keek, vermoedde ze dat het nog een beetje te vroeg was voor het grote eekhoornfeest.

Ik zal de pondscake maken en die aan Ted geven, dacht Sam. Ze had zichzelf belachelijk gemaakt bij de prostituee, maar ze kon de dag nog redden door iets aardigs voor haar buurman te doen. Als er iémand was die dat zou waarderen, dan was hij het wel. Ze schudde een handjevol amandelen in haar hand en ook nog wat in haar mond. Het zout deed haar tong samentrekken. Maar terwijl ze kauwde, wist ze dat de doos van Iris niet zou verdwijnen. Ze veranderde haar plan en ging weer aan tafel zitten, zichzelf ertoe dwingend op deze dag in elk geval iéts te presteren, iéts met de babyloze uren te doen.

Haar mobieltje ging en ze schrok. Weer Theo, en ondanks de ergernis die ze vandaag voor hem voelde, was ze blij dat ze het vertrouwde nummer zag.

'Hallo,' zei ze.

'Hoi, sorry dat ik je stoor,' zei hij.

'Je stoort niet. Wat is er?'

'Ik moet steeds aan die doos met spullen denken. Ik had erin moeten kijken. Dat was echt slap van me.'

'Ik heb nooit geweten dat je artistieke neigingen had.'

'Wat bedoel je?'

'*Voordeliger per dozijn.*'

Theo lachte.

'Vijfde klas. Ik moest een valse snor dragen en een weeklang had ik uitslag in de vorm van een snor door de lijm.'

'Ik zal je het programma sturen.'

'Wat heb je nog meer gevonden?'

'Geen sieraden of zo. Dingen van ons allebei van toen we

nog klein waren. Recepten. Losse dingen voor in een plakboek. Ik heb het nog niet allemaal bekeken. Het is tegelijkertijd overweldigend en heel gewoon.'

'Het is deprimerend om de restanten van een leven in een doos te zien. De kaartjes en rapporten. Kiekjes. Ik weet het niet. Ik denk dat ik voel dat ik ouder word.'

Dit gaf Sam moed. 'Jij en Cindy zouden een kind moeten adopteren.'

'Hè?' vroeg hij, geërgerd. 'Nee.'

'Kom op, Theo. Als je een kind wilt, moet je een kind nemen.'

Theo was even stil en blies toen zijn adem uit.

'Rook je?' vroeg ze.

'Ik ben weer begonnen. Een paar per dag maar.'

'Ik zal er niet meer over beginnen. Over adoptie.'

'Nee, het geeft niet.'

'Ik denk dat je het als vader goed zou doen.'

'Bedankt, Sammy,' zei hij rustig. 'O, dus pa en Marie komen jouw kant op. Maak maar een grote parkeerplek vrij.'

'Naar Madison?'

'Met de camper. Na Canada. Over een paar weken. Hij belt je nog.'

'Vergeet het maar.'

'Hij wil Ella zien, Sammy. Geef hem een kans.'

Ze wilde dat haar vader kwam. Waarom was het voor haar zo moeilijk om dat toe te geven?

'Ik zal hem bellen.'

'Tuurlijk,' zei Theo.

'Waar hebben we mama in gestopt?'

'Hè?'

'Haar as. Waar hebben we die in gedaan?'

'Wat gek, ik heb geen idee. Ik denk dat de begrafenisonder-nemer ervoor gezorgd heeft. Zo'n standaardding.'

'We zijn vreselijk,' zei ze.

'Ach joh, het was een emotionele tijd. Het maakt toch niet echt iets uit?'

Natuurlijk maakt het iets uit, dacht ze. Ik zou iets aan het maken moeten zijn ter ere van mijn moeder in plaats van om de hete brij heen draaien en prostituees bespieden.

'Maar jij hebt de as toch?' vroeg ze.

'Ik geloof dat hij beneden in een kast staat.'

'Je gelooft het?'

'Ik heb hem, Sam, rustig maar. Maar we moeten wel gauw beslissen wat we ermee doen, oké?'

Door de ingrijpende komst van Ella in haar leven was Sam vergeten dat ze de as niet hadden begraven, en nu was het al een heel jaar later. Theo had gelijk.

Ze pakte de volgende envelop uit de doos. Er zaten een paar foto's uit de jaren zestig in van mensen die ze niet kende. Een etentje aan een tafel met een lege stoel – Iris had zeker de foto gemaakt – en stellen met een piña colada en een sigaret in hun hand bij een huis aan een meer. Hun identiteit was voor altijd verloren gegaan. Er was een foto van Chicago in een sneeuw-storm. Er waren ook een paar opnamen van de bruiloft van haar ouders die niet in het officiële album hadden gezeten – een niet-geposeerde foto van Iris die in haar eentje stond te kijken naar de receptie; haar haar was opgebold en voorin zat een witsatijnen strik. Er was ook een foto waarop Glenn haar taart voerde; ze had haar ogen dicht en op haar tand zat een vlekje ondoorzichtige roze lippenstift. Glenn lachte zijn tand-vlees bloot. Sam vroeg zich af of haar moeder ze had bewaard omdat ze ze niet weg kon gooien of omdat ze een geheime betekenis voor haar hadden, iets aan haar trouwdag wat niet geënsceneerd was en wat ze zich wilde herinneren. En wat moest Sam er nu mee doen? Ze terugdoen in de doos zodat Ella ze over vijftig jaar zou vinden?

Ze maakte een vergeelde plastic tas open. Er zat een in vloeipapier verpakte onderzetter in van een bar in Chicago die de Coq d'Or heette, met een plaatje van een haan erop en hier en daar een restje goudverf. Het karton was half vergaan en rafelig aan de randen. Nou vráág ik je, mam – een onderzetter uit een bar?

Er zat een boek in de doos, een bijbeltje, met een verfomfaaide zwarte omslag die om de bladzijden heen was gebogen en waarvan de gouden letters afgesleten waren. Haar verstokt atheïstische moeder had een bijbel bewaard. Sam deed de muffe omslag open, maar het kader voor de naam was niet ingevuld. Alleen de datum: 10 juni 1900. En in de bovenste hoek een zwart stempel:

CHILDREN'S AID SOCIETY
105 EAST TWENTY-SECOND STREET
NEW YORK CITY, NEW YORK

Dat moest van haar oma zijn, gezien de datum – ze zou toen een jaar of elf zijn geweest – maar het was een vreemd adres. New York was ver bij Wisconsin vandaan. Misschien had ze het bij een kerkbazaar gekocht, dacht Sam, en zat er verder niets achter.

Ergens tussen de bladzijden stak een foto van Sams grootouders op de verzakkende veranda van hun boerderij in Zuid-Minnesota; de witte verf bladderde af door de verwerende invloed van de seizoenen en de kronkelige takken van de uitgegroeide sering onttrok de rand van het huis aan het zicht. Het echtpaar Olsen maakte een onbewogen indruk, waarschijnlijk waren ze hier in de zestig, zij zonder make-up en met wit haar dat bijeengebonden was in een paardenstaart, zonder dat ze een poging had gedaan zichzelf mooi te maken. Ze was per slot van rekening boerin geweest, niet chic of ijdel. Op de foto zat haar opa kaarsrecht op een ruwe houten bank met de krant op zijn schoot en zijn leesbril op de punt van zijn neus. Sams oma zat lekker genesteld in een sleetse fauteuil te breien. Ze lachten geen van beiden, hoewel ze ook niet ongelukkig leken, alleen maar los van elkaar, alsof ze niet zozeer mét elkaar leefden als wel náást elkaar, en alsof ze klaarstonden om terug te keren naar wat ze aan het doen waren voordat de fotograaf hun had gevraagd naar het vogeltje te kijken.

Haar opa had iets duidelijk Scandinavisch: zijn haar was, ook op die leeftijd nog, blond en piekerig, bijna te zacht voor zijn zwaar gerimpelde gezicht. Hij was een stille man, had Iris gezegd, maar soms ook grappig en vaak vriendelijk, een boer die later in zijn leven de leiding kreeg over een veevoederfabriek. Volgens Iris was haar moeder heel kundig geweest, iemand die van alles kon repareren en zich altijd wist te redden.

Sam wist niet eens waar haar oma in Wisconsin was opgegroeid. Dat ze haar moeder in die laatste weken niet naar haar familie had gevraagd, leek een enorme fout. Iris was enig kind geweest en nu was er niemand meer over. Maar daar stond tegenover dat Iris het misschien geforceerd en sentimenteel had gevonden. Sam besefte dat ze zich tot het eind door haar moeder geïntimideerd had gevoeld.

Hoewel Iris had beweerd dat ze niet snel genoeg aan haar boerenafkomst, haar provincialiteit had kunnen ontkomen, had ze in de loop der jaren soms liefdevol gesproken over de zuidelijke tak van de rivier de Root en over de oevers waarop ze in haar jeugd vaak had zitten vissen op meerval, rotsbaars en zonnebaars. Heel af en toe was haar moeder wel eens melancholiek geworden en had ze het gehad over het land bij de boerderij, de hoge kalkstenen rotsen, begroeid met eiken en bitternotenbomen, de zilverreigers en carolina-eenden langs de kant van de rivier, en de otters en de bevers. En dat zei mijn moeder, dacht Sam nu, de vrouw die om de twee weken een manicure nam en de lakens streek en pesticide op het gazon sproeide zodat het volmaakt groen bleef. Sam zat al jaren in Madison maar was nog niet één keer naar de rivier gereden om die te bekijken. Waarom ben ik daar nog niet geweest? dacht ze.

Door de voorruit zag ze dat Ted terug was van de campus en nu zijn tuin aan het harken was, ook al begonnen de bladeren nog maar net te vallen. Zijn haar danste bij elke haal met de hark even op en neer. Hij droeg zijn kastanjebruine leren jasje dat uit de jaren zeventig leek te stammen en daaronder een coltrui. Ze bewonderde zijn vitaliteit en optimisme.

De pondscake. Ze liep naar de keuken en zette de oven aan. Haar moeder had wel eens een pondscake gemaakt, maar dan een verfijndere versie dan de oorspronkelijke, die Sam ging maken. 'Gebruik altijd vanille, ook als het niet in het recept staat,' had Iris gezegd. En hoe heette dat kruid ook alweer dat ze had gebruikt? O ja, foelie. Wie gebruikte er nu ooit foelie? In een opwelling rommelde ze in haar specerijenla en vond helemaal achterin een klein, verbleekt busje dat nog niet was opengemaakt. Ze moest het hebben gekocht lang voordat ze Jack leerde kennen – ongetwijfeld op aanraden van Iris toen ze haar keuken inrichtte – en het had haar helemaal tot hier vergezeld.

Sam sneed de verzegeling open. Hoe oud het ook was, het

had de warme nootmuskaatgeur die ze zich uit haar jeugd her-innerde. Ze deed een kwart koffielepel in een schaal en pakte de vanille van de plank.

'Ik heb nooit een scheiding overwogen,' had haar moeder ge-zegd terwijl ze een bord met zalm wegschoof dat ze niet naar binnen kreeg. 'Ook niet toen ik daar de voorkeur aan zou heb-ben gegeven. Nu lijkt het zo voor de hand te liggen, maar toen dacht ik dat ik een soort toestemming nodig had. Ik kon me niet voorstellen dat ik zoiets ingrijpends zou kunnen doen.'

Sam had haar moeder nog nooit zo horen praten en ze wilde dat ze ermee doorging maar ook dat ze ermee stopte. Het was heel welkom na al die jaren waarin ze het fort van haar inner-lijke leven streng bewaakt had, maar ze was bang dat Iris een vreemde zou blootleggen en vervolgens zou sterven.

'Wist je van Marie?' vroeg Sam.

'O ja,' zei ze. 'Eigenlijk was dat niet zo erg. Ik denk dat het mijn ego kwetste. Maar je vader en ik...' Ze wuifde met haar hand, sloot toen haar ogen en leunde achterover in haar stoel, te moe om door te gaan.

Nu Iris aan het verwelken was, leek ze in feite jonger: de fij-ne botstructuur van haar gezicht was geprononceerd en zacht, haar donkere bobkapsel was pluizig en meisjesachtig en haar voeten waren te groot voor haar lichaam.

'Ik hoop echt dat Glenn gelukkig is,' zei ze rustig met nog steeds gesloten ogen. 'In de camper.'

Ze moesten samen lachen en Sam was dankbaar voor de warme, zilte bries die door de open balkondeuren binnen-kwam, ongepast aangenaam wanneer je het afzette tegen Iris' achteruitgang. De baby zette haar voetje onder Sams ribben. Iris kon niet meer zonder hulp lopen en het deed pijn wanneer ze te lang zat. De berg pillen was met de dag moeilijker weg te werken. Sam was nu twee weken op Sanibel en hoewel ze het al over de praktische aspecten van de dood hadden gehad – haar testament, haar rekeningen, haar wensen – hadden ze het nog niet over de dood zelf gehad. Iris leek geen interesse in het onderwerp te hebben en Sam had niet de moed erover te beginnen.

'Laten we vogels gaan kijken,' zei Iris.

Ze reden naar het 'Ding' Darling Natuurreservaat op nog geen kilometer afstand van de flat. Iris had gehoopt dat ze de energie zou hebben om een klein eindje te lopen om naar de alligators te kijken en dicht bij de reigers te komen, maar het was warm en heiig en ze voelde zich te ziek om de auto uit te stappen.

'Ach, nou ja,' zei ze, 'de muggen zijn toch verschrikkelijk. En zwangere vrouwen vinden ze helemaal onweerstaanbaar.'

Dus reed Sam langzaam en stopte ze bij uitzichtpunten, borden en observatietorens, waar ze probeerde haar moeder de auto uit te lokken.

'Zet hem hier maar neer,' zei Iris.

Sam stopte naast mangrovebomen, die zich met hun roestbruine wortels als tentakels vastklampten aan het moerasland onder hun voeten.

'Lees eens voor wat er op dat bord staat,' zei Iris.

'Estuariumecosysteem. Het proces waarbij voedingsstoffen van het ene dier aan het andere worden doorgegeven door middel van de voedselketen wordt een voedselweb genoemd.'

'Ik dacht dat er iets over de vogels op zou staan. Ibissen, zilverreigers, strandlopers, haviken. Waar zijn de vogels gebleven? Ik heb maar twee pelikanen gezien. Op deze plek zagen we altijd lepelaars.'

We? Sam deed haar mond open en toen weer dicht, niet in staat de vraag te stellen.

'Heb je wel eens een lepelaar gezien?'

Sam schudde haar hoofd.

'Ze hebben iets prehistorisch met die rare ronde snavel. Net een vergeten soort. Er zijn er geloof ik niet veel meer. Misschien zijn ze er nu helemaal niet meer.'

Sam reed een eindje door en zette de auto neer bij een touwachtige gumbo-limboboom – ze had erover gelezen in de brochure – met zijn rare oranje, gebarsten bast die afbladderde als dode huid.

'We hadden een verrekijker mee moeten nemen,' zei Sam. 'De vogels zijn vast moeilijk te onderscheiden tegen de achtergrond.'

'Het geeft niet, liefje. Ik voel niet de behoefte de hele lijst af te gaan.'

Ze waren laat in de middag gekomen en het was eb – de beste tijd om de waadvogels te zien – en toen ze zo'n zes kilometer hadden gereden, begon de zon onder te gaan en kleurde de weerspiegeling de lagune roze.

'Ik moet naar huis, Samantha.'

'We zijn bij de uitgang.' Sam draaide de weg van Sanibel naar Captiva op en wees naar de havik die boven hun hoofd cirkelde.

'Het heeft geen zin om het te rekken,' zei haar moeder. 'Geloof me, het is niet leuk als je lichaam niet meer wil.'

Het had geen verrassing hoeven zijn.

'Mam, toe nou. Hou op.' Ze had gedachten aan haar moeders dood weggestopt en nu was ze niet voorbereid op de pijn en de zwaarte. Ze voelde de baby tegen haar blaas trappen en moest haar best doen om niet in haar broek te plassen.

174

'Het is onwaardig. Dit rottingsproces. Ik zou er liever iets over te zeggen hebben,' zei Iris.

'Waarom vertel je me dit? Ik wil het niet weten,' zei Sam met een geknepen, hoog stemmetje.

'Omdat ik je hulp nodig heb.'

'Nee, nee. Dat doe ik niet. Dat kan ik niet.'

'Jawel, dat kun je wel.'

'Misschien wil Theo…'

'Theo, nee. Jij bent sterker dan je denkt. Dat zijn de meeste vrouwen. Ik had het eerder moeten doen en jou moeten sparen, ik weet het. Maar ik heb te lang gewacht en ben nu te zwak.' Iris sloot haar ogen, met een boze grimas op haar gezicht van de pijn. 'Als het kind komt, zul je het allemaal vergeten.'

Het is niet goed, schreeuwde Sam vanbinnen. Dat je dat aan een dochter vraagt. Ze had wel willen gillen uit protest tegen het barbaarse verzoek, het eerste vliegtuig terug naar huis willen nemen. Ze voelde de woede oplaaien en de hitte vloog naar haar hoofd voordat het een smeulend vuurtje werd.

'Je hebt misschien nog maanden,' zei Sam zwakjes.

'Het is een daad van barmhartigheid, Samantha. Ik heb genoeg geleden.'

Sam had haar moeders auto in de garage onder de flat gereden en staarde voor zich uit naar de keurige planken met huishoudspullen in plastic bakken met etiketten erop.

'Mijn verjaardag leek me wel geschikt,' had Iris gezegd. 'Dat heeft wel iets symmetrisch, vind je niet?'

Sam viste het pakje recepten van haar grootmoeder uit de stapel op tafel om even te kijken of er misschien een voor pondscake tussen zat. Het elastiek was uitgedroogd en gebarsten en toen ze het eraf wilde schuiven, knapte het. Een flinterdun stukje lavendelkleurig papier, in drieën gevouwen, gleed eruit en fladderde op haar schoot. Een brief. De inkt was verbleekt en het handschrift was beverig. De datum was 10 december 1910.

'Geachte mevrouw Olsen,' begon hij. 'Vol verwachting heb ik uw brief gelezen.'

Violet

Het was lawaaiig in de trein en de paardenharen zitting was niet comfortabel. Violet zat achter de kinderjuf, juffrouw Bodean – niet veel ouder dan sommige meisjes – die een zuigeling op haar schoot hield; naast haar zaten aan de ene kant twee meisjes in de peuterleeftijd en aan de andere kant een jongetje. Een kleintje was constant aan het huilen, maar de geluiden werden overstemd door het gerammel van de ramen, het lawaai van de locomotief en het geschuur en geknars van metalen wielen op de rails. Toen de trein de stad uit was gesneld, werden de gebouwen lager en spaarzamer en werd het landschap groen en heuvelachtig.

De groep had het rijtuig voor zichzelf. Een kleine Duitse jongen met strokleurig haar deed een radslag in het gangpad om iedereen aan het lachen te maken, totdat hem gezegd werd dat hij moest gaan zitten.

'Bewaar dat optreden maar tot Indiana, Joseph,' zei mevrouw Comstock.

'Wat is Indiana?' zei hij.

'Daar zijn de ouders.'

Violet zat naast een broer en zus met dezelfde, ver uit elkaar staande bruine ogen, die elkaars hand vasthielden en recht voor zich uit keken.

'Wil jij een poosje bij het raam zitten?' vroeg Violet aan de jongen.

Hij schudde zijn hoofd.

'Hoe heet je?'

'Elmer.'

'Dit je zus?' zei Violet terwijl ze wees.

'Ja. Ik denk dat ze in haar broek gepoept heeft.'

'Nietes,' zei het meisje.

'Hou je kop, Elsie,' zei hij.

'Ik ruik niks,' zei Violet.

Mevrouw Comstock liep het gangpad in, draaide een halve slag om haar grote achterste er enigszins in te passen en sprak de groep toe.

'Denk erom, kinderen, arbeid is verheffend en ledigheid is zondig. Jullie hebben het geluk dat jullie deze kans krijgen, want jullie worden verlost van armoede en zonde. Jullie nieuwe ouders zullen jullie misschien een nieuwe naam willen geven. Aanvaard die waardig.'

Violet keek boos. Ze wilde geen Sarah of Mary of Helen worden.

'Is er een probleem, Violet?' vroeg mevrouw Comstock terwijl ze naast haar rij stil bleef staan.

'Nee, mevrouw,' zei ze, want ze had mevrouw Comstock al afgeschreven als potentiële bondgenoot.

Op de bank achter haar stopte juffrouw Bodean een flesje in de mond van de zuigeling en wiegde hem om hem in slaap te sussen.

'Degenen die katholiek zijn opgevoed, zijn vanaf nu protestant. Praat niet over rituelen en heiligen wanneer je bij je nieuwe familie bent. En dit geldt voor jullie allemaal: praat niet over je vroegere leven in de stad. Probeer het te vergeten. Dat behoort tot het verleden.' Mevrouw Comstock haalde diep adem en blies haar adem uit alsof ze uit solidariteit ook haar eigen verleden losliet. 'De rit in de weestrein is ook iets wat je maar beter niet kunt bespreken.'

'Waarom niet?' vroeg een meisje met een dunne, grauwe huid dat eruitzag alsof ze tering had.

Mevrouw Comstock zweeg even. 'Omdat het beter voor je is als je dat niet doet.'

Het meisje knipperde niet-begrijpend met haar ogen – ze was niet tevreden met het antwoord.

'Maar de mensen die me kiezen, weten toch waar ik vandaan kom.'

'Natuurlijk, kind. Maar ze zullen er niet aan herinnerd willen worden,' zei mevrouw Comstock.

Algauw zag Violet alleen nog maar bomen, een gelijkmatig waas van boomstammen en dicht gebladerte. Ze dagdroomde over een eigen kamer, een broer om mee te gaan vissen, een moeder die haar zou leren breien, een vader die haar aan het eind van de dag op zou tillen en rond zou zwaaien. Ze sukkelde in slaap met Elmers hoofd op haar arm.

Mevrouw Comstock deelde dubbele boterhammen met mosterd en appels uit, hetzelfde als ze voor de lunch hadden gehad, en kleine bekers gecondenseerde melk. Joseph, de Duitse jongen van de radslagen, knielde op zijn plaats met zijn gezicht naar achteren, hij trok zijn oren naar opzij en rolde met zijn ogen voor de kleintjes achter hem. Hij jodelde.

'Wat een artiest,' zei mevrouw Comstock terwijl ze hem op zijn hoofd klopte, maar ze zei niet dat hij zich moest omdraaien. Toen ze verder van de stad af waren, ontspande ze zich een beetje en deed ze zelfs haar muts af. Joseph lachte en sprong bij haar op schoot.

Violet moest aan Nino denken en probeerde zich te herinneren hoe hij eruit had gezien toen ze hem voor het eerst zag. Hij had in Water Street voor zich uit lopen schoppen; zijn armen en benen waren slungelig en zijn neus was te groot voor zijn gezicht. Ze had onder zijn ogen een appel gejat om zijn aandacht te trekken. Hij had haar techniek gecorrigeerd.

'Wil je me even helpen?' zei juffrouw Bodean terwijl ze zich omdraaide op haar stoel. 'Je moet de baby even vasthouden. Dan kan ik Frederick een schone luier geven.'

Violet had nog nooit een baby vastgehouden en wilde er nu niet mee beginnen. 'Ik heb er nog nooit een vastgehouden.'

'Er is niets aan. Gewoon blijven zitten en niet bewegen.' De kinderjuf legde de bundel dwars op Violets schoot. Elmer gluurde ernaar.

'Wat heeft dat kind?' vroeg hij. 'Zijn gezicht ziet eruit als een uitgedroogde appel of zo.'

Violet voelde een vlaag van woede voor het kind, vanwege het gulzige mondje, nog nat van de melk, vanwege de kleine, nutteloze vuistjes en vanwege de lelijke uitslag op de wangetjes, die bultig en roze waren.

Ze kregen dekens zodat ze op hun plaats konden slapen. Er was geen licht in de wagon, dus toen het donker werd, nestelden ze zich op allerlei manieren om een prettige houding te vinden. Sommige jongens gaven het op en gingen languit op de grond liggen. De trein ging met een ruk een scherpe bocht om en Violet voelde Elmer naast haar verstarren en toen weer in slaap vallen, met Elsies hoofd in zijn schoot. Ze leunde tegen het raamkozijn, waar haar hoofd steeds tegenaan botste, en ze probeerde haar vurige hoop op een echt gezin dat haar op zou nemen te bedwingen. Ze stelde zich voor dat ze een koe molk in de perzikkleurige dageraad, met haar wang tegen de warme flank, terwijl de dampende room dik boven in de emmer dreef. Ze stelde zich haar bed voor en verbeeldde zich dat haar armen en benen onder een stapel zachte quilts uit staken. Ze probeerde niet aan haar moeder te denken, alleen op hun oude zolderkamer. Bij het laatste beetje zonlicht zat ze zich te verbazen over die eindeloos vlakke wereld met die enorme lucht, totdat het te donker werd om iets te zien en haar ogen dichtvielen.

Twee dagen nadat ze New York hadden verlaten, stapten ze uit in Sheridan in Indiana. Het was winderig op het perron; de zon stond hoog aan de hemel en de kinderen – met hun gekreukelde, stoffige kleren, bijbel in de hand – botsten knipperend met hun ogen tegen elkaar aan. De trein vertrok met veel lawaai van knerpend metaal en puffende stoom en ze bleven als een verdwaasd groepje om mevrouw Comstock heen staan. De wind sloeg tegen Violets oren en ze voelde een stekende, onbekende eenzaamheid. Ze had half-en-half een juichende menigte verwacht, zwaaiende ouders die hun nieuwe kinderen in de armen zouden sluiten. Slingers en muziek. Taart en zelfs punch. Maar het was leeg, op een spoorwegwerker na die kratten opstapelde en een zekere meneer Drummond, de plaatselijke coördinator.

Langs hun voeten zeilden pamfletten, die ook op de palen van het station flapperden:

KINDEREN ZOEKEN TEHUIS

Op 15 juni 1900 zal er een Weldadigheidstrein met weeskinderen aankomen in Sheridan in Indiana. De uitdeling zal om 13.00 uur plaatsvinden in het Operagebouw. Het doel waarvoor deze kinderen komen is het vinden van een thuis in uw midden, vooral onder boeren, waar ze een gelukkig en heilzaam gezinsleven kunnen ervaren, en waar vriendelijke zorg, een goed voorbeeld en moreel onderricht hen zal toerusten voor een leven van zelfvoorziening en nut. Ze staan onder toezicht van de Children's Aid Society van New York, die hen heeft onderzocht en heeft vastgesteld dat zij goedbedoelende en bereidwillige jongens en meisjes zijn.

Onthoud de tijd en de plaats. Iedereen is uitgenodigd.

De kinderen hielden elkaars hand vast zoals hun werd opgedragen en volgden mevrouw Comstock en meneer Drummond, die de hutkoffer droeg – juffrouw Bodean liep achteraan – over het vrijwel lege stadsplein. Een man met paard-en-wagen bleef staan om te kijken. Een vrouw op de stoep van het gerechtsgebouw met een jong meisje aan de hand wees. Violet vroeg zich af of dit haar thuis zou worden. Ze keek om zich heen om te zien of er dingen waren die haar een prettiger gevoel zouden geven. Het was rustig. Het stonk niet. Er lag niet overal mest. Dit hield ze zichzelf voor, maar het enige effect was dat ze zich er nog minder thuis voelde.

In het Sheridan Hotel werden de jongens een kamer in geloodst en de meisjes een andere kamer, waar hun handen en gezichten werden schoongeveegd en waar hun haar werd geborsteld. Ze kregen allemaal een glas verse melk.

'Lach naar de mensen,' zei mevrouw Comstock. 'Beantwoord hun vragen. Gedraag je als een dame en wees netjes. Doe wat men zegt.'

De meisjes kwetterden, likten hun lippen af en maakten zich klaar voor de auditie. Juffrouw Bodean depte de neusjes van de baby's met een vochtige doek en wreef stevig over hun korstige oogjes.

'En als we het nu niet leuk vinden waar we heen gaan?' vroeg Violet.

De andere meisjes werden stil, gingen rechtop zitten en keerden hun hoofd naar haar toe – de angst was op hun gezicht te lezen.

Mevrouw Comstock ademde hoorbaar in en uit door haar neus en keek Violet met vernauwde, strenge ogen aan.

'Wees dankbaar voor deze gelegenheid, jongedame. Als er een probleem is, kun je naar de Aid Society schrijven. Het adres staat in je bijbel. Maar dan moet het wel serieus zijn. Probeer er het beste van te maken. Bid elke avond.'

Violet luisterde al niet meer. Ze streek het papier dat op haar borst was gespeld glad en keek door de kier in de gordijnen naar de ruige wolken die langs snelden. Ze had in zekere zin altijd al geweten, ook in Aberdeen al, dat ze op zichzelf was aangewezen. Ze gleed nog wat verder in zichzelf, tot in de donkere kern waar niemand bij kon.

'Meisjes, laat je leiden door wat er in de Bijbel geschreven staat,' zei mevrouw Comstock. 'Zeg mij maar na: "Van goedertierenheid en recht wil ik zingen, U, o Here, wil ik psalmzingen."'

Ernstig en op vlakke toon zeiden de meisjes haar na.

'"Ik wil acht geven op een onberispelijke wandel. Wanneer zult Gij tot mij komen?"'

Elsie, Elmers zusje, begon te huilen en sloeg haar handen voor haar ogen.

'Stil maar, kleintje,' zei juffrouw Bodean sussend.

'"Ik wandel in oprechtheïd mijns harten in mijn huis.'"

'"Ik wandel in oprechtheïd mijns harten in mijn huis,'" mompelde Violet, zonder op de woorden te letten.

Ze probeerde zich te herinneren hoe het moment waarop ze gedoopt werd in de rivier de Barren had gevoeld – de punten van de wilgentaken die het water raakten en weer terugbogen, de julizon die op haar natte hoofd scheen, de witte jurk die haar moeder in haar met houtsnijwerk versierde cederhouten kist had bewaard, die om haar benen dreef. Ze had zich niet herboren gevoeld. Maar wel hoopvol.

'Ga in de rij staan voor het toilet, meisjes. We vertrekken over een halfuur.'

Er werd een lange rij stoelen op het toneel opgesteld. Het gordijn van zwaar groen fluweel was gesloten, zodat ze niet konden zien wie er allemaal waren, maar ze konden wel het publiek aan de andere kant horen ruisen en ritselen.

'Jongens eerst, van oudste naar jongste, dan de meisjes, dan juffrouw Bodean met de kleintjes.'

Violet zat naast Eileen, een mager Iers meisje dat een voortand miste, en Maryanne, een halfwees die beweerde dat haar moeder haar over een paar maanden zou komen halen. Niemand zei iets. Elsie hield Elmers hand stevig vast en huilde toen mevrouw Comstock haar wegtrok en naar een stoel aan het eind van de rij bracht. Elmer stak zijn trillende kin in de lucht en keek recht voor zich.

'Laten we samen psalm 23 zeggen,' zei mevrouw Comstock terwijl ze hen aankeek en haar hoofd boog. '"De Here is mijn herder, mij ontbreekt niets."'

Een paar kinderen deden mee, andere vormden zonder overtuiging de woorden met hun mond. Violet sloot haar

184

ogen en dacht: kies me, kies me, kies me, kies me.

'"Ja, heil en goedertierenheid zullen mij volgen al de dagen van mijn leven; ik zal in het huis des Heren verblijven tot in lengte van dagen. Amen."'

De oudere weesjongen, nummer twaalf, hoestte in zijn vuist in een poging zijn keel te schrapen. Eileen tikte naast Violet met haar voet. De baby had de hik.

Meneer Drummond stak zijn hoofd tussen de gordijnen door en keek naar binnen.

'Mevrouw Comstock? Er heeft zich een flinke menigte verzameld. Ik denk dat het een heel goede dag wordt.'

Mevrouw Comstock sloeg haar handen tegen elkaar en hield ze voor haar borst. Ze lachte hun een voor een toe.

'Kinderen,' zei ze, 'het is zover.'

Toen de gordijnen met een ruk opengingen, zag Violet alleen maar glanzende ogen waarin het licht van de elektrische lampen in het raamloze operagebouw weerspiegeld werd. De stoelen waren weggehaald en nieuwsgierige kijkers en potentiële gegadigden liepen rond, gaapten de kinderen aan en zwaaiden en lachten. Een paar jonge kinderen zwaaiden terug. Violet wist niet waar ze haar handen moest laten of waar ze moest kijken, of ze een vriendelijk gezicht moest uitkiezen of moest wachten tot ze werd opgemerkt.

De eerste groep kwam op het podium af met potlood en papier in de hand. Een vrouw rende naar het eind, naar juffrouw Bodean, en nam het baby'tje in haar armen.

'Andrew, kijk,' zei ze tegen haar man, een forse boer die snel om de anderen heen probeerde te lopen. 'We nemen deze,' zei ze tegen juffrouw Bodean. 'Mogen we hem meteen meenemen?'

'Vult u even een aanvraagformulier in, mevrouw,' zei meneer Drummond. 'U wilt nummer drieëntwintig?' Hij keek op zijn lijst. 'Edward Leperdoff, zes maanden oud.'

'We noemen hem Thomas,' zei de vrouw snel tegen het gezichtje van de baby. 'Hij zal Thomas Pugh heten. Vul het papier maar in, Andrew. Dan hou ik onze zoon vast.'

Een ander stel bekeek de vrouw jaloers en boos. Ze liepen naar een van de peuters.

'Hoe oud is hij?" vroeg de man.

Violet voelde haar kansen wegglippen. De jongsten zullen op een gegeven moment op zijn, bedacht ze terwijl ze haar rug rechtte op haar stoel. Haar lach verkrampte.

'Bijna drie,' zei juffrouw Bodean. 'Heel prettig en volgzaam. Niet ondeugend.'

De vrouw zuchtte, maar knielde voor de jongen.

'Dag, manneke,' zei ze. 'Wil je met ons mee naar huis?'

Het kind leek haar woorden te wegen; zijn ogen vernauwden zich, hij hield zijn hoofd scheef.

'IJs?' vroeg hij.

'Ach, waarom niet,' zei ze terwijl ze hem een klopje op zijn hoofd gaf. Hij pakte haar hand en sprong van de stoel.

'Sally, kunnen we hierover praten?' vroeg de man. Hij riep naar meneer Drummond. 'Meneer, mogen we hem terugbrengen als we ons bedenken?'

Meneer Drummond draafde op hen af en keek even naar de jongen, die angstig naar hem opkeek.

'Mocht u niet tevreden zijn met het kind, dan neemt de Society het terug,' zei meneer Drummond rustig.

'Zevenentachtig procent van de kinderen die we plaatsen, doen het goed en groeien op tot nuttige mannen en vrouwen,' voegde mevrouw Comstock eraan toe.

Het jongetje trok zijn hand los en liep achteruit.

'Stil maar, stil maar,' zei de vrouw.

'Frederick,' zei mevrouw Comstock, 'ga met je nieuwe moeder mee.'

Het was niet zoals Violet het zich had voorgesteld. De mensen waren niet aardiger op het platteland en ze wilden haar hier net zomin als in de stad.

Helemaal aan de andere kant inspecteerden mannen de oudere jongens alsof het paarden waren.

'Zwakke handen.'

'Goeie beenspieren.'

'Laat me je armen eens zien.'

'Wel eens op een boerderij gewerkt?'

'Aan jou heb ik niks.'

'Te klein.'

'Ik neem hem.'

Het was Violet duidelijk geworden dat de kleintjes geadopteerd zouden worden en dat de oudere kinderen aan het werk gezet zouden worden. Zij zweefde daar ergens tussenin. Ze voelde de schaamte langzaam onder haar huid branden vanwege de gedachte dat ze als dochter gekozen zou worden, dat ze dit in haar hoofd had overgeslagen en meteen uitkwam bij het gedeelte waarin ze lachte en met haar nieuwe familie custardpudding at in een warme eetkamer.

Toen ze opkeek, stond er een oude man voor haar die naar bier en mest rook.

'Hoe oud ben je?'

'Elf,' zei ze.

Hij nam haar van top tot teen op en rook.

'Ik heb een meisje nodig om te wassen en te koken. Tegen kost en inwoning.'

Violet haalde snel en oppervlakkig adem, niet in staat voldoende lucht te krijgen, niet in staat te accepteren dat dit het dan zou zijn.

'Nou, meisje, zeg iets.'

Ze wiebelde met haar hoofd. De man liep door naar de Ierse Eileen. Verderop in de rij schreeuwde en schopte Elsie naar de man die haar had gekozen.

'Ik kan er geen twee te eten geven,' legde hij mevrouw Comstock uit. 'Als ik het kon, zou ik het doen, maar ik kom alleen maar vervangen wat ik ben kwijtgeraakt.'

De Duitse jongen Joseph deed een handstand op zijn stoel tot verrukking van zijn potentiële adoptieouders en het resterende publiek, dat op het volgende schouwspel, de volgende omhelzing en het volgende happy end wachtte.

Een echtpaar van middelbare leeftijd dat laat was binnengekomen, bleef staan en lachte naar Violet.

'Hoe heet je?' vroeg de vrouw; ze had een gezicht dat zo zacht was als rijzend deeg.

'Violet.'

'Je hebt mooie ogen, Violet,' zei ze.

'Dank u, mevrouw,' zei Violet. Haar handpalmen rustten zwetend op haar knieën.

'Onze kinderen zijn al volwassen,' zei de man. 'We zouden graag een behoeftig kind op willen nemen.'

Violets hoop borrelde naar de oppervlakte. Ze ging rechtop zitten, klaar om te gaan.

'Hoe oud ben je?' vroeg de man.

'Elf,' zei ze met een lachend gezicht. De opluchting stroomde snel en zoet door haar heen.

'Maar we wilden eigenlijk een jongen,' zei de vrouw. 'We hebben iemand nodig die bij ons wat werk verzet.'

'Ik kan werken,' zei Violet, verward door de plotselinge verandering.

'Daar twijfel ik niet aan,' ze de man, 'maar we zijn op zoek naar een jongen.'

'Het was leuk kennis met je te maken. Succes, kind,' zei de vrouw. 'Je krijgt vast een prettig gezin.'

Violet keek de andere kant op – ze kon hun niet laten zien dat haar gezicht betrok en dat de tranen van woede in haar ogen sprongen. Ze had zich laten beetnemen. Ze had gedacht dat ze het verdiende en nu had ze haar terechte beloning gekregen. Ze voelde zich een sukkel, maar daaronder lag iets veel ergers. Dat haar vader altijd gelijk had gehad. Dat ze de kosten om haar te voeden niet waard was.

Aan het eind van vertoning waren er zestien aangenomen. Veertien gingen terug in de trein.

Aangezien de kleintjes een tehuis hadden gevonden, nam juffrouw Bodean de trein terug naar New York. Violet zag het als een kans. De Fourth Ward was beter dan een weeshuis. Terwijl de groep op het gazon van het gerechtsgebouw boterhammen met pindakaas at, zocht ze mevrouw Comstock op, die met een zakdoek een appel stond op te poetsen.

'Mag ik met de kinderjuf mee?' vroeg Violet. 'Ik kan werken om u het kaartje terug te betalen.'

Mevrouw Comstock – met haar haar in een scheef knotje – bleef met haar appel bezig.

'Mevrouw?'

'Het spijt me, maar dat kan niet,' zei mevrouw Comstock met een vermoeide maar niet onvriendelijke stem.

'Ik wil niet verder.' Ze voelde een nieuwe hulpeloosheid en ze kon de woorden nauwelijks uitbrengen.

'Maar dat kun jij niet beslissen, hè? Bovendien is de trein in oostelijke richting inmiddels vertrokken,' zei mevrouw

Comstock. 'Violet, het is beter om niet achterom te kijken.'

'Wat gebeurt er als niemand ons neemt?'

'We zullen het erover hebben als het zover is.'

Violet stond met haar voeten aan de grond genageld. Maar ze protesteerde niet, want, zo besefte ze, ze wilde eigenlijk niet echt terug naar New York. Dat zou betekenen dat ze het opgaf en ze wist, zonder het echt te weten, dat terugkeren onmogelijk was.

'Hier,' zei mevrouw Comstock en ze gaf Violet de appel. 'Neem jij hem maar.'

Na een nacht met de andere vier meisjes die nog over waren – het ene vond Violet slap en niet de moeite waard, het andere lelijk en irritant, en dan was er nog een ouder meisje dat zich afwendde toen Violet naar haar naam vroeg en een Pools meisje dat geen Engels sprak – zat ze in een trein die verder naar het westen ging, naar Illinois. Elmer zat weer naast haar en trapte tegen de bank tegenover hen.

'Ik dacht dat ik jou met die man met de modderlaarzen zag,' zei Violet.

'Hij stonk en dat zei ik. Hij zei dat ik onverbeterlijk was en gaf me weer terug,' zei Elmer.

'Ik dacht ook dat het anders zou zijn.'

'Ik hoop dat ze aardig voor Elsie zijn,' zei hij. 'Ze vindt het niet fijn om alleen te slapen.'

'Dat kan ze tegen hen zeggen,' zei Violet. 'Je hoeft je over haar geen zorgen meer te maken.'

Door het raam zag ze in alle richtingen een waas van velden; het land was boomloos, een lappendeken van vierkanten en lijnen, jonge maïsstengels als groene fonteinen. Ze wilde dat Nino kon zien hoeveel ruimte er was, hoeveel groter de lucht hier leek. Ze wilde dat haar moeder Reginald Smith nooit had ontmoet. Ze wilde dat haar broertje niet dood geboren was.

Mevrouw Comstock ging in het gangpad staan. Nu haar kleine Joseph geadopteerd was, moest ze zich tevredenstellen met het treurige restant.

'Kinderen,' zei ze hees. Ze schraapte haar keel en probeerde het opnieuw. 'Kinderen. Even jullie aandacht.'

Het Poolse meisje keek naar haar schoot. Ze vormde woorden met haar mond en sloeg een kruis. Een van de onbehouwen oudere jongens lachte als een ezel en zei iets tegen zijn vriend – het enige dat Violet verstond was 'ouwe zeur'. Het oudere meisje keerde zich om en zei dat ze stil moesten zijn, wat hen alleen maar aanmoedigde om gekke bekken achter haar hoofd te trekken.

'William, Patrick,' zei mevrouw Comstock, 'ophouden.'

Violet had met haar te doen, met haar afhangende gezicht en haar gekreukelde jurk die een beetje scheef zat. Mevrouw Comstock zag eruit alsof ze het niet meer zo goed wist, alsof ze wakker was geworden en toen tot de ontdekking was gekomen dat ze in de trein zat zonder een flauw idee te hebben hoe ze dit stelletje ongeregeld moest leiden. Violet stak haar hand uit om het geschop van Elmer op te laten houden.

'Wees niet ontmoedigd,' zei mevrouw Comstock. Ze stak haar kin in de lucht en keek hen niet aan. Bluffen ging haar niet goed af. Zelfs de jongsten keken naar de grond, in verlegenheid gebracht door haar slechte acteerwerk en hun schamele kansen. 'Er komen nog meer dan genoeg kansen voor jullie.'

Een van de oudere jongens gaf zijn vriend een por met zijn elleboog en knikte naar het lelijke meisje Nettie, met haar ruwe, rode gezicht en haar te ver uiteen staande ogen.

'Meer dan genoeg kansen voor jou, makker,' zei hij.

'Krijg de klere, Patrick,' zei hij terwijl hij met zijn schouder tegen zijn vriend duwde. Hij stond op en plofte op een andere plaats neer.

Nettie stak haar onderlip naar voren en wendde haar gezicht helemaal naar het raam. Violet had geen zin om medelijden met haar te hebben, want ze had de avond ervoor al het beddengoed ingepikt en ze stonk naar rapen. Mevrouw Comstock stond daar met iets geopende mond, alsof ze wachtte om een vraag te beantwoorden.

'Waardigheid, kinderen,' zei ze ten slotte terwijl ze met haar hoofd schudde. 'Jullie hebben zelf jullie waardigheid in de hand.'

Een jongen die Frank heette en alleen zat, begon te huilen. De zon scheen door zijn grote, doorschijnende oren. Elmers lip trilde toen hij de tranen van de andere jongen zag.

'Hé, hou daarmee op,' zei Violet. Ze kneep in Elmers mollige been totdat hij boos haar hand wegsloeg en de aandrang tot huilen voorbij was.

'Mevrouw?' Een jonge jongen achter in de wagon stak zijn hand op. Zijn neus zat onder de sproeten, die goed bij zijn kastanjekleurige haar pasten.

Mevrouw Comstock liep door het gangpad naar hem toe terwijl haar rok tegen de banken ruiste.

'Ja, Herbert?'

'Is het waar dat we katoen moeten plukken, net als slaven?'

'Wie heeft je dat verteld?'

'Dat hebben de jongens gezegd.'

Mevrouw Comstock liet haar blik even op de jongens om hem heen rusten. Ze keken naar hun schoot.

'Jongens moeten niet praten over dingen waar ze geen verstand van hebben,' zei ze rustig terwijl de strengheid in haar stem terugkeerde. 'Jullie zullen de kans krijgen een normaal leven te leiden. Onthoud dat je in Gods hand bent.'

Herbert lachte van opluchting – hij was te jong om beter te weten. 'Mevrouw?'

'Ja, Herbert?'

'Mag ik naast u komen zitten?'

De schouders van mevrouw Comstock werden zachter en haar mond krulde zich in een droevige glimlach.

'Ja, Herbert,' zei ze. 'Pak je bijbel en kom mee.'

De jongen holde naar voren en mevrouw Comstock kwam achter hem aan. Ze botste overal tegenaan toen de trein heen en weer slingerde.

'Nu komt Illinois,' zei ze tegen hen. 'Jullie nieuwe thuis.'

Violet keerde zich om en keek weer recht vooruit terwijl ze haar handen tot vuisten balde. Ze deed haar ogen dicht en zei inwendig dat ze er klaar voor was.

Iris

Er tikte een palmblad tegen het keukenraam. Iris wist dat ze eigenlijk een wandelingetje zou moeten maken. Het zou haar goed doen om te bewegen, de frisse zeelucht in te ademen. Maar de telefoon ging en ze nam op. Theo.

'Rijd morgen niet dat hele eind naar Fort Meyers om Samantha op te halen. Ze kan een taxi nemen.'

Theo had zijn zus altijd bekritiseerd – een boom is niet blauw, zo gooi je geen honkbal, je kunt antropologie niet als hoofdvak kiezen – maar toen hij jurist werd, was het erger geworden, was de neiging een gewoonte geworden.

'Ja, dat kan ze doen. Maar ik wou het per se,' zei Iris.

'Mam, je hebt kanker.'

'Ha,' lachte Iris. 'Lieverd.' Ze wist dat het hem ergerde wanneer ze hem zo noemde en hem eraan herinnerde dat ze zijn moeder was, dat ze hem kende, dat ze in wezen zei: jij bent uit mij gekomen. 'Misschien is het een schok voor je, maar ik ben nog steeds goed bij mijn hoofd.'

Voor het eerst gaf Iris zichzelf toe dat er een verschuiving in haar loyaliteit had plaatsgevonden, dat ze nu de voorkeur gaf aan Samantha. Kon ze zelfs zeggen dat ze meer van haar hield? Het was anders dan toen ze nog kinderen waren. Als volwassenen waren ze niet meer onschuldig. Was het dan eerlijk dat ze haar leven ging beëindigen terwijl Samantha bij haar was?

Het was misschien niet eerlijk, maar ze had nooit veel van haar kinderen gevraagd.

'Ik weet het, ik weet het,' zei Theo.

'Dat betekent dat jij en Samantha elkaar hebben gesproken. Dat is tenminste iets.'

Dat haar kinderen geen nauwe band hadden, wekte geen verbazing gezien het feit dat ze tien jaar in leeftijd verschilden, maar het was toch jammer.

'Ja,' zei hij, zuchtend. 'Dat zal wel.'

Ze besloot dat ze zichzelf de luxe van een glaasje wijn zou toestaan en van een wandeling over het strand terwijl de hemel kleurde en donker werd, om haar laatste avond van alleen-zijn te vieren.

'Mam?'

'Mmm?'

'Volgens mij viel je even weg.'

'Ik zou maar weer aan het werk gaan als ik jou was,' zei ze. 'Morgen spreken we elkaar weer.'

'Je hebt een mobieltje nodig.'

'Ik heb zo veel nodig,' zei ze, maar ze voegde er toen gehaast aan toe: 'Ik hou van je.'

De woorden kwamen er gejaagder uit dan ze had gewild, maar ze klonken niet gemaakt en daar was ze blij om.

'Ik ook van jou,' zei hij rustig. 'Goed dan. Dag.'

Iris sloot haar ogen en ademde zo diep in als haar beschadigde longen wilden toestaan.

Samantha had haar jaren geleden voor haar verjaardag een kaart gestuurd, vlak na de scheiding, met een reproductie van een schilderij erop: *De baai* van Helen Frankenthaler, 1963. Het plaatje had iets in Iris geraakt, iets in haar losgemaakt. Dat verzadigde blauw en waterige paars, een topzware vlek op een vlakke aarde vol salie. En dan die kleine punt oranje. Wat deed die daar? Het was heel vreemd en boeiend, een wig die alles op zijn plaats leek te houden. Ze was meteen naar de bibliotheek gegaan om meer over de schilderes te weten te komen. Frankenthaler was een abstracte impressionist, of preciezer: een schilderes van kleurvlakken, getrouwd met – en overschaduwd door – Robert Motherwell. Maar wat haar het meest trof, was dat ze even oud was als Iris zelf. In 1963, terwijl zij Theo afzette bij de crèche, het tapijt boende en de kroonluchter afstofte, leidde zij het leven van een bohemienne, verdunde ze haar olieverf met terpentijn en schiep ze de vloeibare andere wereld van *De baai*. Niet de vergelijking had haar droevig gemaakt, maar de zelfbeheersing van de andere vrouw, die Iris zelf in een heel leven bij elkaar had gesprokkeld.

Dit is mijn hemel, dacht Iris terwijl ze met haar handen om haar knieën geslagen aan de rand van de kleine duinen zat; het was vloed en de golven waren kalm en gelijkmatig. Het deed haar denken aan het schilderij, zoals de grijspaarse wolken meer gewicht leken te hebben dan het water eronder. Ze vermoedde dat de mix van Chardonnay en pijnstillers er iets mee te maken kon hebben, maar dat maakte het niet minder verbazingwekkend. Het zou een opluchting zijn om alles los te laten, dacht ze. Een handvol morfine. Wanneer het zover was.

De mensen die die dag op het strand waren geweest, waren bijna allemaal verdwenen. Een ouder stel – waarschijnlijk van haar leeftijd, dacht ze, verlegen door dit inzicht – liep hand in hand langs; hij met een fototoestel in zijn hand, zij met een zwaaiende emmer vol schelpen. Een klein meisje met een roze badpakje aan en haar haar als een fontein op haar hoofd rende op het water af, maar werd snel opgepakt door haar vader, die haar over zijn gebruinde schouder legde. Iris was blij met dit alles, of misschien was ze dankbaar.

Zij en Henry waren slechts één keer samen naar dit strand geweest. Dat was ook in de avondschemering geweest, maar in de winter, het was winderig, met een metaalgrijze lucht. Het zand had koud aan haar voeten gevoeld. Op de strandlopers en de meeuwen na waren ze alleen geweest. Zijn hand had de hare warm omsloten. Ze praatten over oud worden ('ik ben nog steeds niet gewend aan het feit dat ik ouder ben dan bijna alle anderen,' had Henry gezegd), over hun kinderen die er bij hen op aandrongen te gaan e-mailen ('wat zou ik schrijven wat ik niet tegen hen door de telefoon zou kunnen zeggen?' had Iris gezegd), over de oprukkende Braziliaanse peperboom en de Australische den die de habitat van het reservaat zo aantastten.

Iris had zich toen goed gevoeld, haar gezondheidsproblemen – osteoporose, een hoog cholesterolgehalte, een rug die moeilijk deed – waren heel gewoon en niet-bedreigend. Het kon haar niet meer schelen wie ze zou horen te zijn. Bij Henry had ze zich meer op haar gemak gevoeld dan ze zich haar hele leven had gevoeld. Ze hadden gelopen tot de duisternis het overnam en ze de golven konden horen maar niet meer konden zien.

En toen had hij gezegd: 'Ze weet het, liefje.'

Iris vulde haar hand met het warme, witte zand en liet het als uit een trechter over haar voeten lopen. Ze wist dat ze op moest staan nu ze daar nog de kracht voor had, maar ze werd in slaap gesust door de warme bries op het nu donkere, lege strand. Als ze heel stil bleef zitten, kon ze doen alsof ze niet ziek was, doen alsof ze er nog een voorjaar zou zijn, doen alsof ze niet bang was.

'Moeder?'

'Ja, Iris.'

'Hoor je de bijen?'

'Ja, Iris. Ik hoor ze,' zei haar moeder, die op het bed zat.

Een kruipende, zoemende massa bijen, met z'n allen boven op de koningin zittend, omhulde een tak van de ahorn voor Iris' raam.

'Hij is bijna zo groot als ik,' had ze gezegd, terwijl ze dieper onder de dekens kroop en haar pop stevig vastklemde.

'Ze blijven niet lang,' zei haar moeder terwijl ze het laken over Iris' schouders trok. 'Ze zijn op bezoek. De kolonie is op doortocht. Vader zegt dat ze zich voorbereiden op hun vertrek.'

'Waar gaan ze heen?'

'Weet ik niet.'

'Waarom zijn ze eigenlijk weggegaan?'

'Misschien omdat hun korf te klein werd. Of misschien raakte hij beschadigd toen het vorige week hagelde. Weet je nog dat het net was of er stenen op het dak van het varkenshok vielen?'

Iris knikte.

'Of misschien hadden de bijen zin in verandering.' Haar moeder haalde met een glimlach op haar gezicht haar schouders op. 'Raadselachtig, hè?'

'Komen ze nog terug?'

'Ik denk het niet.'

Iris vroeg zich af hoe ze wisten wanneer ze weg moesten gaan, waar ze naartoe moesten en hoe ze met elkaar communiceerden, en ook hoe de bijen in het midden adem konden halen met al die andere bijen boven op zich, maar ze sliep bijna en kon haar gedachten niet goed ordenen.

'Ik hoor ze nog steeds.'

'Doe je ogen dicht, Iris.'

Toen het ochtend werd, was haar moeder snel haar kamer in komen lopen.

'Wakker worden, slaapkopje. De bijen zijn aan het vertrekken.'

Slaperig was ze naar het raam gestommeld, met haar moeder achter zich aan. Het was alsof de kolonie woedend was. De bijen kropen en trilden en de lijfjes glansden in de zon. Er vlogen bijen weg, die rondjes om de kluit vlogen. En toen ineens, alsof een reusachtige hand de tak had laten veren, ging de zwerm de lucht in, als een zwarte, zoemende wolk die ronddraaide en steeds hoger ging en toen wegvloog, over de boerderij naar het westen, totdat ze ze niet meer kon zien.

'O,' zei haar moeder met een zacht, klaaglijk geluid, en Iris keek op en zag dat haar ogen vol tranen stonden.

'Moeder?'

'Ik zal ze missen,' had ze gezegd. 'Is dat nou niet gek?'

Dagenlang had Iris de lucht afgezocht naar bijen, ze hoopte voor haar moeder dat ze terug zouden komen. Maar ze waren voorgoed verdwenen.

Iris had gelezen dat wanneer je lachte alles aangenamer werd, dat je gezichtsuitdrukking je gevoelservaring kon beïnvloeden. Wat zou er gebeuren als ze deed alsof ze beter was? Ze kon alles net zo doen als op elke andere dag en misschien zou ze zich daardoor beter voelen. Dus liet ze de pindakaas en jam voor wat ze waren – helaas – en warmde ze een kom wortelsoep op en bereidde ze een kleine salade van spinazie, geitenkaas en walnoten. Ze haalde zelfs een echt servet uit de lade en dekte de tafel met zilveren bestek en een glas koolzuurhoudend mineraalwater.

Maar ze moest telkens aan de bijen denken en dat ze nooit in haar leven meer zoiets had gezien, zo'n wilde en magische schoonheid, en dat haar moeder had gehuild en dat ze dacht dat ze nu eindelijk begreep waarom haar moeder had gehuild toen de bijen weg waren gevlogen.

Luide stemmen weerklonken op de gang, haar buurman Stephen en een man die ruzie met elkaar maakten. Iris ging naar de deur en spande zich in om door het spiongaatje te kijken. Stephen had alleen maar een handdoek om en zijn haar was nat van het douchen. De andere man was net geen jongen meer en had een laaghangende, strakke spijkerbroek aan. Hij stond met zijn armen over elkaar geslagen en zijn hoofd scheef, kribbig, dacht Iris, kwaad.

'Ik heb het niet gepikt!' gilde hij. 'Alsof ik dat kuthorloge van jou zou willen.'

'Geef het terug en dan laten we het daarbij.'

'Zie maar,' zei hij.

'Ik bel de politie,' zei Stephen, die met één hand zijn handdoek vasthield.

De jongen liet een vreugdeloos hahaha horen.

Iris vroeg zich af of zij de politie moest bellen, maar iets in Stephens zwakke houding, in zijn steelse blikken zei haar dat ze dat niet moest doen.

'Toe maar, grote jongen, bel ze maar. Ik wacht hier wel.'

Stephen pakte zijn arm, maar de jongen draaide zich los en rende weg. Stephen glipte zijn flat weer in en sloeg de deur dicht.

Arme Stephen, dacht ze. Hoe onfatsoenlijk, hoe gênant moest die confrontatie voor hem geweest zijn. Zo te grazen worden genomen omdat iemand je zwakte heeft ontdekt. Zal hij veranderen? Wil hij dat? Misschien is het niet zijn bedoeling om een gesetteld bestaan te leiden, dacht ze, of heeft hij het gevoel dat hij het niet waard is om door iemand gekozen te worden. Misschien sleept de opwindende mogelijkheid die elke nacht brengt hem wel door de dag, met zijn geforceerde opgewektheid aan de balie van het hotel. Samantha had haar er ooit van beschuldigd dat ze haar gevoelens op anderen projecteerde en Iris besloot te proberen dat in de komende drie weken minder te doen.

Ze nam kleine hapjes soep; ze proefde de wortel en gember en room op haar tong en voelde zich gevoed. Ze had weer een dag achter de rug en het vallen van de duisternis gaf haar een tevreden gevoel.

Ze was op haar achtentwintigste nog steeds ongetrouwd en Glenn was de rustige, nieuwe zakenpartner geweest van het bedrijf in Chicago waar ze secretaresse was. Begeerlijk, hadden alle meisjes met hongerige blik gezegd, en Iris had besloten dat de tijd rijp was. Met haar meisjesromantiek was ze nergens gekomen en het werd tijd dat ze die overboord zette. Ze vond Glenn niet opwindend, maar hij was wel een fatsoenlijke man – knap, beleefd en succesvol – die haar mooi vond en wilde dat ze zijn vrouw werd. Wachten op hartstocht zou haar beslist geen leven aan de Noordoever opleveren. Toen de verloving was aangekondigd, hield ze prompt op met werken en ze wist dat ze ook nooit meer zóú werken. In de tijd dat ze net waren getrouwd, begroette ze hem volledig opgemaakt op hoge hakken en met een wespentaillejurk aan bij de deur en stond het eten op tafel. Ze was dan uren bezig geweest een gerecht te bereiden dat ze in een tijdschrift had gezien: *beef wellington*, tomatenaspic, Russische omelet. Ze dacht dat dit haar aandeel in de overeenkomst was en Glenn had dat altijd gewaardeerd.

Hoe anders had haar leven eruit kunnen zien als ze met een saxofonist was getrouwd in plaats van met Glenn, of als ze lerares was geworden in plaats van secretaresse, of als ze op een willekeurige dag linksaf was geslagen in plaats van rechtsaf. Het was een zinloos, melancholiek spel met oneindige variaties en uitkomsten, een ideaal tijdverdrijf voor iemand met spijt die haar leven kon overzien.

Er was echter één moment geweest, één dag, waarop Iris als zevenendertigjarige had geconcludeerd dat ze een andere koers kon gaan varen, opnieuw kon beginnen. Ze wist niet hoe die verandering eruitzag, maar ze wilde zich er wel voor openstellen. Er was geen hevige woordenwisseling met Glenn geweest. Er was zelfs geen vuiltje aan de lucht. Hij had haar net een zijden sjaal van Hermès gegeven ter gelegenheid van hun negende huwelijksdag. Theo was in de eerste klas begonnen. Zij was net op tennisles gegaan. Er stond een stuk varkensvlees te ontdooien in de koelkast.

Toen ze Theo naar school had gebracht, kwam ze terug in een schoon en stil huis; ze trok haar lichtroze wollen pakje van Bonwit aan, de vleiendste en verfijndste combinatie die ze bezat, de riem van de jurk strak om de slanke taille getrokken, de gerende rok scherp geplooid. Eroverheen een kort jasje. Witte pumps met vierkante hakken. Haar haar was glad en van onderen naar buiten gekruld, een kapsel dat twee keer per maand door de kapper werd bijgehouden, dat ze nu borstelde en gladstreek. Ze wist niet waar ze naartoe ging, maar ze stapte in de auto en reed naar het zuiden. Toen ze in Chicago kwam, reed ze langs de oever van het meer; het meer werd door de wind blauw geblazen en de weerspiegeling van de zon maakte het te fel om er rechtstreeks naar te kijken. Ze voelde zich verdoofd en uitbundig tegelijk en haar vrijheid was een geheim dat nog niemand kende toen ze bij Michigan Avenue de stad in zwenkte. En daar stond het, het Drake Hotel, links aan East Walton Street, en Iris had het gevoel dat dat was waar ze naar op zoek was geweest.

Het Drake Hotel was de plek waar mensen met geld in Chicago overnachtten. Iris was er naar trouwrecepties geweest en zij en Glenn hadden vaak in de Cape Cod Room gedineerd, dure avonden uit toen ze nog in de stad woonden. Ze had zelfs haar moeder meegenomen naar het Drake om haar de totale Chicago-ervaring te bezorgen. Haar moeder had verklaard dat het hotel een beetje snobistisch was en de thee slap, maar ze had niet onder de indruk geleken van de grootschaligheid en de opwinding van de stad. Iris was verbaasd, zelfs een beetje gekwetst geweest. Ze had altijd de dwaze neiging gehad haar moeder te imponeren met de glans van haar bestaan, alsof ze duidelijk moest maken waarom ze Minnesota had verlaten.

Toen de bediende haar auto overnam, streek Iris haar rok glad, drukte haar lippen op elkaar om haar lichtroze lippenstift gelijkmatig te verdelen, wurmde haar verlovingsring en trouwring van haar vinger en wendde voor iemand anders te zijn. De hotelbar, de Coq d'Or, had een donkere, clubachtige sfeer, met notenhouten lambrisering, chique laaghangende sfeerlampen boven de tafels en een comfortabele turkooizen leren bank tegen de achterste muur. De pianist met vlinderdasje, een oudere man met spaarzaam grijs haar dat vanaf zijn voorhoofd glad naar achteren was gekamd, lachte naar haar toen ze zijn kant op keek. Voor de zware bar stond een rij roodleren barkrukken en bij elke kruk stond een grote kristallen asbak. Omdat het midden op de dag was, zaten er aan een paar tafeltjes groepjes in pak gestoken mannen, zelfs een groep vrouwen die lachten en rookten, maar de bar zelf was leeg, op een oude man na aan het eind van de bar die zijn handen om een waterige whisky hield.

Iris ging op een kruk aan de bar zitten, sloeg haar benen een beetje naar opzij over elkaar en nam een sigaret uit een kleine zilveren koker in haar handtas. Ze rookte niet veel, maar het kalmeerde haar zenuwen en ze dacht dat het haar iets verleidelijks gaf. De barkeeper stond meteen met een aansteker voor haar neus. Ze voelde dat ze opviel, een vrouw die alleen iets dronk was niet fatsoenlijk, maar in de rol die ze speelde was dat geen bezwaar. Ze wreef met haar duim over de plek waar haar ringen hadden gezeten.

'Een gin-tonic alstublieft,' zei ze tegen de barkeeper. 'En een komkommersandwich.'

De geluiden hulden haar in een warme cocon: het tinkelen van ijs in dikke glazen, het shaken van martini's, de zachte klanken van converserende werkenden, af en toe de lach van een man of het eksterachtige gekakel van een van de vrouwen, en wanneer er even niets te horen was, de geruststellende pianoklanken om momenten van angstige stilte glad te strijken. Ze dronk af en toe van haar koude, bittere drankje met aan de rand van het glas een groene limoenschilsliert en ze drukte haar halfopgerookte sigaret uit. De barkeeper haalde meteen haar asbak weg en verving hem door een schone. Ze beet in haar knapperige, verfijnde sandwich en depte haar mond, waarbij ze erop lette dat ze geen lippenstift wegveegde. Tot dat moment had ze plezier in haar rol gehad – ze had zich ongewoon dapper gevoeld – maar nu ze daar zo zat, overviel haar een gevoel van wanhoop. Wat had ze nu eigenlijk te klagen?

En Theo dan? Ze kon haar kleine jongen met zijn bruine ogen toch niet in de steek laten, die zo van treinen hield en nog steeds haar hand vasthield als ze op de stoep liepen?

'Neemt u me niet kwalijk,' zei een man die plotseling naast haar stond, 'maar wacht u op iemand?'

Ze fronste haar voorhoofd licht om een lach te onderdrukken die ze in haar keel voelde opborrelen.

'Nee, ik zit te lunchen.' Meer kon ze niet uitbrengen.

'Mag ik bij u komen zitten?' Hij was jonger dan zij, zelfverzekerd. Ze vermoedde dat hij in de reclamewereld zat, wat ze meende te zien aan zijn slank gesneden zwarte pak en opzichtige das met paisleymotief.

'Dat zou leuk zijn,' zei ze.

'Richard.'

Hij stak zijn kleine hand uit en ze schudde hem. Hij was klam, onaantrekkelijk.

'Iris.' Dit voelt niet opwindend of romantisch, dacht ze. Ze voelde zich dwaas.

'Je mag er wezen, Iris.'

Ze schraapte haar keel. 'Dank je.'

'Wat drink je?' vroeg hij, zich vooroverbuigend.

'Gin. Met tonic.'

Richard stak twee vingers op naar de barkeeper en wees naar Iris' glas.

Dit is belachelijk, dacht ze. Wat was ze van plan? Een verhouding beginnen met deze man in een van de kamers boven? Ze was geen heldin van het witte doek. Ze was Iris, echtgenote en moeder.

Ze ving de blik van de barkeeper. 'Mag ik de rekening?'

'Hè, toe nou.' Richard legde een bezitterige hand op haar pols. 'We waren net kennis aan het maken. Nog één drankje.'

Iris lachte naar hem en trok haar arm los. 'Het was prettig kennis met je te maken, Richard.'

Ze nam meer biljetten dan nodig uit haar portemonnee en legde het stapeltje op haar rekening.

Richard zuchtte luid en stak toen ze vertrok een sigaret op. Toen ze langs de ronding van de bar liep, liet ze een onderzetter met een goudkleurige haan erop in haar handtas glijden.

Ze reed naar huis. Ze schaamde zich niet voor wat ze had gedaan en het stelde haar niet teleur dat het tot niets geleid had. In feite had het uitstapje haar een gevoel van macht gegeven, en af en toe dacht ze eraan terug in de daaropvolgende maanden en jaren, om zichzelf eraan te herinneren hoe gemakkelijk het was geweest om weg te lopen, al was het maar voor even. En op de een of andere manier had dat het aangenamer gemaakt om te blijven.

Iris zat op haar balkon, opgeslokt door de donkere, zachte lucht. Ze nam af en toe een slokje van haar water en luisterde naar de geluiden die de achtergrond van haar eenzame bestaan waren geworden: de krekels, de kikkers, vage calypsomuziek uit de bar bij het strand, de plofgeluiden van Stephen die die dag voor de tweede keer touwtje sprong, de elektrische muggenverdelger in het roze huis dat versierd was met zeeschelpen, en de eeuwige meeuwen. De wind voerde de zachte, kleverige zeelucht mee, met het prikkelende aroma van de sinaasappel- en citroenbomen onder haar. Sanibel had haar een goed thuis gegeven. Het had haar zichzelf laten zijn, maar wat nog belangrijker was: zij had het zelf gekozen.

Sam

10 december 1910

Beste mevrouw Olsen,

Vol verwachting heb ik uw brief gelezen. Ik werd
overspoeld door een golf van emoties toen ik besefte
wie u was. Is het echt al tien jaar geleden? Waar blijft
de tijd? Ik ben nu een oude vrouw, en al vele malen
grootmoeder.

Wat uw verzoek betreft: ik kan u helaas weinig
melden. Ik heb bij de Aid Society geïnformeerd,
bij een zekere Joseph Sewell, die boekhouder is,
maar na een uitputtend onderzoek, zoals hij het zelf
noemde, was het hem niet mogelijk iets te vinden
wat u bij uw zoektocht zou kunnen helpen. Een
behoorlijke administratie is helaas nooit het sterkste
punt van de Society geweest. Ik heb persoonlijk de
meest recente gegevens in het bevolkingsregister
van Manhattan doorgenomen, maar heb niemand
gevonden met de door u genoemde naam.

U behoorde tot mijn laatste groep kinderen.
Ik bewaar prettige herinneringen aan onze reis
samen, hoewel er zeker ook verdriet kleeft aan de
herinnering aan ons afscheid. Ik zal altijd geloven

dat wij door Gods hand gestuurd werden en dat Hij over ons allen waakt.

Het verheugt mij te horen dat u in goede gezondheid verkeert en ik hoop dat u spoedig gezegend zult worden met een kind van uzelf.

Hoogachtend,

Mevr. Harriet Comstock

Terwijl de pondscake in de oven stond, probeerde Sam te ontraadselen wat de brief aan haar grootmoeder betekende. Waar was ze vandaan gekomen? Wie zocht ze?

De zoemer ging en ze tilde de boter-achtig glinsterende baksteen uit de oven. Toen ze hem omkeerde, belandde de geurende, verrukkelijke massa met een doffe klap op het afkoelrek. Ze pakte het aluminiumfolie, scheurde een groot stuk af langs de metalen tanden van de doos en hulde de nog warme cake erin. Misschien wist haar broer iets.

'Wat is er?' zei Theo toen hij opnam.

'Ik heb een brief aan oma Olsen in de doos gevonden. Uit 1910.'

'Ja, en?'

'Ik snap hem niet. De vrouw heeft het over de Aid Society. En er zat een bijbel in de doos met het adres van de Children's Aid Society erin. Zou oma een weeskind zijn geweest? In New York?'

'Het enige dat ik van haar weet, is dat ze is opgegroeid in Ohio of zo voordat ze naar Minnesota kwam.'

'Wisconsin.'

'Ja, zoiets. Het Middenwesten. En dat ze breide. Veel breide. En zware karamelpudding maakte. De brief zat tussen de spullen van mama. Denk je niet dat ze het ons zou hebben verteld als haar moeder een weeskind in New York was geweest? Dat is niet echt een onbelangrijk detail.'

'Hij zat tussen recepten waar mama waarschijnlijk zelfs nooit naar heeft gekeken. Misschien heeft oma het haar nooit verteld.'

Iris had kaartjes gekocht voor een concert dat in de presbyteriaanse kerk werd gegeven, een uitvoering door het Ying Quartet, vroegrijpe kinderen van Chinees-Amerikaanse afkomst uit Iowa, en ondanks het feit dat ze niet kon lopen, door de morfine steeds wegdoezelde en oppervlakkig en piepend ademhaalde, wilde ze er per se met Sam naartoe. Sam föhnde haar moeders haar, bracht mascara, rouge en lippenstift aan op haar holle, grauwe gezicht en hielp haar in een marineblauwe, zijden kaftan die ruim om haar verwoeste lichaam hing.

'Weet je zeker dat je erheen wilt?' vroeg Sam nog eens.

'Ik wil met Tsjaikovski in mijn hoofd de wereld uit gaan,' zei ze.

De rolstoel was zwaarder om in de auto te zetten dan Iris.

De kerk riep een ouderwets eilandgevoel op – de glas-in-loodpanelen waren te modern en felgekleurd en de kussens op de kerkbanken waren, zoals alles in Florida, zeegroen. Sam liep met Iris naar de voorste rij en zette de rolstoel aan het uiteinde van de kerkbank neer.

'Laten we iets naar achteren gaan,' zei Iris. 'Ik wil graag iedereen kunnen zien.'

Het was een vreemd verzoek, aangezien Iris altijd vooraan wilde zitten, bij films, en zelfs bij bruiloften, maar Sam deed wat ze vroeg.

Iris bekeek de mensen die binnenkwamen gretig, met een

koortsige en wazige blik, terwijl ze door het gangpad naar voren liepen en hun plaats innamen. Ze was er helemaal niet voor de muziek. Ze zocht iemand. Vanuit haar ooghoek zag Sam haar moeders blik dwalen en zoeken.

'Gaat het?' fluisterde Sam terwijl het stil werd in de kerk.

'Ach, wat heet,' zei Iris met een schorre stem terwijl ze haar vederlichte handen even ophief.

Toen de vier jonge musici met hun snaarinstrument in de hand van achter de preekstoel opkwamen, liep een ouder echtpaar haastig over het middenpad naar voren. De man was lang en had wit haar; hij droeg een bril met een hoornen montuur en was gekleed in een grijs, gestreept kostuum van een goede snit – de enige man in de kerk die zo gekleed was – en de vrouw droeg een frisse, witte blouse en een zwarte broek, en haar haar zat in een lage, blonde wrong. Iris tilde haar kin op en liet haar schouders zakken. Haar blik werd zachter. De muziek begon – Tsjaikovski's strijkkwartet nr. 3 in es klein, las Sam in het programma – en toen dutte Iris in; haar hoofd hing onhandig scheef op haar schouder. Sam liet haar gedachten dwalen. Zij en Jack hadden de avond ervoor via de telefoon wat onenigheid gehad over namen voor de baby. Zij vond Charlotte, Helen en Louise mooi, terwijl Jack een voorkeur had voor Flannery.

'Veel te literair,' zei ze.

'En wat geeft dat?' vroeg hij.

'Het gaat om ons kind, niet om een voetnoot in je cv.'

Ze had het schertsend gezegd en hij had gegrinnikt – 'wees blij dat ik het niet Salman wil noemen' – maar ze besefte verward dat Jacks werk altijd meer voor hem zou betekenen dan zij zou willen.

Tijdens de pauze werd Iris opgeschrikt door het applaus; ze

probeerde goed te gaan zitten in de rolstoel. Ze slikte moeizaam en drukte haar lippen op elkaar om haar lippenstift gelijkmatig te verspreiden.

'Hoe zie ik eruit?' zei ze.

Sam glimlachte en veegde een mascaravlekje van haar moeders wang.

Toen het gedistingeerde stel op weg naar de koffiekamer langsliep, keek de man bijna onmerkbaar even naar Iris. Zijn gezicht trok strak toen hij haar zag en zijn mond werd een verbeten lijn. Sam probeerde naar iets anders te kijken om haar moeder de privacy van het moment te gunnen. Even later kwam de man alleen terug.

'Dag Iris,' zei hij terwijl hij op zijn hurken naast haar ging zitten.

'Dag Henry.'

'Hoe gaat het met je?' Hij klonk rustig en ernstig.

'Dit is mijn dochter Samantha.'

Sam schudde zijn zachte hand en lachte naar hem, waarop hij in de hare kneep.

'Fijn je te ontmoeten,' zei hij. 'Tsjaikovski,' zei hij tegen Iris.

'Tsjaikovski,' antwoordde ze.

Henry leunde tegen Iris aan en zei hees: 'Ik heb je gemist, lieverd.'

Op dat moment was er in Iris' gezicht een vonkje warmte, iets begripvols, en het leek alsof ze dat wat ze gezocht had – wat het ook was – had gevonden.

'Ik zal je missen,' zei ze met een flauwe glimlach tegen hem, en hij leek te begrijpen dat het een afscheid was.

Hij schraapte zijn keel en ging rechtop staan, precies op het moment waarop zijn vrouw verscheen, een mooie vrouw met slanke handen en aristocratische jukbeenderen. De lichten gingen aan en uit om aan te geven dat de pauze afgelopen was en hij legde zijn hand op de rug van zijn vrouw en leidde haar naar hun plaats zonder om te kijken.

Op dat moment voelde Sam een scheut van pijn om haar moeder, om de banaliteit van haar liefde voor een getrouwde man, om de affaire die er geweest was of niet, om het feit dat Iris hem voor de laatste keer had willen zien of door hem gezien had willen worden.

'Nu kunnen we gaan,' had Iris gezegd. In de auto zei ze verder niets.

'Mam?'

Ze reageerde niet.

'Heb je van hem gehouden?'

Iris maakte met haar hand een wegwuifgebaar, alsof ze het niet zinvol vond om erover te praten nu ze oog in oog met de dood stond.

'Ik ben dankbaar dat ik hem gekend heb,' zei ze terwijl ze haar ogen sloot.

Je wilt me niets vertellen? Je gaat dood zonder dat ik je gekend zal hebben, zei Sam vanbinnen. Ze reed langzaam onder een zware maan die de lucht bleek maakte; haar handen waren om de bovenkant van het stuur geklemd. In het licht van de koplampen dansten de insecten wild.

'Hij heeft jou niet gekozen,' zei Sam zacht met een woede die tot een fijne, scherpe punt geslepen was.

Iris' hoofd hing slap tegen de veiligheidsgordel. Ze sliep.

De volgende dag, tijdens haar wekelijkse ziekenhuisbezoek, kreeg Iris een voedingssonde omdat ze uitgedroogd was, haar gewicht sterk was afgenomen en haar hart heel onregelmatig sloeg. Ze weigerde naar een hospice te gaan. Sam voedde haar om de vier uur voedzame shakes en fijngemaakte pillen, een variërend mengsel van Roxanol, ketamine, clodronaat, Colace, Haldol en Ambien.

'Ad fundum!' zei Sam dan, maar haar moeder was meestal te ziek om te glimlachen.

Iris had de morfinepillen verzameld om zelfmoord te plegen, maar ze had Sam nodig om ze toe te dienen.

'Ik doe het niet,' zei Sam telkens, maar ze wist dat ze zou doen wat haar moeder vroeg. Ze zou tot het eind de dochter blijven die haar moeders goedkeuring nodig had.

's Avonds mengde de geur van hibiscus en sinaasappelbomen zich met de zeelucht. Sam parkeerde de rolstoel van Iris voor de openslaande deuren, zodat ze de kleuren van de lucht kon zien veranderen; ze zei dat dat een van de dingen was die ze zo fijn vond aan haar leven in Sanibel. Sam zat naast haar en legde haar moeders hand op haar buik om het snelle gerikketik te voelen van de baby die de hik had.

'Hoeveel moet ik je geven?' vroeg Sam.

'In mijn nachtkastje staat een pillendoosje.'

'En wat gebeurt er dan?'

'Ik val in slaap. En dan bel jij dokter Jones.'

'Hij zal het weten.'

'Ik had drie weken geleden al moeten sterven, liefje.'

Sam belde elke avond als Iris in bed lag met Jack. Maar over haar moeders verzoek had ze hem niets verteld. Op de een of andere manier ervoer ze het als haar last, haar verantwoordelijkheid, en ze wilde het er niet uitvoerig over hebben, ze wilde zijn nuchtere wijsheid niet horen, ze wilde het niet met hem delen. Hij was haar echtgenoot, maar Iris was haar moeder.

'Mam, toe nou. Kun je niet gewoon wachten?' vroeg Sam, waarbij de angst en frustratie in haar stem doorsijpelden.

De bougainville, die zich om de rand van het balkon had gewikkeld, ruiste zachtjes in de bries.

'Samantha. Ik heb een heel leven achter de rug. Twee dagen of twee weken meer in dit vernielde lijf zullen voor niemand veel nut hebben. En ik ben nog steeds atheïst. Ik heb me niet op het laatste moment bedacht.' Ze haalde haar schouders op. 'Dood is dood. Ik ben er klaar voor.'

Wie was deze vrouw? Ze was haar moeder, een vrouw die haar naar ballet en tennis had gereden, die nog nooit een cake van cakemix had gemaakt, die zich altijd aan de maximumsnelheid had gehouden, die als een havik had afgedongen bij antiekhandelaren, die zuinig was omgesprongen met haar moederlijke genegenheid, die een leven lang in een onbevredigend huwelijk was blijven hangen, en die op het laatst was verhuisd om alleen te gaan wonen. En daar zat Sam nu. Deels was ze blij dat zij gekozen was. Ze zou nemen wat ze krijgen kon.

Het zou dus de volgende dag gebeuren, 's morgens. Sam had het gevoel dat er van alles te zeggen was, maar ook niets. Ze was een beetje opgelucht. Ze wilde naar huis gaan, de hartslag van het kindje horen, haar moeder loslaten.

De tv in Teds huis stond aan – op *The Oprah Winfrey Show* – maar hij zat niet in de voorkamer. Sam klopte aan met de pondscake als een voetbal in haar hand en de brief in haar achterzak.

Ted kwam de keuken uit gesprint met een schort voor waarop een kolossale kreeft stond afgebeeld.

'Hé, dag Sam. Kom binnen.'

Sam was nog nooit bij hem binnen geweest. Het was er donker, maar niet onaangenaam. Bij de haard lag een stapel houtblokken. Een oude, geruite bank. Een warm glanzende

boomstronktafel. Een met houtsnijwerk versierde koekoeks-
klok aan de muur.

'Leuk schort.'

'Ik heb net een gehaktbrood voor het eten in de oven gezet.'
Hij wreef in zijn handen. 'En wat brengt jou hier?'

'Ik heb een pondscake voor je gemaakt,' zei ze terwijl ze de
cake aan hem gaf.

'Echt?'

'Ja, ik wilde er een maken, om te kijken of een pond boter,
een pond suiker, een pond meel en een pond eieren wel zou
werken.'

'En?' Hij tilde een punt van het folie op.

'Zeg het maar.'

'O, dit ruikt heerlijk. We nemen een stuk.'

'Nee, nee.'

'Ik sta erop. De bakster moet proeven wat ze gemaakt heeft.'

Hij liep met grote sprongen naar de keuken en kwam terug
met een mes, vorken en bordjes.

'Dat doet me ergens aan denken. Ik moet jullie eens wat eieren geven. De dames leggen maar door. Een mens kan maar
een beperkt aantal omeletten verstouwen.'

De cake smaakte goddelijk. Sam at hem snel op en nam nog
een plak.

'Hoe gaat het met je moeders spullen?'

Sam hief haar handen op en liet ze weer vallen.

'Ik weet het. Ik weet het,' zei hij.

'Maar ik heb wel iets intrigerends gevonden. Een brief.'

'O ja?'

'Zou jij er misschien eens naar willen kijken?'

Ze streek de brief op de salontafel voor hem glad. Hij nam
zijn dikke, plastic bril af, wreef in zijn ogen – nu zijn gezicht

kaal was, leken zijn ogen kleiner en jonger – en zette hem weer op en hij vestigde zijn blik op het dunne, vale papier.

'Mevrouw Olsen is je moeders moeder?'

Sam knikte.

Ted keek nog eens naar de brief en fronste zijn voorhoofd.

'Hoe oud zal ze in 1910 geweest zijn?' vroeg hij.

'Eenentwintig. Ik weet niet veel van haar, maar ik dacht dat ze hier was opgegroeid.'

'Waarschijnlijk wel,' zei Ted terwijl hij over zijn kin wreef. 'Vanaf haar elfde. Maar van de rest kan ik niet zo veel maken, moet ik bekennen.'

'Er leeft niemand meer die er iets van zou kunnen weten,' zei ze.

Hij wierp een blik op de klok aan de muur.

'Het is nu te laat, maar ik weet zeker dat ze je bij de Historical Society verder kunnen helpen. Daar zitten echte speurneuzen. Ik heb eens achter mijn koelkast een tachtig jaar oude ansichtkaart gevonden. Ze konden me er alles over vertellen. Geschreven aan de oorspronkelijke eigenaar van mijn huis, een arts met een dubieuze reputatie. Hij zou tijdens de drooglegging de hele Eastside van drank hebben voorzien.'

'Wat stond er op de kaart?' vroeg Sam.

'Een geschilderd plaatje van New Orleans. De naam van de afzender was onleesbaar. Maar er stond onder meer: "Hou je haaks. Ik kom gauw thuis."'

'Heb je hem nog?'

'Ik heb hem naar een van de achterkleinkinderen van de dokter gestuurd. Een vent die hier in de Morrison Street woont.'

'Sorry dat ik de halve cake heb opgegeten,' zei ze.

'Onzin! Alles is beter als je het met iemand deelt.'

Zij en Iris hadden vroeg in de ochtend naast elkaar naar de zonsopgang zitten kijken, Sam in een luie stoel, Iris in haar rolstoel met een gewatteerde deken om zich heen, en boven hun hoofd lieten de meeuwen schrille kreten horen terwijl ze van de ene kant van het eiland naar de andere kant vlogen. Vanwege de angst en het geschop van de baby had Sam geen oog dicht gedaan. Ze zat met haar handen om haar koffiekop terwijl Iris onregelmatig en moeizaam ademde en telkens wegsufte. Een buurman leegde een tas met flessen in een flessenbak en het gekletter maakte haar uiteindelijk wakker.

'Gefeliciteerd met je verjaardag, mam,' zei Sam.

Iris rolde haar hoofd naar Sam en lachte met haar mondhoek.

'Ik ben blij dat je naar huis kunt,' zei ze met zware tong.

Sam keek de andere kant op – ze had geen idee hoe ze op deze laatste dag van haar moeders leven moest praten. Alles leek onbenullig of pathetisch of niet-gemeend.

'Je maakt prachtige dingen, Samantha. Ik weet niet of ik dat wel eens heb gezegd.'

'Dank je,' zei Sam, en ze wilde dat haar stem niet zo rauw klonk. Ze begon nerveus aan haar nagels te plukken.

'Je zult nooit weten hoe veel ik van je hou tot je zelf een kind hebt.' Iris doezelde weer weg; haar gezicht straalde een soort verdoofde sereniteit uit.

Sam raakte haar moeders slappe hand aan en dacht: daar heb ik nu mijn hele leven op gewacht. Ze fluisterde 'nee' – een zinloos protest.

De afgesproken tijd was twaalf uur 's middags. Om halftwaalf pakte Sam het doosje pillen uit haar moeders nachtkastje en zette het op de keukentafel. En toen gaf ze over in de gootsteen. Haar handen beefden toen ze de pillen op de gebruikelijke manier – met een roestvrijstalen maatbekertje – fijnstampte en het witte stof in een glas veegde. Vervolgens waste ze zorgvuldig haar handen om haar ongeboren kind niet bloot te stellen aan morfine.

Toen Theo belde, probeerde ze gewoon te klinken.

'Hoe is het met haar?' vroeg hij.

'Hoe denk je?' zei ze kortaf.

'Ik weet dat het zwaar is om voor haar te zorgen, hoor.'

'Sorry. Ze is erg ziek. Ik bedoel: ik denk dat het over en uit is, Theo.'

'Wat zegt de dokter?'

'Die dacht dat ze weken geleden al zou doodgaan.'

'Jezus,' zei hij. 'Moeten we komen?'

'Ja.' Ze voelde woede. Ze had eindelijk het idee dat ze het zou kunnen.

'Morgen zijn we er. Ik bel je nog voor de vluchtgegevens. Mag ik haar even aan de telefoon?'

Sam liep naar het balkon, kneep zachtjes in haar moeders broze schouder, legde de telefoon aan haar oor en sloot de deur achter zich.

Ze liep naar Iris' slaapkamer en ging op haar rug op bed liggen. Haar buik rustte zwaar op haar rug. Ze nam haar moeders omgeving in zich op: een aquarel van duingras en duinen, een spiegel met facetranden boven de witte rieten ladenkast, de lucht die tot de zee reikte. Naast het bed lag *Naar de vuurtoren* – Sam zou niet de moeite nemen om het naar de bibliotheek terug te brengen. Er waren geen foto's, geen rommeltjes. Er zou weinig op te ruimen zijn als ze er niet meer was.

Sam hees zich overeind en liep terug naar haar moeder, die de telefoon op haar schoot had liggen.

'Het is tijd,' zei Iris bijna dromerig.

'Theo komt morgen.'

'Ik heb afscheid genomen.'

'Je hebt het hem niet verteld.'

'Nee.'

Iris draaide zich om en staarde naar de witte lucht; de wind was warm en krachtig, de zon stond hoog en spottend in de lucht.

'Het was prachtig waar ik ben opgegroeid,' zei ze. 'De rivier was heel koud. Zelfs 's zomers kreeg ik er nog gevoelloze voeten van.' Ze glimlachte zwakjes. 'Ik lag soms op een gladde kei in de zon naar de toppen van de bomen en de lucht te kijken. Door het geruis van het water kon je verder niets horen. Ik deed dan net alsof de aarde niet meer bestond.'

Het leek wel of ze al weg was, heimwee had naar toen ze nog leefde.

'Goed, Samantha,' zei ze.

Sam huilde niet. Ze reed haar moeders rolstoel het huis in en sloot haar in de keuken aan op de voedingssonde. Ze vulde het glas met fijngemaakte pillen met water en roerde het dikke, drabbige gif om. Het waren een paar stappen, taken die uitgevoerd moesten worden. Ze hield de trechter vast en zonder op een laatste teken van haar moeder te wachten, goot ze het erin.

Toen ze Iris op bed had gelegd, trok ze de dekens op en ging ze bij haar liggen, tegen het uitgemergelde lichaam aan, met de baby tussen hen in. Ze namen geen afscheid. Sam legde haar hand op die van haar moeder en wachtte. De dood kwam niet stil en snel, en op die vreselijke momenten waarop het lichaam van Iris zich schokkend kromde, niet in staat lucht te krijgen, hield Sam haar stevig vast, sloot haar ogen en schreeuwde het uit.

Buiten begon het te schemeren; de lucht achter de voortjagende wolken was paars en Sams tranen begonnen al te stromen voordat ze bij haar voordeur was. Ze huilde om haar oma en om haar moeder, om het verlies, en om alle verhalen die ze niet meer zouden vertellen.

Ze dacht aan het jaar na haar moeders overlijden. Wie ze was geworden beviel haar niet. De kleine ergernissen die ze bij haar man voelde, waren slechts een afleiding. Het was haar eigen schaamte die ze niet onder ogen kon zien en niet met hem kon delen.

Haar adem ontsnapte in één lang, treurig gesis aan haar longen. Ze had Jack nooit verteld hoe Iris was gestorven. Destijds was ze in de war geweest, overmand door verdriet, en ze had besloten dat het iets was wat niemand hoefde te weten. Ze had zichzelf wijsgemaakt dat zij en Jack de dingen, het leven, anders zagen – was dat niet de ultieme angst in een huwelijk? – en dat ze het wilde laten rusten. Maar de schaamte om wat ze had gedaan – het eerste kind, haar moeder – had langzaam een greppel om haar heen gegraven waarmee ze zich van hem had afgesneden. Ze had zich in haar eentje teruggetrokken, in diepe stilte. Ze was het zat.

Ze had behoefte aan haar kind. Sams hart maakte een sprongetje toen ze aan Ella dacht. En ze moest met Jack praten.

Violet

Fairbury zag er niet zo heel anders uit dan Sheridan. Een klein stadsplein, lage gebouwen, lege trottoirs. Er hing duidelijk regen in de lucht en de wolken boven hun hoofd waren dik en donker; daardoor ontstond er een licht waardoor de velden spookachtig felgroen waren en de gebouwen net kartonnen decorstukken. De kinderen waren moe en smerig. Wat in Sheridan nog blijde verwachting was geweest, was veranderd in een slepende verslagenheid terwijl ze onder het vallen van de eerste dikke regendruppels naar de zaal sloften waar de bijeenkomst gehouden werd.

Er was niet zo'n grote opkomst als in Indiana en de bewoners waren niet tevreden over het aanbod. De kinderen stonden in het midden van de zaal en de kijkers liepen om hen heen. Sommigen waren snel verdwenen. Twee van de oudere jongens, onder wie nummer twaalf, zo merkte Violet, werden ingepikt door een boer en zijn zoon. Elmer ging blij met een goedgekleed echtpaar mee – een rechter en zijn vrouw – en een andere jongen van acht werd gekozen door een vriendelijk ogende weduwe op leeftijd die waggelend rondliep in een jurk van bedrukt katoen.

'Kun je goed met kleine kinderen omgaan?' vroeg een vrouw aan het timide meisje, dat met neergeslagen ogen knikte. Het meisje was veertien, had een flinke boezem en een hoog voorhoofd, en Violet had haar nog niet één woord horen zeggen.

'Goed dan,' zei de vrouw. 'Ik zal een aanvraagformulier voor je invullen. Nummer zeventien.' Ze had het meisje niet gevraagd hoe ze heette.

'Illinois is geen stortplaats voor het vuil van New York!' riep een man in de zaal. 'Ga terug naar waar jullie vandaan komen!'

De kinderen keken op, maar ze hadden als immigrant of wees of straatkind allemaal wel ergere dingen gehoord. Mevrouw Comstock liep tussen de bezoekers en stelde hen gerust. Toen de in kostuum gestoken man de zaal uit werd geleid, keek hij om, en Violet stak haar tong naar hem uit.

'Wat een plaatje ben jij,' zei een man tegen haar. Zijn gezicht was bruinverbrand en had diepe rimpels en zijn haar was vettig. 'Doe je mond open.'

'Hè?'

'Ik zei: doe je mond open. Ik moet zeker weten dat je niet ziekelijk bent. Ik heb wel een boerderij, ja? Laat me je tanden zien.'

Violet wilde iets zegen, maar hij stak zijn zure vinger – bruin van het roken – in haar mond om erin te voelen.

Ze kokhalsde en beet toen zo hard ze kon, waarbij ze haar tanden heen en weer haalde over zijn knokkel voordat hij zijn hand gillend terugtrok. Hij sloeg haar met de rug van zijn andere hand in haar gezicht en ze viel op de grond. Mevrouw Comstock kwam met haar handen zwaaiend op hen af gerend.

'Hoe durft u dit kind te slaan?' zei ze. 'Ik moet u vragen te vertrekken, meneer.'

'Ze heeft me gebeten,' zei hij en hij hield een bebloede vinger omhoog.

'Violet?' vroeg ze.

Violet staarde de man met ogen vol haat aan en schopte hem toen zo hard ze kon tegen zijn scheenbeen. Ze baande zich een weg door de menigte en rende naar de deur. Ze vroeg zich niet af waar ze heen moest of hoe ze er moest komen. Het enige dat ze wist, was dat ze weg wilde en dat ze in haar eentje beter af was. Ze gooide de deur open en sprong de zaal uit. Maar toen ze eenmaal buiten stond, schrok ze van regen zoals ze die nog nooit gezien had. De druppels sloegen als kiezelstenen op haar hoofd en de wind deed haar natte jurk om haar benen fladderen. De lucht had een dreigende, tornadogele kleur.

Ze liep terug en ging onder de rand van het dak tegen de buitenmuur zitten, maar daar had ze weinig beschutting tegen de roffelende regen. Het zou niemand wat kunnen schelen als de aarde openspleet en zij erin viel. Ze kon nergens heen.

Even later ging de deur van de zaal krakend open. Omdat Violet mevrouw Comstock verwachtte, wendde ze haar blik af. Maar het was de jongen die Frank heette, met de te grote oren en het te kleine jasje. Hij kwam naast haar zitten en trok zijn knieën tot zijn borst op.

'Is het afgelopen?' vroeg ze.

Hij knikte. 'Er zijn er nog een paar over. Er heeft niet eens iemand met me gepraat.'

'Hoe oud ben je?' vroeg ze.

'Elf,' zei hij.

'Ja, ik ook. We zullen wel te oud zijn voor die mensen hier.'

'Te jong voor alle andere dingen.'

'Waar heb je hiervoor gewoond?'

'In Five Points.'

'Ik in de Fourth.'

Hij knikte. 'Mis je het?'

'Een beetje. En jij?'

'Ik wilde niet weg. Ik heb ouders. Ze zitten in het armenhuis. Daarom ben ik met de trein meegegaan. Maar het stelt allemaal niks voor.'

Zonder te praten zaten ze naar de regen te kijken. Ze kon hem niets over haar moeder vertellen, want dan zou ze moeten bekennen dat Lilibeth haar had kunnen houden, maar ervoor had gekozen om haar weg te geven. In plaats daarvan dacht ze aan de avond voordat ze het in tehuis werd opgenomen, waarop ze met Nino en de andere jongens had rondgerend. Voordat ze ooit iets over weestreinen had gehoord.

Ze waren van de achterkant van de tram gesprongen voordat die stilstond, voordat de conducteur op hen af kon komen, en de elektrische lichten van de theaterborden vormden wazige bakens boven hun hoofd. Ze waren joelend achter elkaar aan de straat uit gerend.

'Hé,' zei Violet toen ze stilstonden om op adem te komen terwijl ze omhoog wees. 'Kijk eens.'

'Wat zei ik je?' zei Buck. Hij knikte met zijn kleine hoofd, zijn boventanden rustten op zijn onderlip. 'Ik weet de weg. Ik zei toch dat ik hem wist.'

Voor hen stak de Moorse Toren de lucht in, met bovenin een colonnade en gewelfde nissen, afgedekt met een prachtige koepel, en onderaan een slinger van knipperende lichten die het woord 'Casino' vormden. Violet had nog nooit zoiets gezien, was zelfs nog nooit in het stadscentrum geweest. Ze voelde in haar borstkas iets uitzetten, ze voelde een warme ballon tegen haar ribben duwen.

'Ieder voor zich, mannen,' zei Jimmy, terwijl hij 39th Street in vloog.

Violet wreef over haar vingers, die pijn deden van het hangen aan de rand van de tram, en ze ademde de mistige lucht in, die nog vaag naar hooi en mest geurde van de Paardenbeurs een paar huizenblokken verder naar het noorden. Ondanks de carnavalsverlichting overal om hen heen heerste er een rustige, ingehouden stilte – de avondvoorstellingen waren al begonnen en het publiek zat behaaglijk in de theaters.

Charlie stond naast haar op de stoep en wipte op en neer op zijn hielen. Hij rook vissig, naar ranzig vet.

'Heeft iemand een idee?' vroeg hij.

Nino's grote handen hingen als zakken meel langs zijn zijden. Terwijl hij nadacht sloot hij zijn handen tot vuisten en deed ze weer open.

'Ik ga niet op jullie getreuzel wachten,' zei Buck. 'Ik kom voor de meiden.'

Hij was mager en erg snel, en Violet zou niet verbaasd zijn geweest als hij zich met die tanden naar binnen knaagde.

'Ga je gang,' zei Violet.

'Wie heeft van jou de grootste pad in de poel gemaakt?' vroeg Buck, terwijl hij de anderen aankeek om steun te zoeken.

'Meneer Kwaakkwaak,' zei ze met haar handen op haar heupen.

'Je bent een hoer en je moeder ook,' zei Buck.

Charlie schoot in de lach – zijn mollige gezicht bestond alleen maar uit rimpels. 'Dat zou je wel willen,' zei hij.

Buck schudde zijn hoofd en rende gepikeerd weg over Broadway.

Het was Violets idee geweest om hierheen te gaan, omdat haar moeder sinds Reginald Smith haar had meegenomen met ademloze verrukking over 'Florodora' had gepraat. Maar

iedereen wist wie de Florodorameisjes waren: zes schoonhe-
den die precies even groot en zwaar waren en hetzelfde aan-
trekkelijke, opgestoken, donkere haar hadden. Violet raakte
haar eigen weerbarstige haardos aan – dik en lang – die uit
haar gezicht werd gehouden met een blauw satijnen lint dat ze
die ochtend om haar moeders pols had gevonden.

'Ik weet het niet,' zei Nino, 'ik ben nog nooit in zo'n gebouw
geweest.'

'Wat moeten we doen als we op het podium terechtkomen
of zo?' vroeg Charlie.

Violet lachte. 'Misschien hou je er een vriendinnetje aan
over,' zei ze. 'Als ze niet flauwvalt zodra ze je ruikt.'

'Kop dicht, Kentucky. Wat weet jij daar nou van,' zei Charlie.

Ze hoorden trommels en bekkens van het orkest en de langgerekte kreet van een viool.

Ze liepen door 39th Street naar de andere kant van het theater, waar het donkerder was en waar de brandtrap als een bliksemschicht langs de zijkant van het gebouw zat.

'Klim hier omhoog,' zei Nino tegen Violet. 'Probeer die ladder te grijpen.'

Violet zette haar voeten op Nino's gespierde schouders en
klom erop. Hij hield haar kuiten naast zijn oren vast. Ze stak
haar hand uit naar de onderste sport, wiebelend om haar
evenwicht te bewaren, haar vingers schampten langs het koude metaal.

'Hoger,' zei ze – ze kon de stang net niet grijpen. 'Duw me
omhoog.'

'Ik kan niet gróéien,' zei Nino.

Ze bleef nog even staan en zette zich toen af. Haar handen
kwamen op de onderste stang terecht, waarop een laag opgedroogde duivenpoep zat. De ladder schoof onder haar ge-

wicht kreunend uit, totdat hij met een schok stopte, waardoor ze vlak boven de stoep bleef hangen. Met een sprongetje stond ze op de stoep, waar ze haar handpalmen afveegde aan de voorkant van haar jas.

'Dat had je wel even kunnen zeggen,' zei Nino, over zijn schouders wrijvend. 'Je hoofd zou als een watermeloen zijn opengebarsten als je ernaast had gegrepen.'

'Maar ik had hem toch?' zei Violet. Ze stompte hem op zijn arm.

Nino ging als eerste naar boven, daarna Violet en toen Charlie, die de ladder achter zich ophees.

> 'Oh, tell me, pretty maiden, are there any more at
>   home like you?'
> 'There are a few, kind sir, but simple girls, and
>   proper too.'

Het lied uit het theater klonk blikkerig, maar herkenbaar toen ze de laatste trap bereikten. Violet en Nino deden de deur op een kier – ze waren Charlie ergens onderweg kwijtgeraakt – en toen stonden ze in een gouden vertrek. Ingewikkelde ingelegde patronen bedekten de muren, van de marmeren vloer helemaal tot de nok van het hoge, gewelfde plafond, dat glansde in het zachtoranje licht van de opengewerkte muurkandelaars.

Violet hield haar adem in. Het vertrek baadde in een gouden gloed. Nino nam alles onzeker in zich op. De rijkdom maakte hen even verlegen tegenover elkaar. Ze probeerden allebei te doen alsof ze niet onder de indruk waren, maar ze wisten niets te zeggen om het bovenaardse van de ruimte te bagatelliseren. Ten slotte gebaarde Nino dat ze naar het lege kassahokje en de ingang moesten lopen.

Er was niemand die hen het theater uit zou kunnen sturen. Al het personeel zat naar de voorstelling te kijken, de grootste sensatie in New York sinds de eeuwwisseling een paar maanden eerder. Violet en Nino persten zich door een deur en stapten toen om paarse fluwelen gordijnen heen. Ze hield haar adem in toen ze naar binnen glipten achter honderden mensen die schouder aan schouder in de zaal zaten. Vóór hen in een zee van licht zagen ze het schitterende podium. En daar stonden ze, de zes volmaakt geproportioneerde Florodorameisjes met hun witte jurken met roesjes en zwarte sjerpen en grote hoeden met veren, ieder met een man in jacquet en met een hoge hoed op aan de arm.

'On bended knee, if I lov'd you, would you tell me what I ought to do,' zongen de vrouwen met stemmen als klingelende klokjes.

'Then why not me?' antwoordden de mannen.

'Yes, I must love someone, really, and it might as well be you!'

Het publiek barstte in luid gelach uit en applaudisseerde. Een groep zeelieden achteraan floot op de vingers.

De muziek uit de orkestbak zwol aan toen de Florodorameisjes een witte parasol openden en wegdraaiden van de mannen, waarbij ze hun rokken net hoog genoeg optilden om hun enkels te zien.

Violet keek even naar Nino, die in vervoering naar het toneel staarde. Het was warm in het theater door al die lijven en lichten, en de geur van tabak vermengde zich met iets droogs en schoons, zoals haar moeders gezichtspoeder.

'Waar gaat het over?' fluisterde Nino terwijl hij naar het toneel knikte.

'Mijn moeder zei dat het iets met parfum te maken had. Ik weet het niet,' zei Violet. 'Ze zitten op een eiland.'

'Laten we dáárheen gaan,' zei hij.

Violet wilde dat er geen eind aan de avond kwam; ze kon niet tegen Nino zeggen dat haar moeder haar bij het tehuis zou afleveren zodra de nieuwe dag was aangebroken.

'Ik weet niet wat ik anders met je aan moet, Vi,' had haar moeder gezegd terwijl haar ogen alle kanten op vlogen alsof ze een plek zocht waar je je kon verstoppen.

Violet had gestampvoet en geprobeerd zich te verzetten, maar toen ze naar haar moeders beschaamde gezicht keek, kon ze geen van de gemene dingen uit haar mond krijgen die ze had willen zeggen.

Ze zaten de rest van de regenbui uit in de lege zaal. In plaats van veertien waren ze nu met zes: het lelijke meisje Nettie met de lage haargrens en de platte scheve neus; de twee tienerjongens Patrick en William, wilde jongens die niemand schenen te kunnen misleiden; Frank met de grote oren; Hans, een jongere Duitse jongen die somber was, een pruillip had en weinig Engels sprak; en Violet.

De lutheranen hadden hun een lunch gegeven, en de vermoeide, wezenloze kinderen aten de dubbele boterhammen met ham en zoetzuur op de grond op. Mevrouw Comstock liet hen achter om de details met de plaatselijke tussenpersoon door te nemen. Een van de oudere jongens leunde tegen de muur en peuterde tussen zijn tanden.

'Het is waardeloos hier,' zei Patrick met zijn Ierse accent. 'Denk je dat we hier vastzitten als niemand ons neemt?'

'Ze moeten ons mee terugnemen,' zei William. 'Ons afzetten waar ze ons vandaan hebben gehaald en dan een schop onder onze kont geven.'

Violet zat met haar nog vochtige jurk de jongens gade te

slaan en ze overwoog of ze aan hun kant zou staan of niet.

'Ik heb gehoord van een jongen die hier is weggelopen en stiekem met de vrachttrein terug is gereden,' zei Violet.

'Wijs jij ons de weg?' daagde Patrick haar uit.

Violet haalde haar schouders op.

'Ze nemen ons niet terug,' zei Nettie. 'Denk je dat ze onze reis gaan betalen? Ze stoppen ons hier in een weeshuis. Of in de gevangenis.'

Frank hield op met kauwen. 'Ik heb een ma en een pa,' zei hij.

'We hebben allemaal wel wat,' zei Nettie.

De oudere jongens grinnikten.

'Jij zeker, Rosie,' zei Patrick.

'Ik heet geen Rosie. Ik heet Nettie.'

'Mij best, Rosie,' zei Violet, waarmee ze de jongens aan het lachen maakte.

Mevrouw Comstock kwam terug met flessen melk in haar handen.

'Wisconsin,' zei ze. 'We gaan door naar Wisconsin.'

Geen van hen wist waar dat lag, en het kon hun ook niets meer schelen.

'De tornado is niet tot hier gekomen, dus de treinen rijden weer.'

Mevrouw Comstock leek ouder en in de war, ontregeld. De uitwaaierende bloedvaatjes in haar gezicht waren duidelijker te zien en de huid onder haar ogen was opgezet en grauw.

Ze ziet eruit als een geplette hoed, dacht Violet.

'Hebt u kleine kinderen, mevrouw?' vroeg Nettie.

'Nee, hoor,' zei ze met een lachje. 'Ze zijn al groot. Maar ik zie jullie in zekere zin allemaal als mijn kinderen.' Ze depte met haar zakdoek haar ooghoeken droog. 'Ik vertrouw erop dat jullie allemaal een gezin zullen vinden.'

Violet omklemde haar bijbeltje, want het was het enige dat ze had. Het voelde beter om íéts te hebben dan helemaal niets.

'Ik heb een vader en een moeder,' zei Frank; hij nam de draad op waar hij hem had losgelaten.

'Die konden niet voor je zorgen, jongen,' zei mevrouw Comstock rustig. 'Ze deden wat het beste was.'

'Maar niemand heeft mij gekozen,' zei Frank. 'Ze zouden het niet hebben gedaan als ze hadden geweten dat ik niet werd gekozen.'

De anderen keken naar de grond, het plafond of hun handen.

'Ze hadden geen keus,' zei mevrouw Comstock ferm. 'Ze zijn veroordeeld tot het armengesticht. Je weet dat ze daar geen kinderen opnemen.' Haar stem werd minder resoluut en ze wist dat ze er niet op door had moeten gaan. De reis – haar derde voor de Aid Society, zo had ze hun verteld – had haar gesloopt. 'Kom, kom, kinderen. Verman je.'

Ze liep naar de deur en keek naar buiten; ze kneep haar ogen tot spleetjes tegen de zon, die nu scheen.

'Het regent niet meer. We kunnen maar beter op pad gaan nu het kan.'

Toen ze Wisconsin naderden, waren er meer heuvels en meer bomen en minder steden en er zaten minder mensen in de trein. Toen er reizigers uitstapten in Chicago en Rockford, werd hun plaats door slechts een handjevol nieuwe passagiers ingenomen. De wezen verspreidden zich in het lege rijtuig en mevrouw Comstock zat te slapen met haar muts scheef op het hoofd en haar armen om haar koffer geslagen.

Violet was opgejaagd en ongerust. Ze streek het verkreukelde nummer op haar borst glad en probeerde vervolgens het

vuil onder haar nagels vandaan te schrapen. Ze leunde voorover naar Patrick, die op de bank voor haar zat.

'Denk je dat dit de laatste stop wordt?'

Hij ging verzitten en keerde zich naar haar toe. 'Ik heb die
vrouw die alles regelt in die zaal tegen iemand horen praten.
Ze zei dat ze vanavond op weg naar huis zou zijn. Alleen.'

'Ze nemen ons niet mee terug,' zei Violet.

Hij schudde zijn hoofd. 'Ik moet zorgen dat ik ergens tewerk
word gesteld. Of een bank beroven of zo. Ik ben te oud voor
een weeshuis.'

Violet beet op haar lip. Zij was niet te oud voor een weeshuis.

'Er is niets aan te doen,' zei hij.

'En hij?' vroeg ze terwijl ze naar William, de andere oudere
jongen, wees. 'Waar moet hij naartoe?'

'Bemoei je maar niet met hem,' zei hij. 'Zo'n mooi meisje als
jij.'

Aan de andere kant van het gangpad begon Nettie te huilen.

'Kom op, Rosie.' Patrick grijnsde. 'Het valt wel mee.'

Nettie sloeg haar armen nog steviger om haar lichaam en
keerde haar gezicht naar het raam.

Hij grinnikte. Violet leunde achterover en door de slaperig-
heid vielen haar ogen dicht. Voor het eerst dacht ze: ik laat
het maar over me heen komen. Ze voelde zich als haar oma's
oude, verweerde schuur toen het dak eindelijk was ingestort
en op een hoop op de grond lag. Ze voelde zich doodmoe. Te-
ruggaan kon niet en nu ze vooruit ging, was ze niet meer wie
ze was geweest.

Hoewel ze in het lege rijtuig allemaal een eigen plaats hadden gevonden, kwam Frank naar Violet toe en liet zich naast
haar op de bank vallen.

'Wie heeft jou uitgenodigd?' vroeg ze.

Hij trok aan zijn rood wordende oor en trapte tegen de bank.

'Het is goed,' zei ze. 'Je mag hier zitten.'

'Ik ga met jou mee. We zouden met de vrachttrein terug kunnen gaan, zoals jij zei.'

'Wat heb ik aan jou?' Ze zei het zachtjes, zonder stekeligheid. 'We zijn maar kinderen,' zei ze om haar woorden wat te verzachten.

Hij knikte en krabde aan een ovale mosterdvlek op zijn broek.

Een paar plaatsen verder mompelde de jongen die Hans heette iets in het Duits.

'Ssst, kind,' zei mevrouw Comstock. 'Er wonen in deze streek Duitsers. Wees maar niet bang.'

Maar hij begreep haar niet en bleef in zichzelf praten.

Violet neuriede het liedje uit 'Florodora' en Frank lachte een beetje.

'Ik ken dat liedje,' zei Nettie, die zich van het raam afwendde. 'Dat is het liedje van de maagden.'

'Wie vroeg jou wat?' zei Violet, blij dat ze iemand had om gemeen tegen te doen.

De avond waarop ze het theater waren binnengeslopen, had Nino haar in haar zij gepord en zijn elleboog op en neer bewogen – er bungelde een horloge uit de zak van de man aan het eind van de laatste rij, vanaf hun plaats bezien, dat goed uitkwam in het licht van het toneel en als een gouden jojo heen en weer zwaaide. Violet wilde geen seconde van de voorstelling missen, maar een kans was een kans.

'Als ze weer gaan klappen,' zei hij. 'Bereid je voor.'

Toen het publiek bulderend applaudisseerde, rukte Nino,

die al achter de stoel van de man gehurkt zat, het horloge uit de klem. Violet was het eerst weg, door de gordijnen en deuren de hal in en toen als een speer de voordeur door. Nino scheurde achter haar aan, de koude avondlucht in, waar het nu wemelde van de theaterbezoekers die al uit een voorstelling waren gekomen. Violet rende, sloeg haar benen ver naar achteren uit en hoorde niets anders dan het geluid van haar adem en het getrommel van het pulserende bloed in haar oren – ze lachte, liep tegen zwaaiende rokken aan. Nino moest zijn best doen om haar bij te houden terwijl ze over Broadway vlogen, de trams naar en van het centrum ontwijkend, en de huurrijtuigen die in een rij klaar stonden om de chique mensen onopgemerkt naar huis te brengen.

Ze liepen zuidwaarts; de menigte dunde uit en de nachtlantaarns verspreidden troebelgele poelen van licht. Nino gooide Violet het horloge toe. Het lag als een rivierkei in haar hand, koud en glad gesleten.

'Ollie neemt het wel,' zei hij. De leider van zijn krantenwijk was een bereidwillige afnemer van gestolen goederen.

'Hoeveel krijg je ervoor?'

'Ik weet het niet. Eén dollar. Twee.'

Violet hield het horloge bij haar oor, waar het zacht en aanhoudend tikte. Terwijl ze het bij de ketting vasthield, zwaaide ze het terug naar Nino.

'Misschien moet je het houden,' zei ze.

'Wat moet ik met een horloge? Ze zouden het toch maar van me stelen.'

In de verte kwam de paardentram van de Fourth Avenue – een van de laatste paardentrams in de stad – tussen de gebouwen door in het zicht en verdween weer. Elektrische trams en auto's waren een verbluffende ontdekking geweest toen zij en haar moeder voor het eerst in de stad kwamen. In Kentucky was het zo dat als iets niet getrokken werd, het niet bewoog.

Violet wist niet waar ze waren, maar toen ze oostwaarts liepen, zag ze de spitsen van de nieuwe brug die in aanbouw was. De rivier was haar oriëntatiepunt en ze wist dat ze hem altijd terug kon volgen naar de buurt.

Toen ze bij Pearl Street kwamen, stond Nino stil. Dronken mannen bewogen zich hortend en zwaaiend over de stoep en een stelletje prostituees met witte schouders en scheve, rode monden stond voor een café te krijsen.

'Ik moet hier afhaken. Ga effe bij Ollie langs,' zei Nino.

'Ja,' zei ze.

Nino kauwde op zijn zwarte duimnagel en maakte toen een paar schijnboksbewegingen in Violets richting.

'Tot kijk,' zei hij. 'Ik koop wel een gazeuse voor je. Van onze buit.'

Hij lachte, stopte zijn vuisten diep in zijn zakken en draafde weg.

Een paar krantenjongens die ze niet kende kwamen haar kant op. Ze stonden stil en probeerden haar van de stoep af te dwingen, maar ze gaf geen duimbreed toe. De jongens duwden en gaven haar een por, maar Violet duwde terug. Een oudere jongen, met een paar fijne zwarte haartjes op zijn bovenlip, greep haar arm beet en zette er door de mouw van haar jas heen zo hard hij kon zijn vingers in.

'Ik zou iets met je kunnen beginnen,' zei hij, dicht bij haar oor. 'Een meisje is nu eenmaal een meisje.'

Ze wrong zich los en spuugde naar hem. De jongens floten, brulden van het lachen en liepen langs haar heen.

Violet had de rivier geroken; de zure, ziltige geur bood haar troost. Ze was op de stoeprand neergeploft, had de mouwen van haar jas opgestroopt en viste een steentje uit haar laars.

Klaar om weg te rennen.

Iris

Het was een hete zomerdag geweest en toen de warme, trage avond was aangebroken, met de geur van vochtige aarde en geoogste tarwe om hen heen, zat Iris met haar ouders limonade te drinken om de keukentafel, terwijl ze luisterden naar een radioverslag over de verdwijning van Amelia Earhart. Iris was enorm geboeid. Men was een week eerder het radiocontact met het vliegtuig kwijtgeraakt toen het zich boven de Stille Zuidzee bevond, maar een grootscheepse zoektocht had nog geen teken van het wrak of de lichamen van de vliegenierster en haar navigator opgeleverd. Ze zag hen voor zich op een strand, verwaaid en gebruind, uit kokosnoten drinkend.

'Dood,' zei haar vader. 'Natuurlijk zijn ze dood. Het is irrationeel om iets anders te denken.'

'Ze hebben het vliegtuig nog niet gevonden,' zei Iris. 'De verslaggever zei het zelf. Ze kunnen op een van de eilanden geland zijn.'

'Misschien was het maar vals alarm,' zei haar moeder. 'Misschien werd ze het zat Amelia Earhart te zijn en veranderde ze van naam en verhuisde ze naar Kansas.'

Iris keek haar moeder fronsend aan. 'Ze was beroemd! Waarom zou ze naar Kansas verhuizen?'

'Dacht je dat ze haar niet zouden herkennen?' vroeg haar vader.

'Als je haar zonder die rare kleren zou zien en zonder dat er ergens een vliegtuig te bekennen was, zou jij ook niet weten wie ze was.'

'Pfff,' zei hij terwijl hij moeizaam overeind kwam. De oogst had zijn jaarlijkse tol van zijn lichaam geëist.

'Er verdwijnen de hele tijd mensen,' zei haar moeder.

'Er is echt een steekje bij je los. Misschien is de warmte in je bol geslagen.'

Haar moeder dronk van haar limonade. 'Misschien.'

''k Ga naar buiten met m'n pijp,' zei hij. Na slapeloze weken van onophoudelijk als een bezetene oogsten en vechten tegen het weer, de groei van de gewassen en de fluctuerende markt-prijzen was hij uitgeput en bedachtzaam. Het was een goede opbrengst geweest, beter dan die van vorig jaar, en hij gunde zichzelf een avond zonder werk. Hij zou hun lange oprit af lo-pen en dan tussen de bomen door afslaan naar de rivier om daar te roken.

'Als je terugkomt, is er pondscake,' zei haar moeder. 'Aard-beien van Wilson.'

Hij knikte en lachte haar toe.

Iris liep naar de rand van de akker bij het laatste licht – met een verblindende oranje zon in haar rug. Ze wist dat Amelia Earhart niet dood was. Ze werd gewoon vermist. En wanneer je vermist werd, was er altijd een kans dat je gevonden werd. Iris keek uit over het stoppelveld dat nog geploegd moest worden; de onmetelijke vlakte werd alleen onderbroken door de gereedschapsschuur en een rij populieren. Ze plukte wat loof van de wortelen in de wei bij de schuur. De afgeplukte stelen in haar hand roken vaag naar wortelen. Ze was van plan ze in een pot te zetten voor op haar moeders venster-bank boven de gootsteen. Maar toen ze bij het huis kwam, hoorde ze iets zeldzaams: haar moeder zong, en ze liet haar ruige boeketje op de stoep achter. Ze trok de deur zachtjes open en trof haar moeder aan in de huiskamer, waar ze met de naaidoos geopend aan haar voeten een schort zat te verstellen.

'*Oh, tell me, pretty maiden, are there any more at home like you?*' zong ze zachtjes, terwijl haar naald heen en weer schoot door het verbleekte katoen. Ze keek op toen Iris binnenkwam; haar gezicht was even jong en open voordat haar wangen kleurden en haar gezicht zich sloot. 'Ik dacht dat je buiten was.'

'Ik vind het leuk als je zingt.' Iris liet zich op de bank naast haar vallen.

'Heb je de kippen gevoerd?'

'Denk je echt dat ze nog ergens leeft?'

'Iris.'

'Ik ben het vergeten. Ik zal het gaan doen.'

'Voordat je vader terugkomt.'

'Goed.' Iris zuchtte.

'Hij heeft gelijk. Haar vliegtuig is vast verongelukt en in zee terechtgekomen.'

Iris voelde dat ze zou gaan huilen; haar ogen waren heet van woede.

'En toch blijf ik hopen. Het kan me niet schelen wat jullie zeggen.'

Ze rende naar buiten en liet de hordeur met een klap achter zich dicht vallen. Ze rende zo snel ze kon door naar de akker en probeerde zich voor te stellen hoe het zou zijn om te vliegen, net als in dromen, om niets anders te horen dan het gesuis van de wind en de wereld onder je klein te zien worden.

Het was middernacht toen Iris met een schok wakker werd. Ze had niet gedroomd dat ze vloog, maar dat ze viel, en ze was blij dat ze wakker was. In het huis naast haar hoorde ze muziek. Het liedje kwam haar bekend voor, een jazzy wijsje uit een tijdperk dat ze kende. Haar hoofd was net een natte dweil, maar ze concentreerde zich op de muziek en neuriede mee, tot ze wist wat het was. Natuurlijk. 'Whatever Lola wants,' zong Iris met een slaperige, schorre stem, 'Lola gets.' Zij en Glenn hadden de plaat van de musical Damn Yankees gedraaid in hun eerste flat op de negentiende verdieping van een hoog flatgebouw aan Michigan Avenue. Als hij in zijn regenjas en gleufhoed uit zijn werk kwam – hij was toen nog maar kandidaat-notaris – wachtte zij hem op met een gevulde ijsemmer, een gehaktbrood in de oven en een glimmend geboende tafel. Hij was een knappe vent, dacht Iris nu. Lang, met donker krullend haar en rustige, bruine ogen. Er waren zeven jaren verstreken sinds de scheiding. Ze dacht nu met genegenheid aan Glenn. Hij had haar gegeven wat ze dacht te willen hebben.

Door de muur hoorde ze het getinkel en geknerp van brekend glas en ze dacht terug aan de arme Stephen die in een handdoek op de gang had gestaan. Iris stond enigszins wankel op – ik zal gauw genoeg slapen, dacht ze – en hulde zich in haar ochtendjas. Ze wilde niet met lege handen aankomen en de keus viel op de schaal met frambozen (sorry, Samantha) en een halve fles wodka, die ze nooit leeg zou drinken.

Iris klopte luid en klopte toen nog eens, totdat de muziek zachter werd gezet en ze voetstappen hoorde, en een korte pauze bij de deur.

'Irene?' Stephen trok de deur een eindje open. 'Staat het te hard? Hou ik je wakker?'

Hij had een martiniglas in zijn hand, maar zo te ruiken was het niet zijn eerste drankje. Hij had een grijs joggingpak aan en zijn haar hing steil en fijn omlaag nu de troep die hij er meestal in smeerde er niet in zat. Het was de eerste keer dat ze hem slonzig zag. Ziehier de onversierde Stephen, dacht ze. Hij had net zo goed naakt kunnen zijn.

'Ik dacht dat je misschien wat gezelschap zou willen hebben,' zei ze doortastend.

Stephen wist – terecht – niet goed wast hij aan moest met zijn oude buurvrouw die in haar ochtendjas en blootsvoets op zijn drempel stond, en hij wilde haar net wegsturen toen ze hem voor was.

'Je bent me nog wat verschuldigd.'

Hij lachte met een rood, vochtig gezicht en trok zijn deur open met een gebaar van 'wat kan het mij ook schelen'.

'Wat een brutale meid ben jij,' zei hij met een beetje dubbele tong.

'Ik ben nog nooit een meid genoemd,' zei ze.

'Nee? Beschouw het maar als een compliment.'

Ze liep de huiskamer in – ze had... ja, wat had ze verwacht? Spiegels, afbeeldingen van dieren, een discobol? De inrichting was modern maar warm, met tinten blauw en donkerbruin. Op de salontafel brandde een rij grote witte kaarsen. Ze stak hem de frambozen en wodka toe. Hij zette zijn glas op de schoorsteen – zij had haar open haard nog nooit gebruikt – en nam haar gaven in ontvangst.

'Wat kan ik voor je inschenken?'

'Een beetje wijn zou wel lekker zijn.'

Stephen liep de keuken in en maakte allerlei geluiden. Iris ging in een van de leren fauteuils zitten die tegenover de bank stonden. Toen hij terugkwam, overhandigde hij haar een glas gekoelde witte wijn en stak opnieuw een kaars aan die uitgewaaid was.

'Heb je je horloge nog teruggekregen?' vroeg ze terwijl ze een slok nam.

Boos en met toegeknepen ogen keek hij haar aan, hij zwaaide een beetje op zijn voeten.

'Die jongen. Op de gang,' zei ze.

'Ah,' zei hij terwijl hij zich op de bank liet vallen. 'Nee, dat is mijn verdiende loon, denk ik. Omdat ik zo'n eenzame zielenpiet ben.' Hij lachte en stopte een framboos in zijn mond. 'Hoe oud schat je me?'

'Ik weet het niet. Tweeëndertig misschien?' loog Iris.

'Veertig! Ik ben veertig. Ik weet ook niet hoe ik dat moet verwerken. Sorry, ben ik onbeleefd? Ik weet dat jij veel ouder bent. Maar ik voel me gewoon niet zo. Ik voel die jaren niet.'

'Dat doet niemand,' zei Iris.

Hij ademde uit en schudde zijn hoofd. Ze zaten een poosje zonder iets te zeggen, en de muziek was een zacht gemurmel onder hun zwijgen. Eerder al had Iris tien tabletten Roxanol opzij gelegd; ze wist zeker dat dat genoeg morfine was om een hartstilstand te veroorzaken. Het luchtte haar op een plan te hebben. Het gaf haar rust wanneer ze aan die pillen dacht.

'Zo,' zei Stephen.

'Zo,' zei Iris.

'Aangezien ik dronken ben, ga ik het je vragen.'

'Wat ga je vragen?'

'Ben je ziek of zo?'

'Kanker.'

'Nee.'

'Ja.'

'Is het ernstig?'

'Nogal.'

'Je hebt in elk geval je haar nog.'

'Dat wel, ja,' zei ze en ze hield het koude wijnglas tegen haar wang. 'Ga je ergens heen?' Ze wees naar een grote koffer in de hal.

'Een paar weken. Ik ben in geen jaren op vakantie geweest. Ik ga naar mijn moeder in Pennsylvania. En dan door naar Provincetown.'

'Fijn voor je,' zei Iris, in de trieste wetenschap dat ze Stephen nooit meer zou zien.

'Ik zal je een kaart sturen,' zei hij. Hij dronk zijn glas leeg. 'Vanuit het Poconogebergte.'

Iris glimlachte en duwde zichzelf naar de rand van de stoel. Haar lichaam deed zeer, haar hoofd voelde gezwollen.

'Het is toch niet te geloven dat we vijf jaar lang aan weerszijden van dezelfde muur hebben geleefd,' zei ze terwijl ze opstond.

'Ik ben blij dat ik eindelijk kennis met je heb gemaakt, Irene.'

Ze draaide zich om.

'Iris heet ik.'

Stephen sloeg zijn hand voor zijn ogen.

'Iris,' zei hij. 'Leuk dat ik je nu ken, Iris.'

'Fijne reis, Stephen.'

Toen ze weer in bed lag, sloeg Iris haar boek open – ze was de jongen in de bibliotheek dankbaar dat hij het voor haar had gekozen. Wat een genot was het om ingewijd te worden in de complexe kronkels van het innerlijk van de personages, haar gevoelens in die van hen te herkennen. Ooit zou het misschien frustrerend of zelfs irritant voor haar geweest kunnen zijn, dat stilstaan bij stemmingswisselingen, maar misschien was dit uiteindelijk waar het leven uit bestond.

Het was stil naast haar. Ze hoopte dat het beter zou gaan met Stephen, dat hij tevreden zou worden, liefde zou vinden zelfs. En in deze nieuwe, grootmoedige stemming nam ze een Ambien en zette haar wekker. Samantha zou morgen komen en dat maakte haar blij.

Iris kon nog niet zeggen dat ze zich helemaal had verzoend met haar diepste gevoelens, maar ze kon wel zeggen: dit ben ik, zonder afscherming, zonder wijsheid achteraf, zonder reserves. Meer kun je eigenlijk niet willen, dacht ze. Het was genoeg.

Sam

Met haar oma's brief nog in haar zak voelde Sam een nieuwe besluitvaardigheid terwijl ze snel door de stad reed om Ella op te halen. Maar het verkeer in Regent Street stond vast tot aan Park Street. Ze sloeg met haar handen op het stuur. Het was al zes minuten over vier, ze was aan de late kant. Hoe kon een stad die zo klein was als Madison zo veel fietsenwinkels nodig hebben? Een groepje studentes met spijkerbroeken, hooggehakte schoenen en strakke truitjes aan strompelde gearmd voor haar auto langs. En waarom droegen de Coasties nooit jassen?

Het verkeer kwam in beweging, Sam gaf gas en sloeg nog net door oranje linksaf Monroe Street in; haar handpalmen lagen klam op het stuur. In Jefferson Street gierden haar remmen toen ze slippend tot stilstand kwam voor Melanies huis.

'Dag,' zong Sarah, toen ze de deur opendeed met Ella op haar heup. 'Melanie is even naar de slijter. Ze zei dat ik je moest vragen te wachten.'

Maar Sam luisterde niet. Ze rukte Ella uit Sarahs armen – de herkenning op het zachte, volmaakte gezichtje, de lach op die speldenkussenlipjes, was voldoende om haar, nu ze haar kind stevig vasthield, heel even een gevoel van geaardheid te geven.

'Dadadadada,' zei Ella en ze trok aan Sams haar.

'Dankjewel,' zei Sam tegen Sarah. 'Wacht, ik zal je even betalen.'

'O, dat is al goed. Dat heeft Melanie geregeld.'

Binnen riep Rosalee zangerig: 'Sa-rah.'

'O, mooi. Nou, nogmaals bedankt.' Sam draaide zich om. Ze drukte Ella koesterend tegen haar borst.

'Kom nou even binnen. Melanie komt zo.'

'We moeten gaan.'

'Sarah! Kom nou hier!' riep de peuter.

'Ik kom eraan, Rosa. Wacht,' zei ze tegen Sam, 'ik zal je spullen even halen.'

Ze liep op een drafje naar de keuken en kwam met een rood en jong gezicht terug met de luiertas.

'Tot gauw, kleine meid,' zei Sarah tegen Ella terwijl ze haar wang even aaide.

Rosalee stoof de hal in en gleed op haar sokken tegen Sarahs benen aan.

Sam zwaaide snel en liep naar de auto. Ze gespte Ella in haar autozitje en kuste haar op het voorhoofd en op de zachte bloemblaadjesmond terwijl haar borsten opzwollen van de melk en harde heuvels op haar borstkas werden. De zon was al verdwenen en de avondschemering, die in de herfst al kou meenam, was onvriendelijk en grijs.

Maar ze had haar kind terug.

'Wat dacht je ervan, kleintje,' zei ze. 'Zullen we maar eens naar huis gaan?'

Onder het rijden keek Sam in haar achteruitkijkspiegel naar Ella's spiegelbeeld. Ella zoog op haar fopspeen en keek naar de straatlantaarns. Ze droeg het lichtgele truitje dat Sams oma nog had gebreid. Haar leven kwam weer in beeld.

'Ik zat te denken aan wat je eerder zei,' zei Theo. 'Over adoptie.'

'Sorry, ik had niets moeten zeggen,' zei Sam terwijl ze om het Mononameer heen reed, dat verlicht werd door de laaghangende maan.

'Geeft niet. Ik denk dat wanneer het erop aankomt, ik eigenlijk niet zo nodig een kind hoef,' zei hij. 'Niet dat ik dat ooit aan Cindy heb bekend.'

Sam moest weer aan haar vriendin Mina denken, die draagmoeder voor haar homoseksuele broer was geweest, en ze voelde een steek van jaloezie bij de gedachte aan zo'n hechte band tussen broer en zus. Als je zo veel van iemand hield dat je hem je pasgeboren kind gaf – want hoe kon dat nu niet als het jouwe voelen?

'Je weet het pas wanneer je er een hebt,' zei ze.

Het was vreemd om zich de tijd vóór Ella voor te stellen, toen ze dit gevoel nog niet kende, deze kolkende mengeling van bezorgdheid, behoefte, verlangen, vreugde, hechting, wrok, verwarring en obsessie – deze verpletterende liefde.

'Ja. Maar me dunkt dat je dan nogal een risico neemt. Ik zou misschien net zo zijn als die vrouw die haar geadopteerde kind teruggaf.'

'Daar heb ik over gelezen.'

'En ik weet zeker dat je haar daarom veroordeelde.'

'Je hebt gelijk, dat doe ik ook,' zei Sam.

Toen ze langs de natuurvoedingswinkel reed, dacht ze aan alles wat ze niet meer in huis had, en ze probeerde niet over de dag na te denken, er geen betekenis uit te peuren.

'Ik ga die brief onderzoeken. Proberen meer over oma te weten te komen. We zouden zulke dingen over onze familie moeten weten.' Ze voelde een ruk aan een koord diep binnen in haar, een verbinding met familiebanden waarvan ze niet had geweten dat ze die miste.

'Eropaf, Sherlock.'

'Jij bent degene die papa's stamboom heeft uitgezocht. Inclusief een met kleurpotlood gekleurde boom.'

Theo lachte. 'Heb je hem al gesproken?'

'Nee. Maar ik ga hem bellen. Echt.'

'Ja,' zei Theo. 'Meteen nadat je de dakgoten hebt schoongemaakt.'

De scepsis van haar broer was niet onterecht, maar ondanks haar eerdere arrogante houding wilde ze haar vader wel zien. Het moest nu maar eens uit zijn met die kinderlijke vooroordelen. Ze waren tijdverspilling.

'Zeg, wat gaan jullie met Thanksgiving doen?' vroeg ze.

'Naar het huis van Cindy's broer in Arlington.'

'Klinkt niet geweldig.'

'We moeten binnenkort eens iets afspreken, Sammy. Het is al te lang geleden.'

Het gebeurde ongeveer één keer per jaar. Ze besloten dan hun band te verstevigen en een maand later was het sentiment vervlogen.

'Dat doen we,' zei ze.

'Deze keer echt.'

'Ja, je kunt op me rekenen. Hé, Theo?'

'Ja?'

'We gaan mama begraven.'

'We gaan mama begraven,' zei hij.

Sam voelde hoe ze overeind veerde, ze voelde zich zelfs optimistisch worden – ze gleed over een stalen spoor naar huis. Ze keek om naar Ella – haar nieuwsgierige gezichtje was steeds even zichtbaar in het licht van de straatlantaarns.

'Kijk in je agenda. Dan prikken we een datum.'

'Goed, zus van me.' Theo geeuwde. 'Ik moet maar eens gaan. Een liefdadigheidsvoorstelling waar Cindy me mee naartoe sleept.'

'Voor welk doel?'

'Iets met kinderen en nog wat.'

'Leuk, Theo.'

'Kom op, zeg. Ze krijgen hun geld.' Hij lachte.

Toen Sam hun straat in reed, voelde ze zich prettig bij de aanblik van de bewoonde huizen die dicht opeen stonden en warm verlicht waren – het was etenstijd – en door de geur van eikenhoutachtige rook uit de houtkachel van haar buurman en de knipperende gekleurde lichtjes om Teds veranda, die hij na de vorige kerst niet had weggehaald.

Ze hield de luiertas in haar ene hand terwijl ze met de andere Ella tegen zich aan hield en ze stapte voorzichtig de donkere treetjes naar haar huis op. Ze stak de sleutel in het slot en schopte de deur open. Het rook binnen nog heerlijk naar pondscake. Ze waren thuis.

Het rode lichtje van het antwoordapparaat knipperde.

'Dag Samantha. Ik ben het, papa. Marie en ik komen binnenkort bij jou in de buurt en we zouden heel graag even bij je langs willen komen. Als jullie dat goed vinden, natuurlijk. Over een week of twee? We doen nog een paar plaatsen hier in Canada aan en zakken dan af naar het zuiden. Nou, goed dan. Bel me wanneer je in de gelegenheid bent. Geef mijn kleindochter een kusje van me.'

Sam liet met een zucht de lucht uit haar wangen lopen. Ze had jaren met haar vader verloren laten gaan, om redenen die er niet veel meer toe deden. Ze zou hem de volgende ochtend bellen. Het was een begin.

Toen ze Ella een schone luier had gegeven en haar in haar pyjamapakje met dino's had gestoken, zette Sam haar in de lelijke plastic stellage met regenwoudthema die de Jumperoo heette, en trok toen eindelijk haar jas uit. Ella kauwde op een plastic toekan en danste op en neer in het aan elastiek opgehangen zitje.

Jack kwam even later; zijn kastanjekleurige krullen hingen over zijn oren en er zat een vlek voor op zijn trui – erwtensoep? Zijn ogen stonden moe, maar zodra hij binnenkwam, klaarde zijn gezicht op toen hij Ella enthousiast zag springen. Sam voelde de warmte van vertrouwdheid, maar het was meer. Ze had hem gemist.

'Sorry dat ik zo laat ben,' zei hij; hij zette de tassen met eten op tafel en schudde zijn jas uit, waarna hij hem over de rugleuning van een stoel hing. Zijn lippen die haar wang kusten waren koud. Hij liep naar Ella en tilde haar de lucht in, hij gooide haar omhoog tot ze giechelde. 'Hoe is het met mijn meisjes?'

'We hebben het gered,' zei Sam. 'Ella heeft zich fantastisch gehouden.'

'En jij?'

'Ik kon het niet.'

Jacks ogen stonden donker en zacht, zoals ze ze lang geleden altijd zag. Haar hart sloeg als dat van een opgejaagd dier en ze raapte al haar moed bij elkaar.

'Ik ga de opdracht van Franklin annuleren.'

Jack liet teleurgesteld zijn hoofd zakken.

'Ik zal hem morgen bellen om me te verontschuldigen,' zei ze.

Hij tuitte zijn lippen, maar knikte toen. 'Goed. Je moet doen wat je moet doen.'

Hij zette Ella op het kleed en ze kroop weg om een speelgoedkonijn te gaan pakken.

'Ik ben er gewoon nog niet aan toe,' zei ze.

'Het is een proces. Het kost tijd. Je hebt een grote pauze genomen om een nieuw leven te creëren.'

Ja, dacht ze, ik heb een leven gecreëerd. En ik heb ook een leven beëindigd.

'Misschien is die fase voorbij, ik weet het niet.' Ze meende het niet echt, maar ze wilde het idee proeven, het over haar tong laten rollen.

'Fase?'

'Klei. Potten.'

'Sinds wanneer is je kunst een fase?'

Dankbaar lachte ze hem toe. 'Je hebt gelijk. Ik ben gewoon een slappeling.' Ella slaakte een hoge gil – ze was aan het experimenteren en lachte naar Sam. 'O ja, voor ik het vergeet, ik heb Ted vandaag gesproken.'

'Nog snippers informatie voor me?'

'Zijn vader was wetenschapper in Los Alamos. De waterstofbom.'

'Leuk. Wow. Hippie Ted met een bommenmaker als vader. Da's een goeie.' Jack pakte Ella op en zette haar op zijn schoot. 'Heb je trek? Ik wist niet meer wat je wou hebben, dus toen heb ik maar gegokt. Zomaar wat genomen.'

Ze voelde zich even gepikeerd – ze bestelde altijd hetzelfde – maar, zo zei ze vermanend tegen zichzelf, het was geen ramp. Het was niet symbolisch of beladen of weggestopt in een hoop wrok. Het was maar eten.

'Ik stop Ella even in bed,' zei ze.

'Welterusten, pompoentje.' Hij kuste haar overal op haar gezichtje terwijl ze lachend kronkelde in zijn armen. 'Ik heb je gemist vandaag. Slaap lekker. Laat mama vannacht slapen.'

De donkere kamer was een warme cocon; de rolgordijnen waren omlaag en de zachte luchtstroom van de bevochtiger dempte de geluiden van het huis en het lawaai van buiten. Sam schommelde in de schommelstoel die van haar moeder was geweest terwijl Ella dronk en bijna sliep. Sams ogen stelden zich op het donker in en zo kon ze nog net de letters van Ella's naam op de muur onderscheiden, die Jack had gekocht en in een boog boven haar wiegje had aangebracht.

'Wil je het kind naar je moeder vernoemen?' had hij gevraagd toen ze op een avond rustig in bed lagen, een paar weken nadat Iris overleden was.

'Nee,' had ze snel gezegd. 'Iris was Iris. Ik vind onze naam leuk.'

'Ik ook.'

Sam pakte Ella op en legde haar aan de andere borst. De olifanten van het mobile boven haar wiegje draaiden doelloos in de droge lucht die uit de verwarming kwam. Ze deed haar ogen dicht en luisterde naar het zachte gekletter van borden terwijl Jack de tafel dekte voor het avondeten.

'Wat is dit allemaal?' vroeg Jack. Hij hield een appel van klei in zijn hand die ze op de kleuterschool had gemaakt.

'Een doos die Theo heeft opgestuurd. Van mijn moeder. Mijn vader vond hem in zijn garage. Hij had hem na de scheiding per ongeluk meegenomen.'

'Je vroege werk?' Jack trok een wenkbrauw op en hield de appel in de lucht.

Ze glimlachte, pakte een gekookte sojaboonpeul uit de bak

en drukte er met haar tanden de bonen uit. Hij legde de appel op de tafel naast de andere aandenkens die ze eerder die dag had bekeken.

'Ik ben er bijna doorheen. Ik wou dat ik meer op Theo leek en het allemaal los kon laten.'

'Nee, dat wou je niet.'

'Nee, dat wil ik ook niet.' Ze sopte sojasaus op met een stukje pittige tonijnrol en zoog de zoute vloeistof uit de rijst. 'Nou,' zei ze, 'gefeliciteerd.'

Glimlachend schudde hij zijn hoofd. 'Het is raar, hè? Niet dat het al iets is. Maar ik ben wel blij.'

'Ik ook.'

'Helaas moet ik vanavond een enorme stapel werk nakijken,' zei hij terwijl hij opstond en zich uitrekte.

'Jack?'

'Mmm?'

'Ach, nee. We kunnen het er later over hebben. Ga maar aan het werk. Het is een lange dag geweest.'

Hij kuste haar op haar hoofd.

Toen hij weg was en ze weer alleen was, schoof Sam de piepschuimen etensbakjes aan de kant. Ze sloeg de kleine bijbel open en ging met haar duim langs de randen van de flinterdunne bladzijden in de hoop dat ze nog iets zou vinden, een nieuwe aanwijzing. Het boek viel open bij een opgevouwen vierkant lichtblauw papier; het was bij de vouw geel verkleurd en er was bij een van de randen een stukje afgescheurd. Ze hield het tere papier omhoog en keerde het om, maar het enige dat erop stond was een heel vaag, met de hand geschreven cijfer acht. Ze bladerde de bijbel nogmaals door, maar er zat verder niets in.

Sam schoof haar oma's recepten bij elkaar, die ze in een rommelige stapel had laten liggen toen ze de brief had ontdekt. Ze stapelde de kaarten een voor een op, en ja hoor, na 'Perzik met Chartreuse' vond ze hem: Pondscake. De maten waren in *cups* gegeven – dat zou haar zeker hebben geholpen – en in het recept stond dat je tien eieren nodig had. Ze had in de buurt gezeten. Onder aan de kaart stond een aantekening: 'Vanille en snufje foelie toevoegen.' Van haar oma op haar moeder op haar overgegaan. Sam glimlachte; die simpele voortzetting gaf haar het gevoel dat het klopte. Ze ging met haar vinger over het handschrift van haar oma en legde de kaart opzij.

Ze keerde de doos om op de tafel en het restant van de door Iris bewaarde spullen vormde een kleine, stoffige hoop. Natuurlijk had ze een talisman of een dagboek of een veelzeggend verslag van haar moeders leven in de doos willen vinden, en natuurlijk vond ze niets van dat alles. Maar afstand doen van wat er nog over was, kon ze ook niet. Een paar Franse centimes en franken rolden over de tafel. Een ansichtkaart met een gebarsten plaatje uit Zürich – de tekst was tot een onleesbare schaduw verbleekt. Een foto van Sam op vierjarige leeftijd, vermoedde ze, met een gestippeld jurkje en tweekleurige schoenen aan en Theo in de tienerleeftijd met haar dat tot over zijn oren uitwaaierde terwijl hij voor een kerstboom stond, en nog een foto van hen vieren. Iris had haar gezicht van de camera afgekeerd en Glenn droeg een das met zuurstokstrepen. Een foto ergens uit de jaren vijftig van haar ouders – waarschijnlijk net getrouwd – in de huiskamer van de oude boerderij waarin Iris was opgegroeid. Zijn hand lag op haar knie. En nog een, van later, van Theo op ongeveer tienjarige leeftijd met een bruine ribbroek en een coltrui aan; hij boog zich lachend voorover naar een varken achter een hek.

De laatste foto was van haar oma die voor een geploegde ak-

ker stond met een in een doek gewikkelde baby – Sam – slapend in haar armen. Dus ik ben toch in Minnesota geweest,
dacht Sam. Ze hield de foto dichterbij; haar oma's gezicht, gehard en verweerd, keek met toegeknepen ogen tegen de zon in.
Een praktische vrouw. Een boerin. Bijna zestig jaar lang had
ze voor het huis, een man, een kind, de kippen en de inmaak
gezorgd. Wie was ze voordat ze mevrouw Olsen werd, toen ze
nog gewoon Violet was? Sam draaide de foto om: 'Moeder en
Samantha, september 1967.' De foto gaf Sam een warm gevoel.
Hij stond voor geschiedenis en continuïteit, voor geleefde levens, voor levens die nog geleefd moesten worden. Ze haalde
de brief uit haar zak en deed hem onder een magneet op de
koelkast, samen met de foto.

'Nou, je klinkt vrij normaal,' zei Melanie. 'Uit wat Sarah me
vertelde begreep ik dat er een gekkin was langsgekomen om
Ella op te halen.'
    'Sorry, maar het was een zware dag voor me.'
    'Ik weet het. Ik snap het niet echt, maar ik weet het. Jee, wat
is het hier koud. Wacht even. Ik zet de verwarming even op
24.'
    'Zal ik eens raden? Doug zet hem stiekem lager en dan zet jij
hem weer hoger.'
    'Bingo. Maar hij geeft het het eerst op. Ik vind het zo verve-
lend dat het alweer koud is. Als ik er alleen al aan dénk hoe
mijn buren met rode wangen hun auto vrolijk uit een halve
meter sneeuw staan te graven, krijg ik al zin om de wodka tevoorschijn te halen.'
    'Bedankt voor vandaag.'
    'O, dat is wel goed, hoor. Ik ben egoïstisch, weet je nog? Ik
wacht gewoon op het juiste moment om nieuw serviesgoed

bij je te bestellen. Nou, moet ik tegen Sarah zeggen dat ze Ella door de week krijgt, of wat wil je? Sarah vond haar enig. Ze zei dat ze allebei de kinderen gemakkelijk aan kon.'

Sam beet op haar wang. 'Daar moet ik over nadenken. Misschien één ochtend in de week?'

Melanie moest lachen. 'Niet meteen zo wild hoor, Samantha.'

'Babystapjes.' Op de achtergrond hoorde Sam Rosalee 'mama, mama, mama,' zeggen. 'En wat kunnen we meenemen als we komen eten?' vroeg Sam.

'Wanneer beginnen ze voor zichzelf te zorgen?' zei Melanie. 'Niets. Ik haal eten bij Harvest. Je dacht toch niet dat ik zelf ging koken? Hé, maar ik moet nu aandacht aan het kind geven.'

'Tot gauw,' zei Sam.

Sam stelde zich een potje voor om haar moeders as in te doen. Iets eenvoudigs, iets subtiels. Haar hersens kwamen krakend op gang en ze overwoog eerst een vertrouwde vorm, een oud ontwerp. Maar toen kwam ze op dreef en begon ze zich op nieuw terrein te wagen. Een kleine pot met een deksel, zo klein dat hij in haar hand paste, vol en rond als een vogellijfje. De deksel moest verzonken zijn en aansluiten, met bovenop een ronde knop. Ze zou verticale lijnen in de laag donkere slib snijden van de opening van de pot tot aan de bodem, zodat het witte porselein eronder zichtbaar werd, waardoor het diepte en structuur kreeg. Een mat steengoedglazuur om het af te werken. Ze schetste en schetste totdat ze op papier het beeld zag dat zich in haar hoofd had gevormd.

Ze gleed onder de dekens naast Jack, die de *New Yorker* aan het lezen was.

'Sorry dat ik dat cadeau voor Franklin niet doe,' zei ze.

Hij las de alinea uit en keerde zich toen naar haar toe, en ze vroeg zich af of hij dat altijd had gedaan of dat ze het nu pas opmerkte.

'Het geeft niet. Het zal heus niet het einde van mijn academische carrière betekenen.' Hij glimlachte en streek het haar uit haar gezicht.

'Ik heb vandaag veel aan mijn moeder gedacht.'

'Verdriet volgt geen rechte lijn,' zei hij. Hij legde het tijdschrift op zijn borst en strengelde zijn vingers in elkaar. 'Het kan cirkels beschrijven. Komen en gaan.'

'Ik wil naar Minnesota,' zei ze. 'Naar de plek waar ze is opgegroeid. Waar mijn grootouders woonden. Kunnen we daar een keer heen?'

'Dat zou ik leuk vinden. Onze eerste gezinsuitje. In het voorjaar?'

'In het voorjaar.'

Ze pakte haar moeders bibliotheekexemplaar van *Naar de vuurtoren* op, dat al een jaar op haar nachtkastje lag, en sloeg het open op de eerste bladzijde.

Sam kon niet slapen; Jack lag naast haar te snurken. Ze stond op en liep naar de badkamer om haar ochtendjas te halen. De vloer, die hier en daar omhoogkwam zodat de tegels loslieten en hij zijn antieke charme verloor, voelde koud aan haar blote voeten. Het was immers herfst en ondanks de hard werkende verwarmingsketel lekte de warmte snel weg door de kierende ramen, de slecht geïsoleerde muren en de spleten in de houten vloeren van het oude huis.

De vloer van het atelier was vreselijk koud, zoals de marmeren vloeren van een kathedraal in de winter. Ze knipte de lamp aan en schrok van het plotselinge felle licht; ze stond met haar ogen te knipperen totdat ze eraan gewend waren. Ze liep naar haar prikbord en hing haar schets op. Hij was niet slecht, vond ze, en ze volgde met haar vingers de lijn van de vorm, maar het idee omzetten in werkelijkheid leek een enorme opgave.

Ze haalde diep adem en wurmde de dichtgeknoopte zak met klei open – de geur was sterk, aardeachtig en vertrouwd. De grijswitte chamotteklei voelde niet erg soepel, maar ze zette haar vingers in het oppervlak, dat nat was van de condens. De klei was glad en kneedbaar en bood een oneindige reeks mogelijkheden. Het voelen van de klei begon in haar handen herinneringen los te maken, het verlangen om iets te scheppen, dat ongrijpbare vuur, op te roepen, en ze wist dat ze binnenkort weer in haar atelier zou zitten. Ze trok haar hand los en bond de zak weer dicht.

Op deze afstand klonk Ella's gehuil zacht. Sam voelde de adrenaline naar haar hart snellen nog voordat haar oren het geluid hadden geregistreerd. Ze veegde haar hand af aan een handdoek en liep zacht de trap naar de kinderkamer op; Ella zat rechtop en hield zich vast aan de wieg. Sam tilde haar zonder iets te zeggen op en liep stilletjes naar de schommelstoel. Het zal rond half twee zijn, dacht ze, een tijdstip waarop Ella vaak wakker werd om te drinken. Daarna sliep ze weer in. Het was een choreografie van behoefte en kalmering, van verwachting en bevrediging, en Sam was erop gaan vertrouwen vanwege de voldoening die dat gaf. Ze sloot haar ogen en telde tot zestig, in het ritme van de schommelbeweging van de stoel; toen wisselde ze van borst en begon opnieuw. Ze stak een fopspeen in het slaperige mondje, droeg Ella naar het wiegje en legde haar neer. Ze liep terug naar de schommelstoel en legde een deken over zich heen, een geblokte plaid in crème en roze die door haar oma was gebreid.

In een paar maanden tijd had ze dood en geboorte meegemaakt, de wonderbaarlijke eerste ademhaling en de afschuwelijke laatste. Maar was het niet net zo'n eer geweest om bij het einde van een leven aanwezig te zijn als bij het begin? Het bijzondere van een leven luister bij te zetten, getuige te zijn van de afronding? Zou ze zichzelf daar ooit van kunnen overtuigen?

De laatste keer dat zij en Jack naar Parijs waren geweest, zaten ze te eten bij het levendige Chez Janou, dat weggestopt zat achter de Place des Vosges, en hadden ze besloten dat het tijd was voor een kind. Sam had de bruisende nawerking van die duizelingwekkende beslissing gevoeld. Ze had naar hem gelachen, en hij had teruggelachen. Ze hadden nog meer wijn gedronken.

'Wat is *cuisses de grenouille*?' vroeg hij; hij sprak het niet goed uit en wees.

'Kikkerbilletjes,' zei ze. 'Of eigenlijk: kikkerdijen. Kwaak-kwaak.'

Hij stak zijn onderlip naar voren en schudde vol walging zijn hoofd.

'Zeg niet dat ze naar kip smaken.'

Ze lachte; ze voelde zich licht en gelukkig.

'Hoe heet het ook alweer wanneer je een woord gebruikt dat verwant is aan het ding om het ding te benoemen?' Ze dempte haar stem. 'Zoals wanneer je de Fransen "kikkers" noemt.'

'Is dat niet een epitheton?'

'Nee, ik bedoel... Het is neerbuigend, denk ik. Zo van: ze eten kikkers en daarom noem je ze kikkers.'

'Een metoniem?'

'Ja, een metoniem.'

'Zoals "de kroon" zeggen wanneer je het koninklijk huis bedoelt.'

'Of "pakken" in plaats van "managers", vulde ze aan.

'Het spoor.'

'Het Witte Huis.'

'Een Rembrandt.'

'Wall Street.'

'Houston, we hebben een probleem.'

'Zo hé. Die is slim,' zei ze.

Ze dronken nog wat en bestelden het eten, hij het gedurende zeven uur gebraden lamsvlees en zij de *steak de canard*. Over de tafel hielden ze elkaars hand vast.

'Dak,' zei ze, en het duurde even voordat hij besefte dat ze het weer had opgepakt. 'Zoals in "een dak boven je hoofd".'

'Als je het nauwkeurig wilt doen,' zei hij, 'dan geloof ik dat dat een pars pro toto is. Het is net zoiets, maar dan gebruik je een deel van iets om het grotere geheel weer te geven.'

'Oké, wijsneus. Broekie voor de hele snotaap,' zei ze.

'Neuzen tellen.'

'Monden voeden.'

'Domoor,' zei hij.

'Blik op de weg.'

Jack draaide zijn wijn rond en beet op zijn wang, niet bereid een taalspelletje te verliezen.

'Geef ons heden ons dagelijks brood.' Triomfantelijk stak hij zijn handen in de lucht.

'Néé. *Merde*. Ik geef me gewonnen.'

De *escargots bourguignons* arriveerden, glanzend van de boter in hun dunne, spiraalvormige schelpen.

'Wat raar dat je wel slakken maar geen kikkers eet,' zei ze.

'Over smaak valt niet te twisten, denk ik.' Hij had het vorkje al in het rubberachtige vlees gezet.

'Ik vind Charlie wel een leuke naam,' zei ze. 'Als we een jongen krijgen, laten we hem dan Charlie noemen.'

De herinnering voelde nu als een warm bad. Die deed haar niet verlangen naar wat verloren was gegaan. Het eerste kind, haar moeder, een vrolijk huwelijk, een gestage scheppingsdrang, een leven vóór Ella toen haar angsten nog in de hand te houden waren – ze had voor vandaag genoeg met die zorgen gespeeld. In plaats daarvan zat nu het pars pro toto in haar hoofd, het deel dat het geheel vertegenwoordigde, dat je in feite toegang bood tot iets groters. Ze bedacht dat een dag een heel leven kon vertegenwoordigen, een momentopname van een mensenleven die niet zou bestaan zonder alles wat voorafging. Het troostte haar om het zo te zien. Sam zat in de stoel te soezen, overspoeld door het geruststellende gezoem van de bevochtiger. Maar toen dacht ze: het is mooi geweest, en ze dwong zichzelf op te staan.

Ze gleed terug onder de koude lakens naast haar slapende echtgenoot en probeerde zich aan deze nieuwe helderheid vast te klampen. Ze schoof haar lichaam snel naast dat van Jack, het volgde zijn vertrouwde kromming.

'Jack,' zei ze; ze schudde aan zijn schouder. 'Wakker worden.'

Violet

'Ik doe het,' zei Violet tegen Frank. 'We springen er bij het volgende station uit.'

Frank leek doodsbang. 'Denk je dat ze achter ons aan zullen komen?'

'Wat kan het hun schelen? Twee minder om zich zorgen over te maken.' Ze reeg haar laarzen opnieuw dicht en schoof haar bijbel onder de bank.

Mevrouw Comstock zat voor in het rijtuig te dutten, haar hoofd scheef op haar schouder.

'We moeten bij de anderen weg zien te komen. Naar een ander rijtuig gaan.'

'Nu bedoel je?' vroeg Frank.

'Ik ga alvast. Kom over een minuut ook maar.' Violet sprong overeind.

Patrick greep in het voorbijgaan haar arm. 'Waar ga jij naartoe, huh?'

Ze wees met haar kin naar de voorkant van het rijtuig.

Hij lachte. 'Wat een avonturierster.' Maar hij bood niet aan mee te gaan – de berusting had zijn stoerheid laten wegsijpelen.

Ze glipte langs mevrouw Comstock en ineens stond ze buiten, in de oorverdovende ruimte tussen de rijtuigen, en ze voelde een nieuwe snelheid in haar voeten. Ze duwde de deur naar het volgende rijtuig open, dat spaarzaam gevuld was met passagiers, die zich niet omdraaiden om naar haar te kijken toen ze door het gangpad naar voren liep, waarbij ze met haar hand langs de achterkant van de banken ging. Frank kwam uiteindelijk ook, nerveus en stiekem, met opgetrokken schouders en zijn handen in zijn zakken.

'Wacht effe,' zei hij.

'Beloit,' riep een kruier. 'Volgende halte Beloit.'

'Hoe moeten we aan eten komen?' vroeg Frank. 'Ik heb trek.'

'Ik weet het niet. Iets pikken in het station. Of in een winkel in de stad. Er is in elke stad toch wel een winkel?'

Hij liep achter haar aan naar het begin van de wagon en ze stonden bij de deur te kijken hoe de wereld steeds langzamer ging. Frank had haar niet veel te bieden, maar met hem was het beter dan alleen. Ze zou op de vlucht blijven tot ze terug was in New York. Ze zou Nino weer kunnen vinden, ze zou zelfs haar moeder weer kunnen vinden. Lilibeth zou haar toch terug moeten nemen?

De trein kwam kreunend tot stilstand. Ze sprong het trappetje af.

'Nu!' riep ze naar Frank, die in de deuropening bleef dralen. 'Kom op!'

Maar hij kwam niet in beweging.

'Ga jij maar,' zei hij. Hij trok zijn pet diep over zijn voorhoofd. Hij deed een stap achteruit in de schaduw van het balkon, alsof hij bang was dat ze zou proberen hem eruit te trekken.

Violet keek naar de menigte op het perron en door de ramen van het station kon ze de wachtende karren en rijtuigen zien. Kwamen hier eigenlijk wel vrachttreinen? Een man met een dun snorretje en donkere, dicht bij elkaar staande ogen leunde tegen de muur van het station en keek naar haar. Hij haalde zijn hand over zijn mond en staarde. Ze wist niet wat ze nu moest doen, ze voelde zich klein op deze vreemde, open plek en daar werd ze bang van. De fluit klonk.

Ze hees zich het trappetje op en schoof Frank opzij. Ze was weer in de trein.

De conducteur kwam hun kaartjes knippen, zodat mevrouw Comstock zich bewust werd van hun naderende bestemming. Ze ging rechtop zitten en schudde haar hoofd om het helder te maken.

'Kinderen,' zei ze. 'Wakker worden. We zijn bijna in Stoughton.'

Violet haalde haar bijbel onder haar zitplaats vandaan, waar ze hem had achtergelaten.

Ze werden via Main Street door het kleine stadje met bakstenen en natuurstenen gebouwen geleid, en staken de rivier de Yahara over, met groen en rustig water.

'Wat een schattig stadje,' zei mevrouw Comstock tegen de man die hun hutkoffer en tassen op een karretje voortduwde.

'Ja, mevrouw,' zei hij met een zwaar Noors accent. 'De kerk is verderop.'

'Kijk eens naar die eenden,' zei ze tegen Frank. 'Heb je wel eens eerder eenden gezien?'

Hij leunde op de brugleuning om beter te kunnen kijken.

'Zou je niet in een stad willen wonen waar eenden rondzwemmen zonder dat iemand ze lastigvalt?'

Hij lachte een beetje. Hij wilde niet naar Violet kijken, die hem vanaf Beloit boos had aangestaard. De groep liep door.

Ze vroeg zich af of die rivier naar het zuiden stroomde en zich daar bij een grotere rivier voegde, die misschien weer in de Ohio uitkwam, die misschien helemaal naar de grens met Kentucky slingerde, waar ze ooit vandaan was gekomen. Haar laarzen knelden om haar tenen. Haar jurk was niet wit meer; de roes langs de zoom was gescheurd en ze rook naar kolenas en zweet.

Ze werden verwelkomd door een sombere groep vrouwen met verweerde boerengezichten die hun gebakken vis, gekookte aardappels en kool voorzetten op het grasveld achter de kerk naast het kerkhof.

'Bidden, kinderen,' zei mevrouw Comstock; ze keek naar Nettie, die de vis al met haar vingers had opgepakt. 'O Heer, we vragen U dit voedsel en onze ziel te zegenen. Geleid ons door het leven en bewaar ons in Christus. Amen.'

'Amen,' mompelden de kinderen.

'Ze zetten aan de voorkant een platform neer,' zei een van de vrouwen tegen mevrouw Comstock. 'Neem ze daar mee naartoe als jullie klaar zijn met eten.'

Algauw hoorde Violet karren en rijtuigen, paardenhoeven op het grind, toen de nieuwsgierigen en belangstellenden arriveerden. Door het gekwetter van de vogels en het ruisen van het gebladerte van de reusachtige eik heen hoorde ze het zachte gemurmel van stemmen.

De kinderen aten maar door, zodat ze de verschrikkelijke veiling die zou volgen voor zich uit konden schuiven.

'William, Patrick, Nettie, Violet, Frank, Hans,' zei mevrouw Comstock, terwijl ze voor hen neerknielde. 'Laat jullie mooiste lach zien. Blijf opgewekt. Wees beleefd. Patrick, praat langzaam en verberg je accent. Hans, knik, ook al begrijp je niet wat iemand tegen je zegt.' De jongen keek naar beneden en drukte met zijn vingertop een mier dood. 'Het verleden is het verleden. Onthoud dat goed.'

Mevrouw Comstock kwam overeind en zocht in de koffer naar een kam, waarmee ze ieders haren kamde. De oudere kinderen verzetten zich niet eens. Ze waren allemaal bang dat dit hun laatste kans was.

'We zijn allemaal kinderen van God,' zei ze, en ze trok jasjes en jurken recht.

Wat wilde Violet graag dat dat waar was!

Een man met een pak aan liep op hen af; hij zag er met zijn bril en klembord officieel uit.

'Dit is meneer Jefferson. Jullie zijn vanaf nu onder zijn hoede.' De ogen van mevrouw Comstock vulden zich met tranen en ze begon druk in haar handtas te rommelen. Ze zag er afgetobd uit door de reis, maar ze trok haar schouders recht, getroost door de wetenschap dat ze het werk van de Heer had gedaan.

Meneer Jefferson keek de kinderen een voor een aan en vinkte elke naam af.

'Jullie kunnen die nummers wel af doen, jullie zijn nog maar met zo weinig,' zei hij.

Violet rukte het lichtblauwe papier los – de speld bleef in haar jurk achter – en legde het in haar bijbel. Ze wilde er nog geen afscheid van nemen.

Mevrouw Comstock schudde meneer Jefferson de hand.

'Er staat een rijtuig voor u klaar, mevrouw,' zei hij.

'Vaarwel, kinderen,' zei ze en ze pakte haar tas op. 'God zegene jullie.' Mevrouw Comstock drukte haar trillende lippen op elkaar. Ze keek niet naar de gezichten van de verbluffte kinderen. Kordaat liep ze weg.

Violet schraapte met haar hiel in de aarde. Naast haar stond Nettie te snikken met haar sluike haar voor haar gezicht. Vol afkeer liep meneer Jefferson bij haar vandaan. Hij keek op zijn horloge.

'Orde alsjeblieft. Stel jullie op,' zei hij. 'Loop achter mij aan.'

De tieners, William en Patrick, gingen als eersten; ze zouden als boerenknecht gaan werken. Een druk gezin van vijf personen, dat alleen maar was gekomen om te zien waar al die drukte om te doen was, kon het niet over zijn hart verkrijgen om de kleine Hans, die op het geïmproviseerde podium om zich heen stond te kijken, daar te laten staan. Ze spraken hem aan in het Duits – het was de eerste keer dat Violet hem had zien lachen – en voerden hem het podium af onder het applaus van de spaarzame toeschouwers.

Violet had de stevige vrouw met het glimmende gezicht, gekleed in een uniform dat op dat van een dienstbode leek, al eerder opgemerkt; ze droeg een eenvoudige zwarte jurk met een wit schort en haar grijs wordende haar zat in een knot hoog op haar hoofd. Nu liep ze met haar handen op haar rug op het podium af en hoewel ze even bij Nettie bleef staan, liep ze door tot ze voor Violet stond en gaf toen aan dat deze naar voren moest komen.

'Dit is nogal vreemd, vind je niet?' zei de vrouw.

'Ja, mevrouw.'

'Heb je een goede reis gehad?'

'Hij was aangenaam,' zei Violet – ze klonk als mevrouw Comstock.

'Hoe oud ben je?'

'Twaalf,' loog Violet.

De vrouw liet de lucht uit haar opgeblazen wangen ontsnappen. 'Ik had gehoopt iets ouder,' zei ze zacht – ze wilde niet dat Nettie het zou horen. 'Kun je bakken?'

'Ik kan broodjes bakken, meer niet.' Violet rimpelde haar neus. 'Maar ik leer snel.'

'Hoe heet je?'

'Violet.'

'Nou, Violet, ik heb je geen vader en moeder te bieden, als dat is waar je naar verlangt.'

'Ik verlang niets,' zei Violet.

'Het is een klein ziekenhuis. Ik ben de directrice. We hebben hulp in de keuken nodig.'

Ze was kordaat, maar niet kil, en Violet vond haar betrouwbaarder overkomen dan veel anderen.

'Dat kan ik wel,' zei Violet. Het was niet waar ze op had gehoopt, maar het was ook niet wat ze had gevreesd.

'Helen kan je al haar keukengeheimen leren. Haar lekkernijen en zo. Ze maakt heel bijzondere dingen waar zelfs ik nog nooit van gehoord heb.' De vrouw glimlachte. 'Kost en inwoning. De mensen die er opgenomen zijn, bemoeien zich niet met elkaar, maar het is echt een prachtige plek. Aan een meer.'

'Zitten er vissen?' vroeg Violet.

'Ja, hoor. In elk geval snoekbaars. Zonnebaars en gewone baars en zo. Je kunt het aan de dokter vragen. Hij is een nette, aardige man.'

'Hoe moet ik u noemen?'

'Ik heet Clara Moody. Juffrouw Moody. Dus het is geregeld?'

Violet knikte één keer. Dat was het dan. Er was geen drukke opwinding, geen blije uitroep, geen betraande omhelzing, geen pop die uitgepakt moest worden, geen zilveren medaillon dat om haar hals gleed. Die kinderlijke ideeën had ze in de trein al achter zich gelaten. Opluchting was iets nieuws voor haar en ze voelde die zwaar op haar schouders drukken. Ze hoefde niet meer te vechten.

'Ik ga de formulieren invullen,' zei juffrouw Moody. 'Kom maar mee als je wilt.'

Violet keerde zich om en keek naar Nettie, die haar niet aankeek, en naar Frank, wiens oren rood kleurden in de zon. Ze

271

waren op zichzelf aangewezen, maar ze had niet genoeg meer over om medelijden met hen te hebben. Ze was alleen maar blij dat ze niet de laatste was. Ze sprong van het podium.

Het rijtuig hobbelde naar het noorden. Juffrouw Moody wees haar het Kegonsameer aan de rechterkant aan, en een paar kilometer verder het Waubesameer aan de linkerkant. In de eindeloze ruimte, onder het slaapverwekkende geluid van de paardenhoeven, moest Violet aan de Fourth Ward denken, die nu zo ver weg voelde, en ze dacht dat ze als er terug zou komen, ze zich een vreemde zou voelen. Ze moest aan Nino denken, wiens familieleden als sardientjes in hun kamers met lage plafonds sliepen, en ze vroeg zich af hoe hij het in deze enorme uitgestrektheid zou doen.

'Ik ga één keer per week naar Madison,' zei juffrouw Moody. 'Je kunt de volgende keer met me mee als je wilt.'

'Hoe is het daar?' vroeg Violet.

'Het is natuurlijk de hoofdstad van de staat. En er is een universiteit. Twee grote meren. Een drukke stad.'

Juffrouw Moody vroeg Violet niets over haarzelf en Violet vertelde ook niets. Haar oude leven leek vervaagd en gebarsten, bijna ontoegankelijk, en het leek niet mogelijk om juffrouw Moody iets uit te leggen in deze wijd open wereld, waar het zo stil was dat je de treurduiven kon horen wanneer de paarden stilstonden. Violet besloot zich toch maar aan de instructies van mevrouw Comstock te houden: van nu af aan zou ze het niet meer hebben over de weestrein en wat daaraan voorafging. Haar verhaal zou van haarzelf zijn, en ze zou opnieuw beginnen.

'Ik ben eigenlijk pas elf,' zei Violet.

Juffrouw Moody drukte met een zucht haar lippen op el-

kaar, maar ze gaf haar niet op haar kop en liet ook niet het rijtuig omkeren.

'Is er nog iets wat je me wilt vertellen?'

'Nee, mevrouw.'

Ze reden naar de oostkant van het Mononameer en de zon
scheen warm op Violets hoofd. Ze veegde haar handen af aan
haar jurk, die al vol vlekken zat.

'We zullen hem moeten verbranden, vermoed ik,' zei juffrouw Moody.

'Ik zal hem niet missen.'

Violet sloot even haar ogen en luisterde naar de wind en het
papierachtige geritsel van de bladeren aan de bomen, en ze
rook de geur van het groen.

Ze dacht aan de kleine Elmer, die helemaal tot Illinois naast
haar had gezeten, en ze was blij dat hij een gezin had gekregen,
ook al had hij zijn zus achter moeten laten. Ze nam aan dat de
Ierse Patrick ergens tewerkgesteld zou worden en vroeg zich
af of hij weg zou lopen. Ze hoopte dat het voor alle anderen
goed af zou lopen en vermoedde dat sommigen geluk zouden
hebben en sommigen niet. Ze wist dat ze naar een nieuw thuis
werd meegenomen door een vrouw die rechtdoorzee, ja, zelfs
vriendelijk leek en dat zij, Violet, waarschijnlijk een kans zou
krijgen op meer dan ze in New York zou hebben gehad.

'Het is een ziekenhuis,' zei juffrouw Moody toen ze een weg-
getje met bomen erlangs op reden. 'Had ik je dat al verteld?
Een herstellingsoord voor vrouwen met vrouwenkwalen.
Maar het is er rustig. En je kamer is op een andere verdieping
vlak bij de vertrekken van de dokter.'

Een kamer, dacht ze. Ik krijg een kamer.

Algauw kwam het Mendotameer in zicht – flitsen blauw
en licht tussen de stammen van de essen en walnotenbomen

door. Het oppervlak van het water glinsterde en rimpelde in de bries. Ze had in de Fourth Ward schoonheid gemist, de subtiele geluiden van vogels en insecten, wind en water.

Toen ze om de uitloper van het meer heen waren gereden, kwam er een landhuis in zicht. Het was imposant, bijna overdadig, op de spleten in de zandstenen muren en de ontbrekende leistenen op het dak na. Het ziekenhuis was koel en op een prettige manier bouwvallig, met ruime vergezichten op het meer. Ze hoopte dat het ooit als thuis zou voelen.

Violet werkte naast Helen in de keuken, meer als leerling dan als ingehuurde hulp, en na verloop van tijd nam ze de desserts, het gebak en de puddingen over, en ook het lievelingsgebak van de dokter – Moskovisch gebak met rozenjam. Juffrouw Moody zocht boeken voor haar uit in de bibliotheek in de stad – *A Wonder-Book for Girls and Boys* en *Black Beauty* en *De prins en de arme jongen* – maar Violet liet ze allemaal onaangeroerd en verkende de bossen, klom in bomen en speelde met de patiënten, voor wie ze een soort mascotte was, een gemeenschappelijke dochter. Mevrouw Ramsfield, die hysterisch was geworden nadat haar vierde kind bij de geboorte was gestorven, leerde haar breien. En Violet werd dol op de oude dokter. Soms gingen ze 's zomers vroeg in de ochtend samen vissen en in de winter schaatsen op het meer. Hij was goed voor haar en al was hij dan niet echt een vader, hij gaf haar wel een soort liefde, en daarvoor was ze hem dankbaar.

Toen Violet een paar jaar later in Madison op de markt inkopen aan het doen was voor de keuken, kwam ze Frank tegen, die inmiddels groot was en een volwassen postuur had – zijn ooit te grote oren pasten nu bij hem. Er verscheen een lach op zijn gezicht toen hij haar zag en toen bloosde hij, alsof hij zich herinnerde hoe het tussen hen was geweest toen ze afscheid namen. Hij vertelde haar dat hij was uitgekozen door een oude weduwe uit Monroe, die een maand later was overleden, en dat hij toen door een kaasmaker aan de andere kant van de stad was opgenomen. Een fatsoenlijke man, zo zei hij, een beetje als een oom, en hij liet Frank niet te hard werken.

'Heb je nog iets van de anderen gehoord?' vroeg ze.

'Ik heb Hans één keer gezien toen ik iets moest bezorgen in Stoughton. Hij stond op het schoolplein te ballen met de andere kinderen. Spreekt nog steeds niet goed Engels. Maar hij is goed terechtgekomen. Hij is opgenomen in het gezin en zo. Hij zei dat hij hen zelfs papa en mama noemde.' Frank schraapte zijn keel, keek naar zijn schoenen en probeerde het verlangen in zijn stem te verhullen.

'En dat meisje dat Nettie heette? Is zij nog gekozen?'

Franks gezicht vertrok toen hij probeerde zich haar te herinneren. 'Ik geloof het niet. Waarschijnlijk naar Black River Falls gestuurd, naar het werkhuis en de bezemfabriek daar. Dat is wat ze doen met degenen die overblijven, heb ik gehoord.'

Violet knikte; ze was totaal niet verbaasd.

'We hebben mazzel gehad, denk ik,' zei ze.

Ze hadden het geen van beiden over wat ze hadden achtergelaten.

'Maar goed dat we niet in Beloit zijn uitgestapt,' zei hij.

Ze snoof verontwaardigd, maar ze glimlachte en weerstond de verleiding hem eraan te herinneren dat een van hen wel uit de trein was gesprongen.

'Leuk je te zien,' zei ze.

'Ja,' zei hij, 'leuk.'

Dat was het laatste wat Violet van Frank zag en de laatste keer dat ze het over de trein had.

Toen ze achttien was – de dokter was toen al overleden – trouwde ze met Samuel Olsen, een boer die ze had ontmoet in een winkel voor kruidenierswaren in Madison, een harde werker die rustig en loyaal was, een man die niet te veel vragen stelde, een man die haar grotendeels met rust liet. Ze nam afscheid van haar geïmproviseerde familie in het herstellingsoord en zij en Samuel verhuisden naar een boerderij in Minnesota, vlak over de grens. Na drie miskramen bracht ze een kind met ijsblauwe ogen ter wereld dat ze de naam Iris gaf en op dat moment, toen ze zich opengespleten en 'her-vormd' voelde, toen de dokter het warme wezentje in haar armen legde, vergaf ze haar moeder vanwege het feit dat ze haar had laten gaan, zoals moeders vaak doen. Violet was bang geweest dat ze misschien niet veel tederheid meer in zich had voor een kind, omdat ze zo lang naar haar eigen verloren moeder had gehunkerd, maar Iris boorde een kleine, geheime bron in haar aan.

Juffrouw Moody bleef eerst bij de voorraadkasten staan.

'Een tandenborstel, een waslap, zeep. Eens even kijken. Een jurk, wat ondergoed. Ze zullen een beetje ruim zitten, maar het is een begin. We zullen morgen in de stad een paar nieuwe jurken voor je kopen. Loop nu maar met me mee.'

Ze liepen langs de kamers van de dokter, en toen duwde juffrouw Moody een deur open naar een kleine, citroengeel geverfde kamer met een raam dat uitkeek op het meer. Er stonden een smal bed, een ladenkast, een lamp en een nachtkastje in.

'Je kamer. En je sleutel.' Juffrouw Moody wurmde hem van haar sleutelring. 'Hier.'

'Een sleutel van mijn kamer.' Meer kon Violet niet uitbrengen vanwege alle emoties en de enorme vermoeidheid.

Juffrouw Moody glimlachte.

'Binnenkort komen de muggen, dus dan kun je 's nachts maar beter niet je raam openlaten.'

Violet knikte. Dat ze zich druk moest maken om muggen deed haar bijna in de lach schieten.

'Clara?' riep een mannenstem door de gang. Er tikten voetstappen op de glanzende houten vloer.

De dokter verscheen in de deuropening; een witte baard bedekte de helft van zijn gezicht en zijn ogen waren glanzend en donker en Violet stak met een kleine zwaai haar hand op. Hij keek juffrouw Moody vragend aan.

'Dag eh...'

'Violet,' zei juffrouw Moody.

'Violet, ik ben dokter Marlowe. Welkom.'

'Dank u, meneer. Dokter,' zei Violet.

'Hoe oud ben je, Violet?'

'Ze is dertien, dokter. Net zo oud als het vorige keukenhulpje.'

'Hm,' zei hij terwijl hij een blik op Violets jonge gezicht wierp. 'Nou, Clara zal wel voor alles zorgen. Tot het avondeten.'

Violet kwam nooit meer in New York, keerde nooit meer terug naar de eindeloze strijd en wreedheid en het leven daar. Ze wilde het laten zoals het was, ze wilde niet weten wat ervan geworden was. Ze wist niet dat Nino een jaar na haar vertrek bij een gevecht tussen twee bendes was omgekomen, dat hij in de warme zomerregen was doodgebloed op de kade. Maar ze wist dat het beter was om niet te weten hoe het met hem was gegaan, want dat zou zeker haar hart hebben gebroken. Als oude vrouw dagdroomde Violet wel eens over Nino en de andere jongens, over de wilde vrijheid van de straat, en in haar botten voelde ze een hevig verlangen naar die drukke stad uit haar jeugd, naar dat rottende, lawaaiige, stinkende avontuur. Naar die vreemde, zilveren tijd zo lang geleden.

Na de dood van haar man – die geduldige man die in de loop der tijd haar vriend was geworden – en nadat haar dochter Iris was getrouwd en een zoon had en in verwachting was van haar tweede kind, voelde Violet zich bevrijd. Ze leefde alleen in wat er over was van de boerderij, waar ze vreugde en verdriet had gekend en waar ze nu haar isolement verwelkomde. Het stelde haar tevreden om haar rusteloze handen truitjes te laten breien voor Samantha, haar nieuwe kleinkind, en naar haar tv-series te kijken en elke ochtend de zon te zien opkomen.

Ze zou nooit weten dat Lilibeth een paar maanden na haar vertrek was teruggegaan naar de Aid Society om te proberen haar terug te krijgen, maar waar ze te horen kreeg dat er niets te vinden was over een kind met die naam en geboortedatum. En ook niet dat ze met een man was getrouwd, een excentrieke oude zakenman die bij de spoorwegen had gewerkt en naar een betere buurt was verhuisd, of dat ze op drieënveertigjarige leeftijd was gestorven met een lichaam vol kanker, slapend op een geweven stromat bij madam Tang. Maar als ze op haar leven terugkeek, vroeg Violet zich wel eens af wat die grote verhuizing in haar jeugd haar nu had gebracht, wat ze erbij had gewonnen – schone kleren, goed eten, een eigen bed, stabiliteit en de vriendelijkheid van dokter Marlowe – en wat ze had verloren. Haar moeder. Dat gemis, zo voelde Violet, was nooit overgegaan. Alle troost van haar leven in Wisconsin had er alleen maar een andere draai aan gegeven.

'Juffrouw Moody?'

'Ja, Violet?'

'Ga ik nu aan het werk?'

'Nee, hoor. Vandaag niet.'

'Wat moet ik dan doen?'

'Ga maar wat rusten. Je zult wel moe zijn van al dat reizen. De keuken kan wachten. Morgen beginnen we met frisse moed.'

Violet ging op het bed zitten; haar voeten reikten niet tot de vloer. Ze legde haar stoffige bijbel op het nachtkastje.

'Avondeten om halfzes.' Juffrouw Moody trok de deur achter zich dicht.

Violet zwaaide met haar benen en sprong toen van het bed om naar buiten te kijken. Ze zag een jonge vrouw bij het water zitten; ze wiegde van voren naar achteren, alsof ze een kind in haar armen had. Violet ging achter op het bed zitten en liet zich op haar zij vallen, waarna haar hoofd op het kussen terechtkwam, en ze dacht: wat bijzonder dat ik hier ben. Het was ongelooflijk stil. Weer had ze gewild dat ze de foto van haar moeder had. Ze begon de details al te vergeten – de uitdrukking op haar moeders gezicht, haar geleende jurk. Ze miste haar moeder alsof het al jaren geleden was, vaag en bitterzoet. Maar nu dreef ze weg en de slaap trok haar een droom in van een zonnige, wazige ochtend in Kentucky met vliegen die tegen de deur zoemden. Ze werd even wakker en legde haar voeten op het bed, te moe om haar vuile laarzen uit te trekken.

Opmerking van de auteur

In het midden van de negentiende eeuw zwierven er tienduizenden kinderen – verweesd, dakloos, arm, verwaarloosd of delinquent – door de straten van New York. Charles Loring Brace, een jonge predikant, richtte de Children's Aid Society op om deze overbevolkte onderklasse te helpen. Hij besloot een controversieel sociaal experiment uit te voeren: haal deze kinderen uit hun omgeving, stop ze in een trein en stuur ze naar het westen, om een nieuw christelijk thuis te vinden in een landelijk gebied in Amerika.

Kinderen van alle leeftijden stapten in treinen zonder te weten waar ze naartoe gingen, en men deed veel moeite om te zorgen dat hun familie hen niet zou kunnen opsporen. Als ze aankwamen, werden de kinderen schoongemaakt en op geïmproviseerde podia aan de mogelijke ouders getoond. Er waren successen. Maar er waren veel mislukkingen. Zonder toezicht op de adoptieouders en een gebrekkige nazorg voor de geplaatste kinderen liepen deze uit de weestreinen afkomstige kinderen het risico mishandeld of misbruikt te worden, en vaak ook te worden ingezet als onbezoldigd landarbeider in landbouwgebieden waar gebrek aan mankracht was.

De Orphan Train Movement (de 'weestreinbeweging') functioneerde van 1854 tot 1929 en herplaatste 150.000 tot 200.000 kinderen. De beweging wordt gezien als de voorloper van de pleegouderzorg in de Verenigde Staten.

Dankwoord

Mijn liefde en dankbaarheid gaan uit naar de dierbare families Meadows en Darrow voor hun niet-aflatende steun, bemoediging en inspiratie. Met name dank aan Susannah Meadows voor haar geweldige suggesties, aan Jessica Darrow voor haar ongebreidelde enthousiasme en aan Jane Meadows voor het feit dat ze me ooit over de weestreinen vertelde.

Enorm veel dank aan mijn redacteur, Helen Atsma, voor haar wijze raad en vruchtbare inzichten en voor het werk aan dit boek. Ook bedank ik het complete, fantastische team bij Henry Holt.

Daarnaast ben ik mijn vriendin, pleitbezorgster en agent Elisabeth Weed dank verschuldigd voor haar doorzettingsvermogen en haar geloof in mij. Ik dank Jenny Meyer, omdat ze in dit boek geloofde en ermee aan de slag ging.

Ik heb heel veel te danken aan mijn eerste lezer, Alex Darrow, in wie ik veel vertrouwen stel. Dank aan Michelle Wildgen voor haar waardevolle inzicht en aan Jesse Lee Kercheval, Susanna Daniel en Judy Mitchell voor hun aandachtige leeswerk en aanwijzingen.

Mijn oprechte waardering voor Cathy Stephens, die de bevindingen van haar geschiedkundig onderzoek van Madison zo gul met me deelde, en voor de Wisconsin Historical Society.

Bedankt, nabije en verre vrienden, voor jullie constante ondersteuning van mijn schrijverschap in de loop der jaren: Jennifer Sey, Mark Sundeen, Lewis Buzbee, Lynn Kilpatrick, Jean Johnson, Meredith en Jennifer Bell, Carolyn Frazier, Lance McDaniel, Melissa Kantor, Emma Straub, April Saks, Doe Yamashiro, Kristin Farr Costello, Jody Maxmin, Amy Sweigert, Christopher Sey, Andrew Wilcox, Katie Gerdes, Denise Wood Hahn, en zoals altijd mijn vrienden van het Creative Writing Program van de Universiteit van Utah.

Vertaling blz. 25-26

Daar komen zij, de vermoeiden, die vergeefs
bij dag de stad doorkruisen, op zoek naar werk:
daar zitten zij, ineengedoken in kou, regen, met honger
wachtend op een nieuwe dag vol pijn.

Traag en duister sleept de sombere rivier zich voort.
In haar diepten lonkt een zondige rust.
Menige vermoeide, radeloze, wanhopige zwerver
heeft zij naar haar verraderlijke boezem gelokt!

Lees ook

Een keukenmeidenroman

Kathryn Stockett

Drie vrouwen in het zuiden van Amerika in de jaren 60 komen in opstand tegen discriminatie en segregatie. Een ontroerende roman, vol scherpte, humor en hoop; een tijdloos en universeel verhaal over grenzen respecteren en grenzen verleggen...

'Een droomdebuut. Knap gedaan, ma'am.' *Elsevier*

'Een hartveroverend boek.' *Margriet*

'Een absolute hit.' *de Volkskrant*

EEN KEUKENMEIDENROMAN – KATHRYN STOCKETT – ISBN 978 90 499 5122 1

nu verkrijgbaar